La noia del creuer

La noia del creuer

Maria Rosa Nogué i Almirall

Voliana Edicions

Edita Voliana Edicions
Carrer del Molí, 41, 2n
08310 Argentona

Disseny de portada: Carles Gómez

1a edició: maig del 2017
2a edició: maig del 2017
3a edició: novembre del 2018
4a edició: juny del 2019

Impressió: DC PLUS, Serveis Editorials, scp
Dipòsit legal: B. 8856 - 2017
ISBN: 978-84-946347-4-1

A la meva família.

A tots els nois i noies que s'embarquen en el creuer del món.

Índex

Va venir la tutora, ens donà un full i va escriure a la pissarra: "Per què fas segon de Batxillerat?". Vaig apartar el full i em vaig posar a mirar per la finestra. Era el primer dia de curs, un matí de setembre fresc i assolellat, i des de l'aula es veia una fina línia blava, molt lluny: el mar. Vaig agafar el full. La mateixa redacció que l'any passat. És que no se'ls acudia cap altra pregunta? Vaig enretirar la cadira, procurant fer força soroll, i vaig observar la nova tutora, que feia pinta d'acabada d'arribar a l'IES de Sitges. El Robert, al meu costat, em ventà un cop de colze perquè em posés a escriure quatre ximpleries, com tothom. Vaig posar el nom en el full: Andrea Planes, 2on. Batx. Tampoc no era qüestió d'entrar amb mal peu amb la tutora nova, que no em coneixia de res. Potser, amb una mica de sort, encara no sabia que per a molta gent de l'Institut jo no era l'Andrea, sinó "la noia del descapotable".

Tot venia de quan havia entrat a l'Institut de Sitges. Llavors sortia amb el Peter, el meu ex príncep blau de la International School, l'escola anglesa on havia anat des de petita. Els pares ens havien tret de l'estimada Inter, amb l'excusa dels meus problemes amb una substituta d'anglès, que aquella sí que era idiota, i el meu germà Pol i jo havíem hagut d'anar a l'Institut. Va ser quan al papà li van embargar la Constructora Planes. Ell i la mamà es barallaven més que mai, i tot d'una la mamà se'n va anar a París amb l'excusa de preparar una exposició per al millor pintor de la seva galeria d'art. El Pol i jo ens vam quedar a casa de la iaia, amb la María Aurora, l'equatoriana que la cuidava a ella i després també a nosaltres.

Al principi, el Peter em venia a buscar a l'Institut amb el descapotable vermell del seu pare, que tenia un concessionari, i a la gent li havia cridat tant l'atenció que m'havien començat a dir "la noia del descapotable". I m'ho seguien dient, encara que ja feia molt temps que el Peter no sortia amb mi, sinó amb la meva ex millor amiga.

No, la tutora nova no podia saber que jo havia entrat a l'IES de Sitges després del Nadal, a primer de Batxillerat, molt empipada, ni que durant el viatge de Setmana Santa a Venècia m'havia enrotllat amb el Robert el Repetidor, el meu millor amic de l'Insti, que no era príncep blau ni tenia descapotable: treballava en un bar i llegia dins meu com en un llibre.

Ni tampoc podia saber, aquesta tutora més jove, que a finals de primavera la iaia s'havia posat molt malalta, d'un càncer. Quan es va morir em vaig quedar tan feta pols, estimada iaia, que vaig estar a punt de deixar penjat el primer de Batxillerat i l'Insti. Ho vaig intentar, de fet, me'n vaig anar a París amb la meva mare i el seu amic pintor; però el pla no em va sortir gens bé. Vaig descobrir que el Diego i la mamà eren amants, per desgràcia, i cap dels dos no va trobar bé que jo pengés els estudis per anar-me'n amb ells de París a Nova York, on volien organitzar no sé quina altra exposició.

Total, que vaig tornar a l'IES de Sitges amb la cua entre cames i vaig acabar aprovant totes les assignatures del primer de Batxillerat, excepte tres: Català, Anglès i Literatura Universal. Català perquè l'Anna m'havia volgut castigar, ja que no havia fet els exercicis que ella em deia; Anglès perquè el Capità Haddock s'havia enfadat amb mi, de tantes faltes d'assistència, i això que d'anglès en sabia més que ell, bé, més o menys; i Literatura Universal perquè la Pastora Caterina volia que llegís a l'estiu, i m'havia amenaçat dient que si no li demostrava que podia llegir, com a mínim, tres totxos de la seva assignatura (*Lord Jim,* de Joseph Conrad, *La Mort a Venècia,* de Thomas Mann, i un tercer que no vaig arribar a llegir mai), ella s'ocuparia personalment de fer-me repetir primer de Batxillerat, com així va ser, però per altres motius.

La tutora nova se'm va acostar. Era molt primeta i vestia força bé. Uns ulls tan clars com els meus em fitaven rere unes grans ulleres de pasta negra, ben emmarcats sota unes celles fosques i delicades.

—Una cosa —digué, en to neutre. No semblava que estigués empipada per com l'havia mirada, poc abans, ni per aquell gest tan ostentós d'enretirar la cadira sense voler escriure. Va mirar el meu nom en el full de paper—: Andrea, oi? Escolta, tu no vas sortir, fa poc, en una entrevista al programa "Cor Rosa"? Tu no ets pas la noia que anava en aquell creuer que va naufragar a Itàlia, l'estiu passat?

En el silenci de la classe, es van sentir tot de xiuxiueigs i de rialletes. Vaig assentir, mentre el Robert em premia el braç.

—Oh, pobra! És que, mira, jo hi vaig anar aquest estiu, amb la família, en un creuer com aquest. Què us va passar, a vosaltres? Quina mala sort, també! I aquell capità, quin desastre!

Tot d'una vaig recordar el somriure franc del Paolo, el capità desastre que s'havia convertit en la riota de mig món: els seus ulls intel·ligents, sota la llum de les estrelles, la manera com m'havia parlat la primera nit a bord. *Ti penso sempre.*

—Perdó, he de sortir un moment —vaig dir, notant que els ulls se m'omplien de llàgrimes. Sempre em passava, quan em parlaven del creuer. El record del naufragi m'acompanyaria sempre, per temps que passés. Em vaig esforçar a pensar en el rostre serè de la *Madonna del Naufrago*, la gran escultura submergida prop d'un illot de Sardenya, on havia nascut el capità. La Madonna, coberta d'algues, amb el nen a coll, que vetllava per tots nosaltres: pels que ens havíem pogut salvar i pels que no.

Al cap d'una estona, ja més refeta, vaig tornar a entrar a l'aula. No volia plorar, no volia ser "la noia del creuer", després de ser "la noia del descapotable". Volia ser això tan difícil, això que costa tant de ser: algú normal i corrent, algú com tothom.

La gent escrivia i anava donant les redaccions a la profe, i per sort ningú no em va fer gaire cas. La tutora nova se m'atansà, una mica preocupada.

—Em sap greu. No t'ho havia d'haver dit. Jo...

—No es preocupi, no passa res.

—Digue'm de tu, no sóc pas tan gran! Em dic Elisabet —va dir la tutora, i em va fer dos petons. Després assenyalà el paper damunt la taula—: Per què no escrius sobre el creuer, l'accident i tot plegat? De vegades va bé, escriure, per treure's les coses...

Se'n tornà cap a la taula, i el Robert em tornà a prémer el braç.

—Estàs bé? Jo diria que us fareu amigues....

Vaig punxar-lo amb el bolígraf, perquè callés. Després vaig començar a escriure, seguint el consell de l'Elisabet. Per poder tirar endavant, primer hauria de tornar enrera, just abans que ens embarquéssim a l'*Ulysses Holidays*, abans de conèixer el capità i convertir-me en "la noia del creuer", la que havia sortit a "Cor Rosa" parlant d'ell i del que havia passat fins que havíem naufragat prop de l'illa de Capri.

CAPÍTOL 1
ULYSSES HOLIDAYS

1. La sorpresa

Tot havia començat una tarda de principis de juliol, quan el papà i l'Hortènsia, la seva companya, van aparèixer per casa de la iaia sense avisar. La iaia ja no hi era ni hi seria mai més, però si en algun lloc habitava encara era allí, a casa seva: en el menjador dels tres balancins, en els vestits perfumats de *Diorissimo* que ni la María Aurora ni jo no havíem gosat treure de l'armari després de la seva mort, en la gondoleta de llautó que deixava anar la música *d'O sole mio* quan jo la treia de la vitrina per donar-li corda i recordar el viatge a Venècia amb l'Institut. Venècia, on ens havíem jurat amor etern amb el Robert, sense saber que l'eternitat aniria esquitxada de malentesos.

La María Aurora, el meu germà Pol i jo sèiem als balancins del menjador, després de dinar, amb el ventilador a màxima potència. Ens havíem acostumat a mirar "Cor Rosa" mentre menjàvem bombons gelats i criticàvem els famosets que sortien al programa, dedicat a les vacances. No paraven de sortir iots, superiots i megaiots. Aquella tarda també van sortir algunes imatges de creuers de luxe, i van passar un reportatge sobre els creuers turístics. Van entrevistar el capità d'un creuer, molt guapo, morè, el front alt, la barbeta pronunciada: em recordava una làmina d'Andrea del Sarto que la mamà havia tingut molt temps penjada a l'estudi de casa perquè volia fer-ne una còpia, encara que al final ho va deixar, com tantes altres coses. L'entrevistaven a bord del vaixell, amb Venècia de fons. Mentrestant, a baix, hi havia una barca d'activistes contra els creuers a Venècia que tiraven pots de fum i desplegaven pancartes contra "le grandi navi".

—Per què creu que protesten, aquesta gent? —li preguntava la periodista, pèl-roja i vistosa.

—Ni idea. Jo visc aquí, conec molt bé la ciutat. Quan hi entrem, abaixem la velocitat al màxim, deixem només un motor i jo mateix dirigeixo la maniobra. No hi ha cap perill. Venècia és un tresor mundial i tothom té dret a visitar-la...

En aquest punt de l'entrevista, va sonar el timbre de la porta de casa, i tot seguit vam sentir algú que obria amb clau: el papà i l'Hortènsia.

—Hola, Andrea! Pol! María Aurora! —saludà el papà, entrant al menjador. La María Aurora i jo ens vam aixecar de seguida, mentre el Pol apagava el televisor.

—*¿Quieren café? Voy a prepararlo* —va oferir de seguida la María Aurora, després de saludar, i se'n va anar a la cuina. El papà s'assegué a la taula del menjador i va mirar l'Hortènsia, dreta al seu costat. Jo vaig anar a seure al seu davant, i el Pol se'ns va quedar mirant des del balancí.

—Us hem de donar una notícia —va dir el papà, gairebé emocionat. L'Hortènsia se'l va mirar amb els ulls brillants d'il·lusió. Estava molt morena, amb un vestit blanc de tirants i la cabellera arrissada. Vaig pensar que ens anunciarien el seu pròxim casament, i el cor em va bategar més de pressa. Sabia que aquell moment havia d'arribar, una hora o altra, però em feia por, encara que em queia bé l'Hortènsia, l'advocada llesta que havia ajudat el papà a salvar la pell quan tothom se li havia girat d'esquena. El papà va treure un sobre de la butxaca de la camisa i ens el va mostrar com si fos un bitllet de la loteria que hagués sortit premiat. Al sobre hi deia: "*Ulysses Holidays*" i hi havia la fotografia d'un creuer que semblava el que havia sortit per la tele.

—Sabeu què és, això? —va preguntar, assenyalant el sobre—. La setmana que ve ens embarquem en un creuer!

Vaig mirar el papà i l'Hortènsia amb una mica de ràbia, pensant que hi anaven ells dos sols.

—Ah, doncs que us ho passeu molt bé —va dir en Pol, fent-se l'indiferent, i es va aixecar per agafar un altre bombó gelat de la tauleta de davant de la tele. Però a mi no m'enganyava: també li sabia greu. Al Pol li agradaven molt els vaixells i fins i tot havia dit algun cop que, si l'exèrcit espanyol no fos tan espanyol, li agradaria de ser oficial de la Marina. Potser també li influïa que la Lorena, la seva novieta, s'havia quedat súper enganxada amb el Richard Gere jovenet d'*Oficial i cavaller,* que havien fet feia poc per TV3. A mi també m'havia agradat; eren preciosos, aquells uniformes blancs i blaus dels oficials de marina, amb les gorres de plat.

—I on anireu de creuer? A Itàlia o a les illes gregues? —vaig voler saber.

—Anireu, dius? "Anireu" de creuer? —repetí el papà, amb un mig somriure—. Hi anirem, he dit!

—Vols dir que hi anirem tots? —vaig atrevir-me a preguntar, i em vaig posar vermella, com sempre que alguna cosa m'atrapava d'imprevist.

—I tant! Aquesta és la sorpresa! Marxem la setmana que ve. Vaja, si us va bé! —va afegir el papà, una mica mosca per la nostra manca de reacció.

—I tant, i tant... —va dir el Pol, apagant la televisió i venint a seure amb nosaltres, a la taula del menjador. La María Aurora va sortir de la cuina amb la safata del cafè i la va posar damunt de la taula.

—I tu, Andrea? A tu et va bé, de venir al creuer? —preguntà aleshores l'Hortènsia.

—Suposo que sí, és clar —vaig dir, fent-me la desmenjada per fer-los patir una mica. No estava bé allò de deixar-nos sols tant de temps al pis de la iaia, sense dir res. Però el papà sabia que anar de creuer ens feia molta il·lusió, al Pol i a mi.

—Anirem a Itàlia. I no em direu que teniu deures, ni exàmens, i que no us agrada Itàlia, i que els vostres nòvios i nòvies no es poden esperar ni una setmana, eh? —va anticipar-se el papà.

—Què dius, papà! Si a mi m'agraden molt, els vaixells! —va protestar el Pol.

—Un creuer a Itàlia, papà! Gràcies! —vaig exclamar, al final. Ja em veia tornant a Venècia, a la meva Venècia. La María Aurora somreia mentre servia el cafè.

—*Así usted también tendrá unos días de descanso, María Aurora* —va dir el papà, com si li sapigués greu de no poder convidar-la, a ella també.

—*¡Desde luego, señor! ¡No se preocupen! Que lo pasen muy, muy bien* —ens desitjà, amb el seu dolç accent equatorià.

2. Camí del creuer

Una setmana després, el papà, l'Hortènsia, el Pol i jo pujàvem en un taxi, un Toyota de set places, carregadíssims de maletes, per anar cap al Port de Barcelona a embarcar en el nostre creuer. L'Hortènsia i el papà s'instal·laren en els seients del davant, junts i agafats de la mà, i en Pol i jo al seu darrera, separats pel seient del mig i cadascú mirant per una finestra diferent i pensant en les seves coses. Vaig acaronar la motxilleta turquesa que m'havia regalat la mamà a París, i que per fi m'havia decidit a estrenar. Era una Vuitton autèntica, caríssima, però a mi no em va fer cap gràcia, en el seu moment, perquè estava molt enfadada: no volia que els papàs es separessin, ni que la mamà es quedés a París vivint amb el seu pintor preferit, el Diego, ni que em fes tornar a Sitges a fer els exàmens, a mirar d'aprovar el primer de Batxillerat. Estava tan enfadada que vaig enterrar la motxilleta en un armari i vaig decidir que no la faria servir mai. Però després, un cop vaig haver-me examinat i vaig aprovar-ho quasi tot —excepte tres, que les aprovaria al setembre, llavors pensava que les aprovaria—, em vaig desenfadar i vaig veure que la mamà tampoc no havia fet tan malament, de fer-me tornar a Sitges. Tant per tant, també podia fer treure la motxilleta de l'armari per portar-la al creuer.

El taxista va posar una emissora de música clàssica.

—*Tot seguit, a Catalunya Música, els oferirem els preludis de Chopin, en la versió de Maurizio Pollini...* —va dir la veu de la locutora.

—Els va bé, aquesta emissora? —va dir el taxista, girant-se cap al papà i l'Hortènsia—. A mi m'agrada molt, la música clàssica.

—Ah, sí? —féu el papà, una mica sorprès, com si els taxistes no poguessin escoltar res més que Radio Teletaxi.

—Sí! De fet, tinc la carrera de piano —va explicar el taxista, que era força jove, i va seguir xerrant amb el papà mentre el Pol i jo, al seient del darrera, ens miràvem amb una ganyota. A nosaltres ens hauria agradat alguna música més marxosa, però no vam gosar dir res.

—Adéu, Sitges! —va exclamar l'Hortènsia, quan vam deixar el Cap de la Vila per anar a buscar la carretera de Barcelona, i es va girar a mirar-nos, brandant els rínxols. Semblava molt contenta i una mica nerviosa, potser perquè era el primer cop que compartiríem unes vacances amb ella i el papà. Per a ella no devia ser gaire fàcil, haver d'iniciar una relació amb algú que tenia dos fills adolescents; segur que s'hauria estimat més anar de creuer tota sola amb el papà. Vaig decidir que intentaria no complicar-li més la vida.

—Adéu, Sitges! —vaig exclamar, fent-li eco. El Pol em va mirar amb una ganyota de disgust, aquella ganyota que cada cop feia més sovint. Li vaig tornar la ganyota i vaig mirar la vila des del cotxe: adéu Sitges, *cel i calitges*, adéu als carrers que ja començaven a omplir-se de turistes. Adéu, també, a la llum que tant havia obsessionat els pintors de la vila, adéu als camins que duien al silenci verd del massís del Garraf, on el Robert m'havia dut amb moto. El Robert, el meu amor de l'Institut. Després de tornar de Venècia, amb la mort de la iaia, com que jo no volia estudiar per als exàmens ni treballar amb ell al bar, sinó anar-me'n a París amb la mamà, ens havíem acabat distanciant. Però a l'estiu, sola a casa, l'enyorava tant que li vaig trucar i vam tornar a sortir, gairebé d'amagat, perquè oficialment ell seguia sortint amb la seva nòvia de sempre. El Robert era l'únic a qui li havia dit que ens n'anàvem de creuer.

—Passarem per l'autopista? —preguntà el taxista, al cap d'una estona.

—Sí, i tant, no és cas que ningú se'ns maregi per les costes del Garraf, oi? —va dir el papà, girant el cap per mirar-nos.

—Ja saps que jo no em marejo mai —va dir el Pol, ofès.

—Ni jo —vaig afegir, fent-li costat.

—Doncs jo sí —va contestar l'Hortènsia, amb un fil de veu—. Espero que el creuer sigui tan estable com ens han dit a l'agència!

—Ni es belluguen, aquests vaixells tan grans —assegurà el papà. El Pol em mirà de reüll.

—I tant que es belluguen, jo ho he vist als reportatges —em digué en veu baixa, perquè no ho sentís l'Hortènsia. Vaig quedar-me en silenci, mig endormiscada, sentint la musiqueta clàssica que ressonava en l'interior confortable del taxi. Encara que tot fos bonic i còmode, no aconseguia treure'm una mena de tristesa de dins: un enyorament de la mamà, i també del Robert, que encara que sortia amb mi també seguia sortint amb la Tessa. I la Tessa era molt llesta, segur que aprofitaria que jo era fora. I jo? Bé, potser jo ho aprofitaria per lligar amb algun d'aquells oficials com els de les pel·lícules...Vaig abraçar la motxilleta turquesa contra el pit, com un talismà contra la solitud de dintre, la que sempre ens acompanya per molt que estiguem envoltats de gent, o fins i tot en parella.

—*Sentirem ara els Nocturns de Chopin, en la versió de Maurizio Pollini*-va dir la locutora de Catalunya Música. Vaig mirar el Pol, que em tornà la mirada; cap dels dos no ens vam atrevir a demanar la música més marxosa. Vaig fer un cop d'ull als seients del davant, cap al papà i l'Hortènsia.

—Com ens posarem, al cambrot? —vaig preguntar.

—Tots junts en un llit, és clar! —va afirmar el papà, molt seriós, deixant-nos a tots bocabadats. Fins i tot el taxista li va fer una ràpida llambregada.

—Va, Enric, digues la veritat! —pregà l'Hortènsia, avergonyida.

—Estarem bé, no patiu: tindrem un cambrot familiar, exterior, amb una habitació doble i dues de senzilles i una mena de sala central..—-assegurà el papà.

—I bany amb *jacuzzi*? —vaig preguntar. A totes les fotos dels prospectes sortia una parella brindant en un *jacuzzi* mentre arribaven a la costa, i coses així.

—Els *jacuzzi* són a fora, a la piscina —intervingué l'Hortènsia.

—No, jo n'he vist en unes fotos que són a dintre —observà el Pol, que era el primer cop que obria la boca.

—Però allò deu ser a *Le Village*, que és la part de proa: és tota reservada, fins i tot tenen un ascensor per a ells. Una nit allà val com tot el nostre viatge...prohibitiu! —digué l'Hortènsia, sense adonar-se que el papà abaixava la mirada. En altres èpoques, hauríem anat a *Le Village*, sense cap dubte—. Nosaltres estarem prou bé en aquest cambrot....

—I tant que estarem bé! Si val un ronyó i part de l'altre!— es queixà el papà—. O estem bé o n'hi ha per...

—Per no tornar-hi —completà el Pol, amb filosofia

Entre una cosa i l'altra, el viatge se'ns va fer curt i aviat vam ser al Port de Barcelona, a la terminal dels creuers. El taxista va aparcar al costat d'una andana i ens va ajudar a treure les maletes mentre fèiem un cop d'ull als impressionants vaixells, alts com gratacels, que s'arrengleraven al moll.

—Mireu, aquell deu ser el nostre! —va exclamar el Pol, i tots vam mirar cap un enorme vaixell que tenia el buc decorat amb el nom d' *Ulysses Holidays*.

—És clavat al que vam veure en aquell reportatge de "Cor Rosa", oi? —vaig dir-li al Pol. Qui sap, potser també hi hauria aquell capità que havien entrevistat. El Pol va fer que sí amb el cap i es va posar a córrer amb la maleta per atrapar el papà i l'Hortènsia, que ja se'ns havien avançat cap a l'edifici d'entrada dels passatgers. Jo em vaig quedar endarrerida, per culpa de les sandàlies de taló alt.

3. Save the sea

Mentre intentava seguir el ritme dels meus familiars, un xicot se'm va plantar al davant amb una carpeta a la mà.

—Bon dia, guapíssima! Vols firmar perquè els creuers no entrin a Venècia? —Era morè, no gaire alt, d'aire asiàtic, ulls ametllats, i duia una samarreta amb l'emblema *Save the sea*. Parlava amb un accent estranger que costava d'identificar.

—Perquè els creuers no entrin a Venècia, dius? —vaig dir, per estar segura que ho havia entès bé.

—Sí. Els grans creuers amenacen l'equilibri dels ecosistemes més fràgils. Signa aquí, si estimes Venècia —insistí el xicot.

—Què sou? Alguna ONG? —vaig voler saber. El noi va fer que sí amb el cap i va assenyalar una taula que hi havia a poca distància d'on érem, no massa lluny de la porta d'entrada de l'edifici de passatgers. Al darrera de la taula hi havia una pancarta amb el mateix lema de la samarreta, *Save the sea*. Rere la taula hi havia un parell de joves més, que també intentaven aconseguir firmes per allò dels creuers.

—Em dic Wilson. Pertanyo a *Save the sea*, una ONG d'activistes per la preservació dels mars i oceans —va explicar, i em va allargar la carpeta amb un full de signatures. Però el papà sempre ens deia que no signéssim mai res, que no ens poséssim en embolics i, sobretot, que no donéssim el nostre DNI.

—Vols mirar un d'aquests prospectes? —insistí el Wilson, donant-me'n un: s'hi veia una fotografia feta amb Photoshop, on Venècia semblava enfonsar-se per culpa dels creuers gegants. Mentre m'ho mirava, va arribar una parella de Mossos d'esquadra, uniformats, i es van encarar amb el Wilson.

—Com és que encara sou aquí? Ja us hem avisat fa estona, aquí no hi podeu estar. Hem rebut queixes de la direcció del Port. Us ho hem dit i us ho repetim, no podeu muntar aquesta taula tan a prop de la zona d'embarcament de passatgers dels creuers —explicà un dels Mossos, assenyalant el rengle de passatgers que entraven amb les maletes—. Si us plau, aneu a un altre lloc.

El noi i la noia que hi havia rere la taula van abaixar el cap, però el Wilson no es rendia tan fàcilment.

—Per què no? Bé que ells envien els seus creuers a contaminar els llocs més verges! Els grans creuers amenacen els ecosistemes més fràgils, i...

—Escolta, a mi tant em fa si vols parlar contra els creuers com si vols passar-t'hi mitja vida. A mi que no m'hi busquin, en aquestes cafeteres —replicà un dels Mossos, arronsant-se d'espatlles—. Però aquí no hi podeu estar. Desallotgeu vosaltres o us traurem a la força.

—I rapidet! —insistí l'altre Mosso—. Ara farem un tomb i quan tornem ja hauríeu de ser fora, si no voleu tenir problemes.

El noi i la noia de darrera de la taula van començar a recollir els prospectes.

—No vols firmar? —preguntà el Wilson, com si no hagués passat res.

—És que, justament, jo estic a punt de pujar en un creuer! M'he aturat perquè em pensava que fèieu propaganda de les excursions —vaig comentar, rient.

—En quin creuer vas? Aquest d'aquí? L'*Ulysses Holidays*? —preguntà, assenyalant la mola del creuer que treia el cap per darrera de l'edifici d'embarcament.

—Sí, per què?

—Tinc un germà que hi treballa. Es diu Edwin Reina, som bessons. Segur que el coneixeràs, és el responsable de la coberta de piscines. Voldries fer-me un gran favor? Voldries donar-li una cosa?

—Una cosa? —vaig preguntar, desconfiada.

—Sí, mira, és que avui és el seu aniversari. Pensava que ens podríem veure, però al final té massa feina, no podrà desembarcar. Li he comprat un regal. Voldries donar-li? —va demanar el Wilson, descarregant la motxilla que duia a l'esquena. Els Mossos van arribar fins a la porta de l'edifici i se'ns van quedar mirant, amb els braços plegats, mentre els nois de l'ONG plegaven la pancarta amb parsimònia.

—És el drac del Park Güell, a ell li agrada molt —va explicar el Wilson, mostrant-me una capsa de cartolina de color vermell. La va obrir perquè veiés què hi havia a dintre: un petit dragonet de ceràmica.

—Està bé, dóna'm la capsa —vaig dir, i me la vaig posar a la motxilla. No tenia cap sensació de perill. Segur que el papà m'ho hauria impedit; no el coneixia de res, podia haver-hi droga i no sé què més. Però jo ho havia vist amb els meus ulls: allí només hi havia una rèplica de ceràmica del dragonet del Park Güell.

—Gràcies! Moltes gràcies! Edwin Reina, no te n'oblidis —féu el Wilson—. Ja va, ja va!-exclamà, en direcció a la parella de Mossos, que semblaven a punt d'intervenir. Llavors vaig veure la carpeta de les firmes, encara damunt de la taula, i em vaig decidir a signar: "Andrea Planes, estudiant, Sitges". No hi vaig posar el DNI: així tampoc contradeia del tot el papà.

Mentrestant, el Wilson i els altres van recollir tot el material i es van afanyar a sortir de la zona d'embarcament de passatgers, seguits de prop per la parella de Mossos.

—Records a l'Edwin! —va dir el Wilson, girant-se, mentre jo entrava a l'edifici, preparada per aguantar una bona bronca del papà. Però, per una vegada, el papà estava tan distret amb els passaports que no es va recordar de renyar-me pel retard. O potser ja s'havia adonat que no era una nena petita; de fet, a finals de juliol faria divuit anys.

4. *El drac del Park Güell*

El creuer era una passada. Tenia detalls de mal gust, com uns animadors disfressats de *torero* i *bailaora* a l'entrada de la porta, i anuncis d'espectacles amb Bob Esponja i coses d'aquestes, però també era molt gran i modern, tot net i rellu-ent. Fins i tot a l'ascensor hi havia una bola que disparava raigs d'aigua perfumada per rentar-se les mans. Vam pujar directe a la zona de les piscines, on tothom circulava amb vestits de bany i còctels de colors a les mans. Un conjunt de música en viu tocava un ritme de samba, tot de passatgers en banyador intentaven seguir el ritme de la monitora, i, en un moment, fins i tot els cambrers es van posar a ballar, vestits de negre, amb les safates.

—Hosti! Sembla que estiguem en un musical d'aquells de les pel·lícules! —exclamà el papà.

—I heu vist quanta gent de tot arreu? Això és l'ONU en versió familiar —va dir l'Hortènsia. Molts nois i noies feien cua, amb uns flotadors grocs enormes, per llançar-se des dels grans tobogans que anaven a parar a les piscines. També hi havia quatre *jacuzzi*, un a cada extrem de la piscina central, i rengles d'hamaques al voltant. Llavors se'ns acostà un cambrer vestit de negre, cofat amb un barret de torero, que duia una safata amb copes d'un còctel ataronjat. Era clavat al Wilson de les signatures.

—*Do you want a drink?*

—Deu ser gratis, això? —digué el papà.

—Les begudes es paguen a part, amb la targeta del creuer —féu el cambrer.

—Parles català?

—Una mica, senyor! Vaig viure un temps a Barcelona. Vo-len el còctel de benvinguda?

El papà i el cambrer van conversar una estona. Vaig apro-fitar-ho per mirar el seu nom a la placa de la camisa: "*Edwin Reina. Philippines*". El cor se'm va accelerar. No hi havia cap dubte: era el germà bessó del Wilson, el noi a qui havia de donar el regal. Però no gosava fer-ho allà, al davant de tots. L'Edwin ens mirava, amb un aire cansat que contrastava amb tota aquella alegria postissa del voltant. Tots vam agafar una copa, i abans de marxar l'Edwin ens va donar unes targetes, al Pol i a mi.

—Avui tenim festa a *Oxygen,* la discoteca jove. Prohibit per majors de divuit anys! *Tonight at ten* —va dir, picant-nos l'ullet, i se'n va anar.

—Bé, brindem? —proposà l'Hortènsia, llavors, i tots van aixecar les copes de plàstic—. Pel creuer!

—Pel creuer i per nosaltres! Que ens ho mereixem...—va dir el papà. Vam fer xocar les copes i vam tastar el suc de fruita, i potser una mica de rom.

—Anem a veure si ja podem entrar al cambrot, Hortènsia? Ens han de portar les maletes. Quedeu-vos per aquí, nois, si voleu. Ara venim —va dir el papà.

—Aquí estarem —vaig dir, formal. Però, de fet, el que volia era anar a veure si trobava l'Edwin per donar-li la capseta vermella i quedar-me tranquil·la d'una vegada. El Pol se'n va anar al rocòdrom, i jo vaig fer un tomb per la coberta de les piscines. Vaig pujar els graons que duien fins a la barana de la coberta: potser allí seria més fàcil veure algú amb barret de torero. Un cop a dalt, vaig mirar el paisatge i per primer cop em vaig adonar de la impressionant alçària del creuer. Estàvem en un autèntic edifici damunt del mar, que es veia molt llunyà, una plataforma blava com si fos de LEGO que algú hagués col·locat al davant d'una postal de Barcelona. Vaig estar una estona mirant Montjuïc, el telefèric, Colom, les torres de l'Hotel Arts i de la Mapfre, i allà al lluny, la Sagrada Família i el Tibidabo.

Em vaig girar i per fi vaig poder distingir el barret de torero de l'Edwin, més enllà de la zona de piscines. Vaig baixar els graons tan de pressa com vaig poder, maleint els talons de les sandàlies. Un cop a baix vaig tornar a perdre la perspectiva, envoltada de gent i sense saber cap a on tirar. Llavors vaig veure que arribaven el papà i l'Hortènsia, amb els vestits de bany posats, tovalloles i xancletes. També va aparèixer el Pol, que ja havia pujat i baixat del rocòdrom.

—Aneu al cambrot a canviar-vos, us esperem aquí! Ja veureu, és fantàstic. Teniu, us dono una targeta; n'hi ha dues. Una per vosaltres i una per nosaltres, va bé? —va dir el papà. El Pol i jo vam anar corrents a veure el famós cambrot, però no el vam trobar tan fantàstic com això, per molt que tingués tres habitacionetes i que totes donessin al mar. Un cop sola al meu dormitori, em vaig asseure al llit i vaig obrir la capsa vermella que m'havia donat el Wilson. Vaig treure el dragonet del Park Güell, un souvenir d'imitació de porcellana, amb el trencadís pintat. No pesava gaire, devia ser buit per dintre. Vaig mirar la part de sota, que estava foradada, i quan la vaig posar dreta, per tornar-la a la capsa, alguna cosa va caure a terra pel forat. Vaig ajupir-me a recollir-ho, pensant que era un imant, però em vaig quedar d'una peça en veure que era un llapis de memòria, un *pendrive* molt petit, rectangular, d'un to platejat. Vaig aixecar els ulls i em vaig veure al mirall, asseguda al llit, el *pen* en una mà i el dragonet en l'altra. Un *pendrive*? Potser hi havia informació secreta de l'ONG *Save the sea*. Potser, senzillament, era un mitjà de comunicació entre el Wilson i el seu germà. Hauria d'haver fet cas al papà i no ficar-me en embolics.

—Anem, Andrea? —preguntà el Pol, trucant a la porta i obrint-la al mateix temps—. Què et passa? Què tens a la mà?

No em vaig veure amb cor d'inventar-me cap bona excusa, i li vaig ensenyar el dragonet de ceràmica.

—M'ho ha donat un noi dels de l'ONG de l'entrada, perquè li donés al seu germà bessó. Saps qui és? L'Edwin, el que ens ha donat la invitació de la discoteca.

—Ah! Doncs dóna-li i ja està, no?

—És que l'he tret per mirar-lo, i tenia això a dintre —vaig dir, mostrant el *pen*. Tots dos ens vam quedar mirant el petit objecte platejat, i estic segura que pensàvem el mateix. La temptació era irresistible.

—L'obrim a veure què hi ha? —preguntà el Pol.

—Però això és cosa seva...

—Veurem què és, i ja està, no?

—Sí, ja que els fem el favor, bé tenim dret a veure què és.

Vaig treure el portàtil de dintre de la maleta i el vaig posar a la taula. Però un cop connectat, el *pendrive* no ens va revelar res. En lloc de lletres, a la pantalla hi sortien una pila de quadradets i sèries numèriques.

—-Merda! Està encriptat —va dir el Pol—. Serà millor que el treguis i el tornis a posar on era.

—En guardo una còpia, per si de cas?

—Sí, guarda-la! Potser després m'hi entretindré una estona.

—No serà perillós?

—No, dona! Com a molt pot portar un virus i et farà malbé els treballs de Literatura Universal.

—No n'he fet cap, encara.

—Millor! Escolta, Andrea, ara aniré a fer un tomb pel creuer. No tinc ganes de compartir tooota la festa del papà i l'Hortènsia a la piscina...Els podries dir que me n'he anat al rocòdrom?

—Però on vols anar? Espera't, t'acompanyaré. Jo tampoc em vull quedar sola amb el parell d'enamorats!

—Millor que no vinguis; intentaré veure les tripes del vaixell. Potser més endavant em decidiré per treballar en algun —va dir el Pol, amb un aire misteriós.

—De cambrer?

—No, dona, de tripulant.

—D'acord, vés, però torna aviat! Jo tampoc vull fer d'espelma del papà i l'Hortènsia —vaig rondinar, mentre tornava a posar el *pen* a dintre del dragonet. Vaig tancar la capsa vermella—. On ho guardo, ara, això?

—A dintre d'un calaix mateix —proposà el Pol, assenyalant els calaixos de sota el llit—. Fins després, *sister*!

Un cop el Pol va ser fora, em vaig posar el biquini nou i una samarreta, vaig agafar la motxilla i vaig sortir del cambrot. Però quan estava a punt de tancar la porta vaig començar a pensar què passaria si algú entrava al meu cambrot i descobria la capsa vermella. Tot plegat, vaig tornar a entrar, vaig agafar la capsa i me la vaig posar a la motxilla. Almenys que viatgés amb mi. També vaig agafar el meu *Lord Jim* de tapes taronja: que tothom veiés quin totxo de llibre era capaç de llegir una noia com jo. Vaig sortir del cambrot tan capficada que no em vaig fixar ni en el número, i em vaig posar a caminar pels passadissos,que em semblaven tots iguals, emmoquetats de gris. Per absurd que semblés, al cap d'una estona m'havia perdut. Vaig estar una bona estona fent tombs com una imbècil per aquell circuit de passadissos, buscant els ascensors, passant per llocs on no volia anar, com la ludoteca infantil, l'*spa* i un espai que era com la zona d'obres del vaixell: s'acabava la moqueta, el terra tenia el linòleum desenganxat i hi havia tot de carretons de la neteja arrambats a les parets. Una porta metàl·lica, al darrera dels carretons, marcada amb un senyal de prohibit passar, separava la zona dels passatgers de la de servei. Quan ja era el tercer cop que em perdia vaig aturar-me un cop més al davant dels carretons de neteja, decidida a demanar ajuda. Llavors vaig sentir remors al darrera de la porta metàl·lica on hi havia el senyal de prohibit. Vaig acostar-m'hi, havia de decidir-me i trucar, però altre cop em moria de vergonya. Vaig arrambar l'orella a la porta i vaig sentir veus que parlaven en anglès.

—Farem l'acció de protesta, està decidit. Un *black out* sortint de Nàpols. Estigueu preparats, estem esperant instruccions de terra. Explicarem les nostres condicions per megafonia, perquè tothom ho sàpiga. Els dos periodistes ja estan avisats —féu un noi, que per l'accent podia ser l'Edwin.

—Per fi hauran de fer-nos cas, tant si volen com si no —va dir una noia sudamericana.

—Però, i els passatgers? I la resta de la tripulació? —preguntà un altre noi.

—No els passarà res! S'hauran d'aguantar una mica, com nosaltres. Hem d'aconseguir que ens facin cas, i és l'única manera —afirmà l'Edwin.

—Aigua! Ve algú —va avisar la noia sudamericana. Vaig sentir corredisses i unes passes que s'acostaven. Em vaig allunyar de pressa de la porta, i quan es va obrir, per gran sorpresa meva, en va sortir el Pol, amb aire de nen castigat, seguit d'un oficial vestit de blanc, amb galons daurats a la camisa. Era un home d'uns cinquanta anys, galtavermell, una mica gras, de rostre tens i preocupat.

—Ho veus clar, noi? Mai no has de tornar a creuar aquesta porta —li digué l'oficial al Pol, molt seriós. Va tancar amb cura la porta metàl·lica de la zona de servei, es va girar i aleshores tots dos em van veure. El Pol va córrer a abraçar-me.

—Andrea! Per fi et trobo! Veu, *officer* Stewart? Aquesta noia és la meva germana. Segur que m'estaven buscant. Andrea, et presento l'*officer* Stewart, d'Edinburgh.

Vaig avançar-me per donar-li la mà a l'oficial, com si ja estiguéssim al sopar del capità.

—Encantada. Què ha passat?

—L'he trobat pels volts de la sala de màquines —va dir l'oficial, greu—. No s'hi pot entrar, a la sala de màquines! Està totalment prohibit d'entrar a la zona de treball del creuer, per motius de seguretat, m'entenen? De fet, no sé pas com ha pogut arribar fins allà, aquest xicot. Has entrat per aquí, noi?

—Sí, m'he perdut, i la porta estava oberta —mormolà el Pol, humilment, abaixant els ulls; però a mi no m'enganyava. Jo sí que em perdia, però ell tenia una orientació a prova de bomba.

—Maleïda porta... No és el primer cop que ens passa, no. A bord de l'*Ulysses* hi ha més de 4000 persones: tres mil passatgers i mil membres de la tripulació. I passa el que no ha de passar.

—Disculpi el meu germà, oficial. Només té quinze anys.... Em sap molt greu.

L'oficial va sacsejar el cap i se'ns va quedar mirant.

—Germans, oi? De Barcelona?

—De Sitges —vaig dir, amb el meu millor somriure.

—Oh! Barcelona! Sa-gra-da-fa-mí-li-a...Gau-dí...el Barça! Bé, me n'he d'anar. Em poden dir els seus noms i cognoms, i en quin cambrot s'allotgen? —preguntà l'oficial.

—Ens diem Pol i Andrea Planes, i estem al cambrot 405 —va respondre el Pol, amb un aire compungit. L'oficial va apuntar-s'ho en una llibreteta, amb aire sever, perquè quedés clar que ens tindria controlats.

—Molt bé. Per cert, si volen visitar el vaixell, no cal que obrin cap porta de servei: cada dia hi ha un circuit turístic que surt de la coberta 11, vora l'Inuit Bar. Inclou una visita al pont de comandament —digué l'home, mirant-se el Pol amb un mig somriure—-. Bé, els deixo. Benvinguts a l'*Ulysses*!

L'oficial se'n va anar. El Pol s'arronsà d'espatlles i em mirà amb aire de nen trapella.

—No direm res, oi?

—No pateixis, són coses nostres —vaig tranquil·litzar-lo. A dalt, a la coberta, el papà i l'Hortènsia ens esperaven, estirats en dues grans hamaques.

—Voleu anar a dinar? Hi ha un bufet lliure amb hamburgueses, i de tot —proposà el papà, incorporant-se.

—I tant, em moro de gana! —exclamà el Pol.

—Jo també —vaig dir, encara que tenia la panxa una mica remenada per culpa de tot plegat. Mentre fèiem la cua del bufet, vaig obrir la motxilla per controlar on era la capsa vermella. El papà em pescà remenant la bossa.

—Què busques, aquí dintre?

—Aquest llibre! Mira! —vaig dir, donant-li el *Lord Jim* de

tapes taronja—. L'he de llegir per Literatura Universal. El vaig trobar a casa de la iaia, i...

—Espera, espera. Jo diria que aquest llibre era meu! *Lord Jim*, sí. No és aquell de la tripulació que abandona un vaixell ple de passatgers, pensant-se que naufragaran, i després no naufraguen i l'error els persegueix tota la vida?

—Abandonar els passatgers? Els devia caure una bona condemna! —exclamà l'Hortènsia, amb mentalitat d'advocada.

—Bé, calleu, que sinó ja ho sabré tot —vaig protestar, agafant el llibre de les mans del papà.

—Ep! Ja ens toca! —avisà el Pol, i vam posar-nos a demanar les nostres hamburgueses amb patates fregides, quètxup, *nuggets* i tota la pesca. Amb prou feines havíem començat a menjar, l'orquestrina de la coberta es va posar a tocar balls de saló. El papà i l'Hortènsia van sortir a ballar a la pista de coberta i nosaltres ens vam quedar mirant-los fins que ens en vam cansar.

—Pol —vaig dir, en veu baixa, però amb tot aquell xivarri ni em va sentir—. Pol, on t'havies ficat, quan has sortit per aquella porta?

El Pol va aixecar els ulls de la *burger* i va fer un somriure murri.

—És guapíssim, Andrea, aquest vaixell. Vull estudiar patronatge de vaixells. Vull pilotar un bitxo com aquests!

—Però de veritat has entrat a la sala de màquines?

—Sí. I a tu? Com t'ha anat?

—Bé... —vaig dir, sense saber si explicar-li el que havia sentit.

—Ho dius d'una manera!

—És que, quan m'he perdut, he sentit gent que parlava darrera de la porta per on has sortit. Gent de la tripulació. Parlaven de fer una acció de protesta, un *black out*.

—Com vols dir?

—Un *black out,* no sé ni què és.

—Un tall de llum —explicà el Pol.

—Deien que ho farien com a acció de protesta per com els tractaven els del creuer, després de Nàpols.

—Segur que ho has entès bé?

—Sí, i tant; vaja, suposo.

—Si has sentit això, ho podríem dir a l'*officer* Stewart, es veu molt bon home.

—No, Pol, no podem dir res! I si ho he entès malament i la tripulació se la carrega per culpa meva?

—Ho veus? Segur que ho has entès malament, Andrea. Deuen haver dit alguna cosa de Nàpols, i tu ja t'has fet la pel·lícula. De totes maneres, si ho tornes a sentir sí que ho hauríem de dir. Estarem alerta —resumí el Pol, i es va posar a jugar amb la PSP, a un dels seus jocs de la 2a Guerra Mundial. Vaig fullejar *Lord Jim*, però sense gaires ganes. Volia llegir el capítol que m'havia dit el papà, però em vaig cansar de passar fulls i em vaig posar a escoltar música amb els auriculars.

CAPÍTOL 2
CAPITÀ ZANETTI

1. Oxygen. Open at 10 P.M.

El primer que vaig veure quan em vaig despertar, l'endemà, va ser el *Lord Jim* de tapes taronja llançat pel terra. Devia haver caigut mentre dormia. Vaig aixecar més el cap; no semblava que naveguéssim, potser ens havíem parat. Hi havia tanta pau, després del xivarri i la bogeria de la nit passada, que era com si tot s'hagués aturat a dintre meu, i també a fora. Una sotragada, un d'aquells lleus vaivens que marejaven l'Hortènsia, però als quals jo ja em començava a acostumar, em van avisar que el vaixell avançava, malgrat tot. Vaig baixar del llit, no massa segura d'aguantar-me dreta, vaig sortir al balcó i m'hi vaig quedar una bona estona. Estava una mica marejada, però no precisament pels vaivens del vaixell, sinó pels efectes de tot el que havia passat la nit abans, encara que a *Oxygen*, la discoteca jove, només servien ponx de fruites sense alcohol.

La primera tarda del creuer l'havíem passada fent el simulacre d'emergències, on només havíem entès que si passava alguna cosa ens havíem de trobar a la coberta 11, al davant d'un local anomenat Inuit, que era un Bar de Gel, i després havíem sopat al cambrot perquè l'Hortènsia s'havia marejat i no havíem pogut anar ni al restaurant. Però a les 10 en punt, el Pol i jo ens havíem presentat a la festa jove de la discoteca *Oxygen,* i allí havíem conegut una noia mallorquina, l'Aina, que viatjava amb el seus avis perquè els pares treballaven en un hotel tot l'estiu. L'avi havia estat mariner, ens va explicar, però ara havia d'anar en cadira de rodes. Mentre parlàvem, havia vingut l'Edwin a saludar-la, i al cap d'una estona se'ns havia unit un americà, molt alt, ros, amb tipus de jugador de bàsquet. L'Edwin ens el va presentar:

—Aquí teniu en Brad Hawthorne, un gran periodista. Està fent un reportatge per a la revista "Cruising Today", amb la seva companya Susan Ellis. On és la Susan, Brad?

—O molt m'equivoco o està acabant de sopar amb el capità. Vam demanar de fer-li una entrevista, però ell va preferir que només hi hagués la Susan, amb l'excusa que jo només sóc el fotògraf —va dir el Brad, picant-li l'ullet a l'Edwin.

—Esteu fent un reportatge sobre els creuers? —vaig preguntar, suspicaç. Els conspiradors que havia sentit parlar rere la porta havien dit que hi hauria dos periodistes implicats en el *black out.*

—Bé, sí, més o menys. Algú vol beure alguna cosa de grans? Tinc la boca seca —anuncià el Brad, assenyalant la barra del bar.

—No trobaràs res d'alcohol fins passades les dotze: això és la discoteca *Oxygen*, amic, diversió sana —féu l'Edwin, somrient. El Brad engegà un renec però seguí el seu camí cap a la barra, fent tentines. En Pol em clavà un cop de colze; era el moment de donar-li el dragonet a l'Edwin.

—Vols que anem a veure la vista des de les graderies, Aina? —preguntà, i s'allunyà amb la noia mallorquina.

—Edwin, té, de part del teu germà —vaig dir, traient la capsa vermella de la meva motxilla.

—Has trobat en Wilson al port? Bé, gràcies moltes gràcies —féu l'Edwin, no tan sorprès com s'hauria pogut esperar. L'Edwin va obrir la tapa, va veure el dragonet de ceràmica del Park Güell, li tocà el fons, segur que per mirar si hi havia el *pendrive,* i de seguida es va guardar la capseta a la butxaca del pantaló. En aquells moments un oficial mulat, amb cara de pocs amics, s'acostà al grup, i l'Edwin s'afanyà a anar-se'n a la feina. Llavors va tornar el Brad, ballant al ritme del "Viva la vida" de ColdPlay, i m'agafà per la cintura.

—Vols que anem a fer un tomb pel creuer?

L'Edwin va tornar a aparèixer de no sé on, sempre mirant que no el veiés l'oficial mulat. També van venir el Pol i l'Aina, que semblava que no es desagradaven del tot.

—Anem a explorar el creuer! Véns amb nosaltres, Edwin? —proposà el Brad.

—Uf, no, impossible. Tenim assignades les zones. Aneu a fer un tomb i després torneu a buscar-me. La disco jove s'acaba a les 24.00 en punt.

—Podríem fer una cosa per si ens perdem —vaig proposar, recordant un sistema que fèiem servir amb les amigues, quan sortíem de marxa per Sitges i tard o d'hora ens acabàvem separant—. Ens tornem a trobar aquí, al final de la nit, i veiem sortir el sol.

—Molt bé! Per on surt, el sol? —preguntà el Brad, amb la veu pastosa.

—Si pugeu aquestes escales cap a la coberta de dalt de tot, podreu veure molt bé la sortida del sol —digué l'Edwin.

—Va, doncs! Perfecte! Si ens perdem, quedem a dalt de tot quan surti el sol —vaig proposar, inspirada. Vam acomiadar-nos de l'Edwin i vam baixar a coberta 11, on hi havia la majoria de locals d'animació nocturna. Els passadissos eren plens de gent, i el nostre grupet s'anà dispersant. Primer es van perdre el Pol i l'Aina, després va desaparèixer el Brad, "espera't aquí, em sembla que he vist la Susan", va dir, i al final em vaig quedar tota sola i penjada. Com que no sabia què fer, vaig decidir recular fins a l'esplanada de la discoteca *Oxygen* per començar a pujar a la coberta de dalt de tot. A la discoteca, la festa feia estona que s'havia desinflat. Només quedaven algunes parelles assegudes als graons en forma d'hemicicle, i un vent humit de salobre recordava que ens trobàvem en alta mar. El bar estava tancat, i tampoc no vaig veure l'Edwin ni cap dels nostres amics.

Em vaig treure les sandàlies de taló massa alt, les vaig agafar amb una mà i, amb l'altra a la barana, vaig pujar descalça pels graons relliscosos. Pujava a poc a poc, una mica vacil·lant per l'altura i per la barreja de ponx amb la cervesa i el whisky que m'havia fet convidat a prendre el Brad, amb aquell somriure seductor, abans de plantar-me per anar a buscar la seva Susan. A dalt de tot hi havia una lluna plena fantàstica. No sabia si faltava gaire perquè sortís el sol; no portava rellotge perquè no m'agradava com quedava amb el vestit negre de lluentons. Tenia el mòbil descarregat, i el Pol s'havia quedat la targeta del cambrot. Si no el trobava, hauria de trucar a la porta i despertar el papà i l'Hortènsia per poder entrar. Vaig fer un tomb per la coberta superior, on, a part de les dues xemeneies del fons, només hi havia una pista de bàsquet i una teranyina d'aquelles que s'hi enfilen els nens. La coberta estava deserta, batuda pel vent, il·luminada per la llum crua del clar de lluna i per uns quants fanals escadussers. Ningú se n'havia recordat més del nostre punt de trobada, i m'havia quedat més sola que la lluna plena enmig de la nit. Tenia ganes d'enfilar-me a la teranyina, però em va fer por de fer-me malbé el vestit. Una remor de rebots de pilota venia de la pista de bàsquet. M'hi vaig apropar. Tot i ser tan tard, hi havia un jugador, un oficial de la tripulació, morè, vestit de blanc, que llançava pilotes a la cistella amb una fúria digna de millor causa. Vaig quedar-me mirant com encistellava, aquell home. Hi havia alguna cosa estranya, magnètica, en la determinació com llançava la pilota una vegada i una altra contra la cistella buida:; algunes vegades l'encertava, però la majoria, no. Tant li feia: recollia la pilota amb un gest brusc, violent, i la tornava a llançar amb mala llet, sense apuntar, com si volgués enfonsar la cistella.

Allà dalt es notava més, el moviment del vaixell. Vaig tenir por de marejar-me i em vaig asseure en una de les grades que hi havia al voltant de la pista. Feia un vent fred, i vaig agafar-me els genolls amb els braços, i els braços amb els braços, segura que al final m'havia emborratxat del tot, i ho pagaria i vomitaria, però que de moment encara em trobava bé i em divertia moltíssim d'estar asseguda allí, pelant-me de fred sota el clar de la lluna, mirant aquell home que jugava al bàsquet contra si mateix. Estava força bo, les coses com són, tot i que era una mica gran, devia tenir alguns anys més que el Brad.

Al final l'home es va cansar de llançar pilotes i va caminar cap al peu de les graderies, més avall d'on seia jo, i va recollir una tovallola que hi havia deixat per eixugar-se la suor. Es va posar a sota d'un dels fanals que il·luminaven la pista, per mirar el rellotge, i aleshores li vaig veure el perfil, front alt, nas ample, mandíbula poderosa, com el cap d'Uomo del Sarto que la mamà tenia en una làmina del seu estudi. Fins i tot el cabell, molt curt i amb una mica d'entrades, em resultava familiar. Llavors vaig descobrir que era el capità guaperes que havia vist per la tele, a l'entrevista de "Cor Rosa".

Vaig esternudar. Ell va aixecar els ulls foscos, al moment, buscant l'origen d'aquell soroll delator en el profund silenci de la coberta.

—Hola! —vaig dir, tímidament, aixecant la mà com si estigués al col·legi. Quan va veure'm, un bolic de noia morta de fred a dalt de les grades, les faccions dures de la cara se li van endolcir per donar pas a un somriure franc i expressiu, però que va desaparèixer de seguida, com si no li estigués permès de romandre gaire temps en aquell rostre. Va aixecar una mà, com havia fet jo, i va sortir de la pista sense girar-se. Jo em vaig posar dreta, també, tan de pressa com vaig poder. No sabia per què però m'interessava, aquell home, volia parlar-hi, no volia que marxés així com així, després d'haver-lo estat observant tanta estona.

Vaig baixar les graderies com vaig poder, mig trompa com anava, i encara sort que m'havia tret les sandàlies, sinó hauria acabat relliscant en aquella superfície llisa i humida. Quan vaig ser a baix, però, tot va començar a fer voltes i més voltes. Em vaig agafar al fanal que tenia al davant i vaig vomitar tot el que duia a dintre. Després, molt més descansada, em vaig eixugar la barbeta amb una mà, i la mà a la cuixa, i vaig sortir de la pista intentant no fer esses.

—*Lei sta bene, signorina?* —em va preguntar algú amb

una veu fonda, i em va clavar un ensurt. L'home que jugava a bàsquet s'havia estirat en una hamaca i m'observava des de l'ombra.

—*Si... si... adesso sto bene* —vaig dir, separant els braços com una nena que hagués fet una malifeta, i tot d'una em va agafar un atac de riure. Vaig començar a riure sense saber per què, un riure incontrolable ple d'alcohol però també de felicitat, d'alegria boja de trobar-me allí, enmig de la nit, en ple Mediterrani, parlant amb un capità de creuer que es dedicava a jugar a bàsquet a les tantes de la nit. Ell va somriure, es va incorporar i es va quedar assegut, mirant-me, amb les mans entrecreuades, fins que se'm van passar les ganes de riure i ja no sabia si riure o si plorar. Llavors es va aixecar, em va donar la mà i em va ajudar a estirar-me en una hamaca. Després va tornar a estirar-se a la seva, de panxa enlaire, com jo, mirant les estrelles, i va començar a parlar en aquell italià tan angulós com el seu rostre.

Quan ens vam separar, força estona després —ell mateix avisà l'Edwin pel mòbil i li ordenà que m'acompanyés al cambrot—, el mal ja estava fet.

L'Edwin em va portar de bracet fins "a casa", descalça, amb les sandàlies a la mà, a través d'escales i passadissos. Quan vam ser al davant del cambrot vaig recordar que no tenia la targeta que l'obria, però l'Edwin, professional, en va treure una que feia de clau mestra, obrí la porta i es va esperar fins que vaig entrar. No sé ni com, vaig aconseguir entrar a la meva habitació sense despertar ningú i i em vaig deixar caure sobre el llit, de costat, com un sac de patates. Alguna cosa dura se'm clavà a l'esquena i la vaig llançar a terra, on va caure amb un cop sec, com cauen els llibres. "Adéu, *Lord Jim*", vaig mormolar, i encara que estava mig trompa, el cor se'm va encongir de pensar que si no aconseguia llegir-lo acabaria suspenent el primer de Batxillerat. Estirada al llit, em va costar d'aclucar l'ull. Em rodava el cap, però almenys estava segura que no vomitaria, ja no. Ho havia vomitat tot allà dalt, a la pista de bàsquet.

2. *Le Village*

Encara que, en despertar-me, m'havia semblat que el vaixell estava parat, navegàvem a bona velocitat. Ens esperava l'anunciat "dia de navegació": l'endemà arribàvem a Itàlia. Vaig sortir al salonet: el papà, l'Hortènsia i el Pol ja estaven esmorzant.

—Seu, seu, Andrea! —em va convidar l'Hortènsia, una mica pàl·lida i ullerosa. El dia abans s'havia marejat, però s'havia pres una pastilla i havia insistit a anar al Casino amb el papà.

—Com us va anar, ahir?

—No us ho creureu! Vam guanyar! —exclamà l'Hortènsia. El papà va somriure, tot content.

—Ah, sí? —va fer el Pol. L'Hortènsia es posà a explicar amb tot detall el seu èxit a la ruleta, però jo vaig desconnectar ben aviat. M'estimava més evocar els ulls foscos del meu inoblidable amic nocturn; el seu accent tan especial i la història de la seva dura infantesa. Es deia Paolo Zanetti i era fill del faroner d'una illa pràcticament deserta, prop de Sardenya, on només hi havia un far, una escultura submergida, la *Madonna del Naufrago,* i unes cols silvestres, les *cavoli.* Per això se'n deia l'*Isola dei Cavoli.* L'Illa de les Cols! M'havia agafat un atac de riure. Havíem rigut tant…

—L'Andrea no ens escolta —comentà l'Hortènsia, perquè jo m'havia quedat parada, amb la pasta de crema al plat.

—Mmm…no…no…estava…pensant —vaig dir, mossegant la pasta sense gaires ganes.

—Pensant? Fas uns ullets...No estaràs enamorada? —va llançar l'Hortènsia, tan directa com ella sola. Com que em vaig enrojolar fins a l'arrel dels cabells, ella de seguida va dictaminar que sí, mentre el papà i el Pol. miraven cap a una altra banda, sense gosar afegir-hi res.

—I bé, què farem, avui? Hi ha moltes opcions...Espereu, que us ho llegeixo.

Es va aixecar per anar a buscar el prospecte del dia, que cada dia repartien per les habitacions, i l'Hortènsia ho va aprofitar per estrènyer-me una mica el braç.

—No cal que m'ho expliquis, si no vols. Tothom sap que es lliga molt, en els creuers.

—Avui al matí hi ha una visita organitzada per veure tot el creuer. Hi anirem, oi? —proposà el papà.

—És que jo he de llegir el llibre de l'Institut —vaig dir de seguida.

—I jo volia anar al rocòdrom —s'excusà el Pol. El papà doblegà el prospecte i es mirà l'Hortènsia:

—Tu sí que vindràs amb mi, oi, xata? O t'estimes més anar al *jacuzzi*?

L'Hortènsia feia cara de voler anar al *jacuzzi*, però de seguida trobà la solució:

—Per què no fem primer la visita tots junts? No t'agradava tant, Pol, veure el vaixell? I tu, Andrea, vols dir que has de llegir tant com això?

—També és veritat. Després ja aniré al rocòdrom —va accedir el Pol.

—Bé, doncs si després no aprovo perquè no he llegit els llibres, no serà culpa meva —vaig amenaçar, però tot d'una se m'acudí que, si la visita era de tot el creuer, potser tornaria a veure el Paolo.

—Perfecte, doncs! Ei, vigila, Andrea: t'estàs tirant la crema a la falda —avisà l'Hortènsia. Vaig mirar i, sí, el minivestit taronja tan bufó, tot tacat de crema de la pasta.

—Ara mateix em canvio —vaig dir, i vaig tornar a la meva habitació.

—De veritat que, a aquesta noia, li passa alguna cosa — vaig sentir que deia l'Hortènsia, en to cordial. Vaig entrar al lavabo. Sí que em passava. Vaig arrepenjar les mans en el mirall i vaig fer-me un petó damunt del vidre esmerilat, pensant en ell, com quan començaven a agradar-me els nois. Ell, de qui només en sabia que havia fruït molt però que també coneixia el dolor, i que no podia viure lluny del mar. Fos com fos, era emocionant.

—Ja estàs, nena? —cridà el papà, trucant a la porta. Vaig canviar-me el vestit taronja per un de groc, vaig agafar la motxilla, amb el mòbil i el *Lord Jim*, ni que fos per tossuderia, i vaig sortir.

El recorregut pel creuer va ser força interessant. La guia, una italiana morena i vistosa, se'ns va presentar vestida amb l'uniforme blanc de marina; es deia Laura i era la tercera oficiala a bord. Va dur-nos a la zona de proa, a l'àrea exclusiva de *Le Village*.

—Mira, Hortènsia, quines arracades tan maques! —vaig dir, davant d'un aparador. Eren d'or blanc amb turqueses, que tenien forma de dofí.

—T'agraden? —preguntà ella, mirant-me de prop, com si tingués ganes de regalar-me-les.

—Sí, molt!

Però ens tocava seguir la guia, i després de les botiguetes ens vam aturar al davant d'una galeria envidriada on es veien cambrers doblegant tovalloles amb forma d'animalets, que es veu que era una cosa molt característica de tots els creuers. Al final vam arribar a una piscina que era una làmina d'aigua, a ras de terra, i més enllà ja hi havia l'extrem de la coberta de proa. Per fi érem al morro del creuer. Estàvem admirant la gran esplanada del Mediterrani i fent-nos fotos, quan l'oficiala guia rebé una trucada pel mòbil.

—El capità diu que baixarà a saludar-nos, i després ens acompanyarà al pont de comandament.

Al cap d'uns moments les portes de l'ascensor es van obrir i en va sortir el Paolo, el capità, el meu amic de la pista de bàsquet. Anava en mànigues de camisa, blanca, plena de galons, i lluïa un somriure ampli i obert.

—Tinc l'honor de presentar-los el capità de la nau, el *signor* Paolo Zanetti; un autèntic home de mar —va dir la Laura. Ell tornà a fer aquell somriure cordial que li il·luminava el rostre.

—Gràcies, però aquí tots som gent de mar —va dir, cortès,

agafant-la per la cintura—. Els desitjo que passin molt bon dia, i sàpiguen que estem al seu servei.

Va anar saludant, un per un, tots els que formàvem el grupet de visitants de *Le Village*. En arribar el meu torn, em mirà directament i em va donar la mà, però no va fer cap gest especial, cap senyal de reconeixement, ni jo tampoc. Era com si no ens haguéssim trobat, la nit abans; com si mai no haguéssim rigut junts parlant de l'Illa de les Cols.

Després tothom es va posar a fer-li preguntes i jo em vaig allunyar del grup, enrojolada i confusa, amb la remota esperança que ell em seguiria quan acabés de parlar amb la gent i s'adonés de la meva absència. Però el Paolo no em va seguir. Al cap d'una estona, vaig tornar amb el grup.

—On has anat, Andrea? Ara no marxis, baixarem a visitar el pont de comandament, en petits grups —explicà el papà.

—Aquesta nit hi ha el sopar de gala, el sopar del capità. Ens posarem ben guapes, eh, xata? —preguntà l'Hortènsia. Vaig intentar somriure, però no podia estar pel que deia, ni explicar res sense trair aquella sensació estranya, entre la fredor i la buidor, una barreja de ràbia i de tristesa en veure que, tan aviat, les il·lusions que m'havia fet amb el Paolo desapareixien l'una rere l'altra. Res no ens unia, excepte aquell moment nocturn on ell havia evocat la seva infantesa a l'illa desolada *dei Cavoli*, i tots dos havíem rigut i havíem estat feliços. No em veia amb cor de pujar al pont per saludar-lo i tornar a veure els seus ulls, ara indiferents. Vaig sortir corrents, vaig relliscar amb la fusta fosca i llisa, una mica humida, de l'entarimat que envoltava la làmina d'aigua de la piscina, i sense poder-ho evitar vaig caure-hi com un sac, amb les sandàlies i la motxilla. Algú m'oferí una mà, i després en foren dues: mans de dona, blanques i pigallades. Era la periodista pèl-roja que havia vist per la tele, la Susan, la companya del Brad.

—Amunt! —exclamà, per animar-me, tibant per ajudar-me a sortir; tenia força, tot i ser tan menuda i primeta. No sé com, vaig aconseguir impulsar-me i em vaig posar de genolls al relliscós entarimat de fusta. Llavors vaig aixecar els ulls i em vaig adonar que el Brad ens estava fent una foto. Maleït Brad! M'havia de retratar així, agenollada en aquella tarima, amb els cabells xops i el vestit groc enganxat al cos com una baieta? Vaig mirar-lo i reia, tothom reia al meu voltant. *Le Village* sencer semblava deixar anar la riallada. Maleïda la gràcia, fer el ridícul al davant de tothom! Vaig intentar somriure i em vaig aixecar.

Llavors un dels socorristes em va venir a preguntar si em trobava bé, em va oferir un barnús i s'ocupà de pescar la meva motxilleta i les sandàlies. Vaig posar-me el barnús, encara atabalada, i la Susan em féu seure en una hamaca i es va asseure al meu costat, molt atenta. Vaig comprovar el contingut de la motxilla. El mòbil, tot i la funda, havia deixat de funcionar. I el pobre *Lord Jim* de tapes taronja s'havia remullat com un bacallà. Al meu voltant tothom tornava a parlar i a capbussar-se amb tota naturalitat, encara que força gent em mirava, de tant en tant, amb un somriure perdonavides.

—No em va el mòbil! I mira com m'ha quedat el llibre! —vaig lamentar, mentre seguia traient coses de la motxilla per deixar-les al sol. Mentre jo desmuntava el mòbil per veure si podia assecar la bateria, la Susan m'agafà el llibre de les mans i el posà obert al damunt d'una tauleta, com si fos un acordió.

—Deixa'l aquí, al sol, s'eixugarà. Joseph Conrad! Això llegeixes? —preguntà, admirada.

—Sí, bé, l'he de llegir per al Batxillerat...

—Encara fas Batxillerat? Pensava que eres més gran.

—A finals d'aquest mes ja faig divuit anys.

—Em sembla que tens visita —va dir llavors la Susan, mirant cap al vestíbul de *Le Village*, i vaig veure venir el papà, l'Hortènsia i el Pol, acompanyats del Brad,que els havia anat a buscar. Envoltada per tots, em vaig desmuntar i em vaig posar a plorar.

—Has caigut a la piscina? Oh, pobreta! T'has fet mal? Vols

un clínex?—féu l'Hortènsia, i es va asseure al meu costat, a l'hamaca, per abraçar-me.

—Gràcies —vaig dir, mentre em mocava. Vaig veure que el papà es mirava el mòbil—: Em sembla que s'ha espatllat.

—A veure? Espera, deixa'l assecar bé. Jo crec que tornarà a funcionar. Estàs bé? Vols fer la visita al pont de comandament?

—Aneu-hi vosaltres, jo no en tinc ganes —vaig dir, perquè em deixessin tranquil.la.

—Ens podem quedar aquí totes dues —intervingué la Susan—. Segur que la visita no serà gaire llarga!

—Molt bé. Ens veurem després, doncs. Espera'ns aquí, eh, bonica? —va fer el papà. Tots se'n van anar, i la Susan s'estirà a l'hamaca del meu costat, creuant els braços rere el clatell. Era pigallada de cap a peus. M'hauria agradat, ser com ella: segura, independent, periodista, acompanyada d'aquell xicot tan interessant, el Brad. El capità l'havia convidada a sopar. I jo allà, viatjant amb el papà, la nòvia del papà i el germà petit. Tan poc àgil que era capaç de caure vestida a la piscina més elegant del creuer. La Susan s'incorporà una mica, damunt dels colzes, i es va treure les ulleres fosques. Tenia els ulls del mateix color que les arracades en forma de serp, fetes amb esquitxos de maragda

—M'agraden molt, aquestes arracades —vaig dir, per trencar el silenci.

—Gràcies! Les serps em fascinen, Vindràs aquesta nit, al sopar del capità? M'ha dit l'Edwin que havíeu estat parlant fins a les tantes —comentà la Susan. Els seus ulls verds em fitaven, maliciosos. Em vaig posar vermella.

—L'Edwin? Ah, sí...

—Vés amb compte, el capità té mala picada —féu la Susan, amb un to entre amarg i despectiu.

—Què vols dir?

—Bah, per una part, és un clàssic lligon. Però a part d'això, no fa gaire, quan el seu creuer passava per Venècia, gairebé va xocar amb una de les barques de "*Save the sea*". Això que el paio hi viu, a Venècia, se n'hauria de donar vergonya...

—Viu a Venècia? Em pensava que era de Sardenya —vaig dir, recordant la nostra conversa.

—T'ho va dir ell? És curiós, abans se n'amagava!

—De què?

La Susan va fer un gest d'impaciència amb les mans, com si volgués espantar una mosca. Alguna cosa la molestava en relació amb el capità, més enllà dels conflictes amb *Save the sea.*

—Fa molt temps que el coneixes, Susan?

—Vaig sopar amb ell ahir al vespre. Li ho vam demanar el Brad i jo, per parlar-li del reportatge, però només m'hi va deixar anar a mi —va dir la Susan. Vaig notar una punxada de gelosia, totalment inoportuna i insolent.

—Des de quan sou parella, tu i el Brad?

—Parella? —La Susan es va treure les ulleres, es mirà les ungles dels peus, pintades de taronja, s'assegué del tot a l'hamaca i començà a riure. Reia amb ganes, sacsejant tot el cos—. El Brad és gai.

—Ah, sí? —vaig fer, incrèdula. La manera com m'havia agafat el Brad no semblava gaire gai, ni ell tampoc.

—Les senyoretes voldran prendre alguna cosa? —va venir a oferir-nos un cambrer jove, filipí, com l'Edwin, però més alt i morè. La placa de la camisa deia el seu nom: "Hèctor".

—Andrea, et presento l'Hèctor, molt amic de l'Edwin i col·laborador nostre —va dir la Susan. De seguida vaig imaginar que ell podia ser l'altre conspirador, el que havia sentit parlar rere la porta —. Ja heu quedat amb l' Edwin, Hèctor?

—Sí, la reunió serà demà passat a les set, al *Comedy Theatre*. Us esperaré a la taquilla —digué l'Hèctor.

—Podràs venir, Andrea? T'agradaria participar en el reportatge? —preguntà la Susan.

—I tant! Però no sé si arribarem a temps; demà anem d'excursió a Florència i a Pisa, i demà passat a Roma.

—Ja ho crec que arribareu a temps! —féu la Susan, rient—. Tothom ha de ser a bord a les sis en punt; és la llei dels creuers. El creuer no espera! Si no hi sou, se'n va.

Vaig veure de lluny que el papà, l'Hortènsia i el Pol, amb el Brad al darrera, sortien de la visita al pont, i em vaig aixecar per anar-los a trobar.

—Ens veurem aquesta nit al *Broadway's*, per al sopar del ca-pi-tà —va dir la Susan, picant-me l'ullet.

3. Broadway's.

Cap a les vuit ja estàvem a punt per al sopar de gala. Es sopava d'hora, en el creuer. Després de dubtar molt, vaig escollir un vestit blanc, llarg fins als peus i tot llis, d'aire eivissenc, amb les sandàlies altes. Semblava una núvia. L'Hortènsia anava de violeta, molt escotada i enjoiada, el papà amb americana clara i el Pol, amb una jaqueta de lli tota formal. Estàvem de foto. El papà ens va fer seguir a tots un pis més avall, a la coberta 11, però després es va equivocar de direcció i vam fer un parell de giragonses.

—Ja saps per on hem d'anar, Enric? —va preguntar-li l'Hortènsia, amb un punt d'ironia.

—Sí, i tant! M'he despistat per culpa d'aquests cartells, tots s'assemblen. Sí, ara ho veig clar, el *Broadway's* es per aquí, al costat del *Comedy Theatre* —assegurà el papà. Tot seguint-lo, vam deixar la zona dels cambrots i vam anar a parar al recinte de venda d'entrada per a espectacles. Després, entre moquetes gruixudes i virolades, venien els diferents locals per on havíem passat la nit abans: *Rock House, Magic Circus, Ocean's Bar, Bowling*. Finalment, vam arribar al *Broadway's*, un local molt gran, amb el terra de quadres blancs i negres i unes taules rodones situades al voltant d'una pista de ball força reduïda. Al fons hi havia un escenari amb un trio de músics de jazz i una noia que cantava amb una véu molt vellutada. Un *maître* filipí, que podria ser el pare de l'Edwin, ens portà fins a una taula molt aprop de la pista de ball. A l'altra banda, asseguda amb els seus avis, hi havia l'Aina, molt guapa, de vermell, amb la cabellera bruna i rinxolada. Ens saludà, de lluny, amb l'aire tímid.

—Qui és, aquesta noia? —preguntà l'Hortènsia.

—És la noia de Mallorca! Ja t'ho vam dir. Viatja amb els seus avis, l'avi va amb cadira de rodes, però era mariner i li agrada molt el mar. La vam conèixer ahir, a la disco —explicà el Pol, posant-se vermell. Segur que li agradava, l'Aina.

—Al final no ens heu dit res, de la disco d'ahir...Ho vau passar bé? —demanà el papà.

—Pse —vaig fer jo.

—Psepse —va dir el Pol. El papà es mirà l'Hortènsia, amb aire derrotat:

—Ja ho veus, maca, sempre estan igual.

Ens vam asseure a sopar, una mica encarcarats per aquell ambient tan elegant, però així que va sonar una nova cançó —*Smoke is in your eyes,* va aclarir el papà— l'Hortènsia es mirà el meu pare i apa, tots dos a la pista un altre cop. Llavors vaig veure que arribaven el Brad i la Susan. Ens van saludar amb un gest de la mà, i es van asseure força lluny de nosaltres. Ja a les postres va aparèixer el *maître*, cerimoniós, amb una xampanyera, una ampolla de Moët Chandon i quatre copes. Quan el papà li va preguntar d'on sortia, tot allò, l'home es va arronsar d'espatlles.

—*It's a gift. It's a captain's gift* —va explicar, somrient davant de la nostra sorpresa. En aquell moment entrà el Paolo, més capità que mai. Anava de blanc, com sempre, amb una jaqueta decorada de galons i insígnies i una gorra de plat. Tothom el mirava i la música es va aturar. Quan pensaves que era el capità del vaixell, d'aquell vaixell tan enorme, i la màxima autoritat a bord, tot plegat impressionava una mica; no era estrany que ho aprofités per lligar. Es va treure la gorra per saludar, se la va tornar a posar i va avançar entre les taules. Jo vaig abaixar els ulls, pensant que potser s'acostaria a la taula, però ni tan sols es va aturar. Va travessar la pista de ball fins a l'escenari i va fer un senyal al *maître*, que es va afanyar a atansar-s'hi. Tots dos van pujar a l'escenari, per una escaleta lateral. El *maître* va agafar el micròfon.

—Senyors i senyores, tinc l'honor de presentar-los el capità Zanetti, que aquesta nit acudeix al *Broadway's* per a saludar-los a tots vostès, segons la tradició marinera. Un aplaudiment per al nostre capità!

Tothom va aplaudir discretament. El *maître* li cedí el micròfon al capità i s'enretirà unes passes, sense anar-se'n del tot.

—Bona nit. Els saludo en nom de tota la tripulació i del meu propi, i els desitjo una estada agradable a bord de l'*Ulysses Holidays*. La nostra prioritat és el seu benestar i la seva seguretat, i vull que sàpiguen que ens desviurem per atendre'ls tan bé com sigui possible. Gaudeixin del mar i del viatge! —digué el Paolo, i tothom va tornar a aplaudir. Seguit de les mirades de la gent, va baixar les escales, saludà la Susan i el Brad, l'Aina i els seus avis, i va venir en línia recta cap a nosaltres. Estrenyé la mà del papà i de l'Hortènsia, em mirà de la mateixa manera que m'havia mirat la nit abans i m'oferí la mà oberta.

—Ballem? —preguntà, en veure que jo no entenia el gest. L'Hortènsia féu que sí amb el cap, encoratjant-me. Li vaig donar la mà al Paolo, em vaig aixecar com si estigués flotant i el vaig seguir fins al centre de la pista. Els del restaurant van abaixar els llums i ens van il·luminar. L'orquestra tocà *El rock del rellotge*, justament una de les que havíem assajat en el crèdit de ball de la International School, i vaig descobrir que el capità ballava força bé. No era que dominés gaire els passos, però es movia amb agilitat i m'agafava d'una manera ferma i còmoda. Seguia aquell ritme accelerat amb prudència, com si malgrat la velocitat creixent no volgués deixar-se arrossegar del tot, i no deixava de mirar-me als ulls, amb aquella mirada divertida que em retornava l'amic de la nit passada, per molt que anés vestit de capità.

La cançó es va acabar i el Paolo em va deixar anar, amb un breu somriure, entre aplaudiments discrets del públic. Vaig rebre aquell somriure amb un batec exagerat del cor, amb un enrojolament de galtes del tot evident i inoportú, just al moment que tornaven a encendre's les llums.

—*Grazie* —va dir el Paolo, i m'acompanyà fins a la taula, al costat del papà i de l'Hortènsia, que somreien amb expectació. El Pol no hi era, devia haver marxat amb l'Aina. El papà s'aixecà per saludar el Paolo, i van parlar uns moments. Després el capità ens donà la mà a tots tres i se'n va anar del menjador, precedit del *maître*. Em vaig quedar clavada al meu lloc, incapaç de reaccionar. La Ventafocs devia fer aquella mateixa cara quan va adonar-se que havia perdut la sabata de cristall.

Van tocar una altra cançó que li agradava al papà, i ell i l'Hortènsia van seguir el seu rotllo ballador. Vaig sentir-me tan sola com no m'hi havia sentit mai, presa d'una nostàlgia que gairebé es podia palpar. Vaig mirar el mòbil, que finalment havia tornat a funcionar, i vaig escriure un missatge: "Et trobo a faltar. T'estimo". Li vaig enviar al Robert, i gairebé de seguida em vaig penedir d'haver-ho fet.

Al cap d'una estona van tornar el Pol i l'Aina, i el Brad i la Susan van proposar-nos d'anar a l'*Inuit*, el Bar de Gel. Al papà i a l'Hortènsia els va semblar bé.

—Nosaltres passarem pel Casino —va dir el papà, picant-me l'ullet.

—No us ho gasteu tot! —féu broma el Pol. El Bar de Gel era al pis de dalt, el punt de partida del simulacre d'accident del primer dia. Jo caminava amb passos petits, per culpa de les sandàlies noves, notant el frec de la faldilla llarga de cotó damunt les cuixes, encara amarada de la sensació del ball amb el capità. Se n'acabava d'anar, i ja l'enyorava. Era a ell, a qui anava dirigit el meu missatge, i no pas al Robert. Però ja era massa tard per rectificar.

CAPÍTOL 3
IL DÁVIDE

1. L'Inuit Bar i la història de l'Alaska.

A dos quarts de sis en punt, l'alarma del mòbil va sonar damunt del meu cap. Vaig estirar el braç per agafar-lo del capçal del llit i vaig apagar-lo com si fos un error. Incapaç de llevar-me, em vaig quedar estirada en el meu llitet, sentint el soroll somort de les màquines del vaixell, el batec incessant del cor del creuer que ens apropava a la Toscana marítima. Amb els ulls tancats, vaig evocar el ball amb el Paolo, les mans a la cintura, l'emoció del ritme compartit, tothom mirant-nos, l'espurna de la complicitat en el fons d'aquells ulls foscos que em deien: sí, et conec, t'he trobat i vull estar amb tu.

Després vaig recordar la conversa amb la Susan a l' *Inuit*, el Bar de Gel. Per entrar en aquella cambra glaçada ens havien col·locat unes capes amb caputxa, folrades de llana, i uns guants negres gruixuts. Els peus, calçats amb sandàlies, se'm gelaven. Mentre els altres anaven a buscar begudes, la Susan i jo ens havíem assegut damunt d'uns tamborets de gel tapats amb mantes de pell.

—Andrea, com que t'he vist tan contenta ballant amb ell, vull que sàpigues una cosa del nostre estimat ca-pi-tà. Has sentit a parlar de l'*Alaska*, aquell petrolier que va naufragar a les costes del Canadà?

—Sí, em sona una mica —vaig dir, sense saber on volia anar a parar.

—Tu encara no devies haver nascut. Va provocar un gran desastre ecològic, hi va haver molta contaminació... Es va avariar a causa d'una tempesta, un llamp inutilitzà els motors i causà un incendi. La tripulació, en pensar que s'enfonsaria, va recórrer als bots salvavides: van abandonar el vaixell i es van salvar, del primer a l'últim, del capità al tripulant més jove. Però es van oblidar dels tres maquinistes, que lluitaven per apagar l'incendi entre les màquines —explicà la Susan, sense mirar-me.

—Com vols dir, que se'n van oblidar?

—Els van deixar abandonats. Se'n van anar. Fi de l'obra —féu la Susan, passant-se una mà pel coll com si fos la fulla d'un ganivet que tallés el cap—. I saps qui anava en aquell vaixell? El nostre estimat capità de l'*Ulysses*, que era molt jove, acabava de sortir de l'ou. Ell era del grup dels que es van salvar, és clar.

—El Paolo anava en aquell vaixell? Com ho saps? —Vaig notar un intens calfred. Aquell Bar de Gel acabaria per glaçar-nos a tots. El Brad, a la barra, es bevia un combinat de color groc i va aixecar la copa per saludar-nos.

—Ho sospitava. I ahir mateix, quan vam sopar junts, li ho vaig preguntar. No ho va arribar a negar, però tampoc va voler parlar-ne. Tant em fa. Totes les dades concorden. Un dels tripulants era de Sardenya, ell era el més jove i és l'únic que continua navegant, en actiu. Esperem que no per gaire temps.

—Per què no?

El Brad, el Pol i l'Aina van venir a dir-nos que s'estaven refredant i que marxaven. El Brad aixecà les celles en mirar-me, com si em volgués advertir que vigilés amb la Susan. La Susan, amb la mirada clavada a la copa, amb prou feines va dir adéu.

—Però, Susan, el que m'has explicat va ser un accident. Si els maquinistes s'havien quedat atrapats, què havien de fer els altres, morir-se tots?

—Podien haver-los ajudat, intentar-ho, almenys. No van fer res. Van despenjar un bot i se'n van anar! Mentre ells marxaven, el vaixell s'escorà, sense arribar a enfonsar-se. L'aigua apagà l'incendi de la sala de màquines i salvà els maquinistes de morir cremats. Però la cambra s'inundà i ningú era allí per ajudar-los a obrir la porta. Atrapats en aquella ratera, van haver de veure com l'aigua els pujava pels mitjons, fins a la cintura, fins al pit, fins a la boca, fins a ofegar-se —va enumerar la Susan, amb llàgrimes als ulls. Agafava la copa amb tanta força que el gel començà a esquerdar-se-li entre les mans—. Merda, què és això? És que no hi ha res que sigui el que sembla, en aquest vaixell?

S'aixecà i llençà la copa a terra. Tothom ens mirava. Va córrer cap a l'entrada i es posà a picar amb els punys contra la porta dc sortida, mentre jo la seguia sense saber què fer.

—Deixeu-me sortir! Obriu, desgraciats! Obriu! Que algú obri d'una vegada! —bramà la Susan, fins que un dels cambrers filipins va córrer a obrir-nos la porta, demanant mil excuses, encara que no havia fet res. Vam sortir, i la Susan es va asseure a terra, a l'entrada del Bar de Gel, fent nosa a la gent que volia entrar al local i havia d'esquivar-la per no topar-hi.

—Au, aixeca't, Susan. Estem fent el número —vaig dir, intentant fer-la reaccionar.

—El número, dius?Tu creus que m'importa, fer el número? —m'escridassà, però va aixecar-se. Vaig guiar-la fins al penja-robes on es deixaven les capes i els guants de llana, la vestimenta obligatòria per entrar a l'*Inuit*.

—Tot va bé? —va preguntar-nos la cambrera. La Susan la mirà amb duresa i la noia no va dir res més, només recollí les capes.

—Serà millor que anem a dormir, s'ha fet molt tard —va dir la Susan.

—Et puc fer una pregunta? —vaig voler saber, mentre caminàvem cap als ascensors—. Per què t'afecta tant, aquest accident que m'has explicat?

—Perquè el meu pare era un dels maquinistes de l'*Alaska* que els seus companys es van oblidar de rescatar —explicà la Susan, movent les arracades en forma de serp. Se'm va fer un nus a la gola. Ella va fer un somriure trist, i em va prémer el braç abans d'entrar a l'ascensor que la duia a *Le Village*. Quan vaig arribar al nostre cambrot, tot era a les fosques. Estava nerviosa, desvetllada. Vaig buscar *Lord Jim* per llegir una mica, però s'havia quedat oblidat a *Le Village,* després de la remullada a la piscina. Vaig agafar l'*ebook* i vaig decidir començar *La Mort a Venècia,* el segon dels llibres que m'obligava a llegir la Pastora Caterina. Em va anar bé: a la desena línia vaig adormir-me com un soc.

2. Visita a Florència.

Els cops enèrgics del papà a la meva porta em van fer reaccionar i vaig saltar del llit, encara atuïda. Però vaig animar-me quan vaig recordar que m'esperaven Florència i el David de Miquel Àngel. "Dóna-li records al David", m'havia dit la mamà, com si parlés d'algú, un noi jove, un amic. Bah, coses de la mamà; potser de joveneta tenia algun noviet quc s'assemblava al David aquell. Vaig mirar el mòbil, per si el Robert donava senyals d'haver rebut el meu missatge, però havia estat retornat. De moment no el reenviaria, vaig decidir, mentre entrava a la dutxa. Quan vaig sortir al menjador, el papà, l'Hortènsia i el Pol ja m'esperaven, asseguts al sofà de tres places, amb una cara de son que feia esparverar.

—I l'esmorzar?

—Anirem a fora, a l'*Ocean's Bar.* Obren les 24 hores, i és a prop de les escales per on hem de sortir. Nois, noies, ja estem arribant a Itàlia! —exclamà el papà, tot content. Vam sortir del cambrot, i el Pol ens va dir que se n'aniria a dalt, a la coberta, per veure la maniobra d'atracament al port de Livorno.

—Guardeu-me croissants —va demanar.

Després d'esmorzar vam anar cap a les escales, on el Pol ja ens esperava, i vam afegir-nos a la llarga cua que s'havia format per sortir de l'*Ulysses.* Tot d'una se sentí una remor al pis superior de les escales i vam veure l'*officer* Stewart que feia enretirar a la gent i acompanyava personalment el Brad i els passatgers privilegiats de *Le Village*, que passaven al davant de tothom.

—Quina cara! —vaig rondinar.

—Sí, però tots viatgem al mateix vaixell —va dir el papà, reflexionant en veu alta.

—O qui no es conforma és perquè no vol —va somriure l'Hortènsia, mentre jo pensava que la mamà, en un cas així, ja hauria fet morros durant tot el dia. Excepte, potser, davant del David de Miquel Àngel.

3. El David.

Era molt bell. Mira que l'havia vist en postals, reportatges, i, cada setmana, vestit amb samarreta del Barça en el *Polònia*, a la televisió. Sortia a la portada de la nostra guia de Florència i fins i tot l'acabava de veure a la *piazza* de la Signoria, entre empentes dels set o vuit mil creueristes que havíem arribat a la capital de la Toscana amb l'afany comú de veure les mateixes coses en un mateix lapse de temps: d'11 a 13h.

Però a la *piazza* de la Signoria no l'havia pogut veure bé. Una mica de lluny sí que el veies, ell, el David, "il Dávide", que deia el nostre guia argentí, un estudiant d'Història de l'Art que tenia una retirada al Richard Gere d' *Oficial i cavaller,* i que l'Hortènsia, amb una certa desesperació del papà, insistia a agafar del braç perquè li donés les explicacions en directe, ja que el seu audífon no funcionava.

—"*Il Dávide*". Aquí tenim el famós *Dávide.* Com veuen, és molt gran: té el cap gran, les mans grans, els peus grans... ha, ha, ha! Tot ho té molt gran, el *Dávide.* Bé, tot, tot...no...tot no, eh? —La gent es petava, rient-se'n dels genitals del pobre *Dávide*—. Miquel Àngel es va tancar tres mesos en un gàbia de fusta per treure el seu *Dávide* del bloc de marbre. Imaginin-se, un home tres mesos aquí tancat, sense rentar-se, nit i dia... quina pudoreta, eh? Ha, ha, ha! —I la gent, un altre cop, vinga riure; i a filmar, i a fer fotos. Em vaig treure els auriculars.

—Papà, jo vull anar a veure el David de veritat, a l'*Accademia.* M'ho va demanar la mamà —li vaig dir, tibant-lo del polo. No parava de filmar entre tota aquella marea de turistes, la majoria protegits amb barrets de palla.

—Com dius? No, no, ara anem al *Ponte Vecchio* i després a dinar.

—Ja ho sé, papà, però ho sento, això és un desastre. No es veu res, hi ha massa gent i jo vull anar a l'*Accademia.* A més, porto el mòbil. És molt a prop. Deixa-m'hi anar i no tornaré a rondinar en tot el viatge —vaig insistir. Llavors el guia argentí va començar a caminar en direcció al *Ponte Vecchio*, amb l'Hortènsia agafada del braç. El Pol anava al seu darrera, fent fotografies de tot.

—Estàs segura que no et perdràs?

—I tant que no! —vaig assegurar—. Apa, a la una us truco i em dieu on aneu a dinar.

—D'acord, doncs. Ens truquem, eh? —va concedir el papà, i s'afanyà a seguir el nostre grup. Vaig recular, a contracorrent. L'*Accademia* era tan a prop que no tenia pèrdua, ni tan sols per a mi. I no hi havia tanta gent, en comparació amb el col·lapse de la Signoria. El David, la bellesa sorgida del marbre, regnava altivament des del seu pedestal. Vaig mirar-lo durant cinc minuts, en honor a la mamà. Déu n'hi do, el que costa, estar-se cinc minuts només mirant! Però valia la pena, tenia raó la mamà. Molta gent feia fotos, encara que no se'n podien fer amb flash, i vaig treure el mòbil per fer-ne una jo també.

—No ho facis —va dir algú, al meu costat. Era el Brad.

—Brad! Hola! No em diguis que ets antifoto —vaig dir, i vaig fer la foto—. Què hi fas, aquí? I la Susan?

—És una mandrosa. Diu que vol parlar amb el capità, però em sona a excusa.

—Ahir em va explicar tot allò del seu pare i l'*Alaska.*

—Ah, sí. Jo crec que no en traurà res, de furgar en el passat. És com aquesta foto que has fet amb el mòbil. No en trauràs res! Mira-la, què hi veus?

—El David de Miquel Àngel!

—No senyora, el David és aquí. Tu només has capturat una bírria de foto de mòbil del David de Miquel Àngel —va dir. Hi havia una lluïssor curiosa en aquells ulls del color dels cràters de la lluna, amb un polsim daurat al mig—. El David no és enlloc més del món, sinó aquí al davant. Mirem-lo.

Ho vaig trobar curiós, venint d'un fotògraf, i vaig intentar mirar el David de la manera que em proposava, per endur-me'l a dintre del cap. Hi vam estar una hora sencera. Jo al final ja no sabia ni què mirava; si el David, o el Brad, o els turistes que s'anaven rellevant. Després tornava a mirar el David, preguntant-me què hi devia veure el Brad, preguntant-me si el coi de David de veritat ho hauria resistit, allò, aquella muda admiració; si Miquel Àngel no se n'havia acabat enamorant, potser, del seu David. Més que un noi que matava Goliat semblava Goliat mateix, gegantí i desafiador. Va arribar la una, era l'hora de trucar al papà i la panxa em feia sorollets.

—Anem. No es pot fer res tan perfecte, és inhumà —va dir el Brad, al final, gairebé enfadat. Tentinejà, com si anés a caure. Potser tenia la síndrome de Stendhal, el mareig que ataca per veure sempre coses bellíssimes, sobretot abans de l'hora de dinar.

—Estàs bé? —li vaig preguntar, preocupada. Ell s'eixugà els ulls amb la mà, i va somriure.

—Sí. Au, sortim —va fer el Brad, girant-se un darrer cop per veure el David.

—Adéu, David —vaig dir en veu alta, i vaig adreçar una última mirada a l'orgullós florentí que havia fet plorar en Brad. A fora, ens va ferir l'aire calent i el soroll del migdia de Florència. Ramats i ramats de turistes seguien encaminant-se en direcció al *Ponte Vecchio*. Al meu mòbil hi havia set trucades perdudes, totes del papà. A dintre de l'*Accademia* no hi devia haver cobertura.

—T'esperen? —va preguntar el Brad, ja refet, quan em va veure consultar el mòbil.

—Sí, uf! S'ha fet tard. Diu la família que són a la plaça on hi ha els sepulcres dels Mèdici, menjant un sandvitx. Saps on és?

—I tant, si vols t'hi acompanyo —oferí el Brad. Li ho vaig agrair amb una mirada expressiva, mentre trucava al papà, que estava nerviosíssim.

—Andrea! On ets? Ja són quasi les dues! Què t'ha passat? Com és que no has trucat ni res? Ja marxem d'aquí, el guia ens porta a unes galeries comercials, a prop de l'estació de tren, per agafar l'autocar i anar a Pisa.

—Molt bé, papà, doncs ja vindré directament a l'estació. No et preocupis. Ai, no et sento bé! Adéu, adéu! —vaig dir, fingint que es tallava la comunicació per no haver d'aguantar l'esbroncada. El Brad em va picar l'ullet.

—Què fem, doncs? Vols fer un cop d'ull als sepulcres dels Medici? Als *Uffizzi* no hi podem entrar, fixa't quina cua.

—Què hi ha, als sepulcres aquests? —. No havíem dinat, tenia una gana que em moria i molta por d'arribar tard.

—Oh, mitja dotzeneta de fantàstiques criatures de Miquel Àngel, a tot estirar. Les meves preferides són la Nit i el Dia, que és extraordinari però posa la pell de gallina, perquè té un rostre que s'està fent.

—Ah, sí? Doncs som-hi —vaig decidir, mirant el rellotge. Era justet de temps, però no m'ho volia perdre. Vaig seguir el Brad, que caminava al meu davant amb llargues passes, mentre jo havia de fer saltirons per poder-lo seguir. Vam travessar a pas de càrrega el *Ponte Vecchio*, i vam arribar a una plaça força gran, amb una església i una gran cua que girava per la cantonada.

—La *Chiesa de San Lorenzo* i les *Sagristie Nuove* —anuncià el Brad—. Quina cua!

Em va caure l'ànima als peus. Era un quart de tres, estava baldada i no havíem menjat res, però no me'n volia anar de Florència sense veure aquell rostre del Dia que s'estava formant en el marbre, com l'Home de Sorra dels Quatre Fantàstics.

—Provarem una cosa —féu en Brad, i s'acostà al senyor de les entrades. No sé què li va dir, però cinc minuts més tard deixàvem enrere la llarguíssima cua i corríem per veure els sepulcres dels Mèdici. Em van enamorar. Totes aquelles escultures transmetien una estranya sensació d'existència real però eterna, molt diferent de la nostra. Vaig admirar els pits rodons de l'Aurora, el rostre fatigat del Crepuscle, la serenitat de la Nit i, per fi, l'esfereïdor rostre del Dia, que no s'assemblava gens a res que jo hagués vist abans, ni, per descomptat, a l'Home de Sorra.

—És curiós, sempre havia pensat que el sorgir del dia era tan bonic, i Miquel Angel hi posa un rostre que encara està per fer.

—Mai no sabem què ens durà el dia —reflexionà el Brad, una mica ombrívol. Vaig fer que sí mentre posava una mà sobre el genoll del Dia. No resistia la temptació d'acaronar aquell marbre llis i fred, encara que segur que estava prohibit. El Brad se m'acostà i va fer el mateix, amb un somriure còmplice. Les passes d'un grup que se'ns acostava ens van fer deixar el nostre lloc privilegiat, al costat de les escultures.

—Per cert, ja has vigilat l'hora? —preguntà el Brad.

—Ostres, no! I són quasi les tres! —vaig comprovar, anguniosa. El papà em mataria.

—No pateixis, tinc la moto aquí a prop. En cinc minuts serem a l'estació —va dir el Brad.

—Tens una moto aquí, a Florència? Però no vas amb el creuer?

—Sí, però tinc amics! Au, va, som-hi. No vull que et renyin per culpa meva.

A un quart de quatre arribàvem a l'estació de tren, dalt d'una gran Kawasaki negra. A un costat de l'edifici hi havia una llarga renglera d'autocars turístics.El papà ens esperava al final de tot, amb cara d'estar enfadat, molt i molt enfadat.

—Ja pots baixar, reina —digué el Brad, en veure'l. Agafà el casc que m'acabava de treure i em va fer adéu amb la mà abans d'accelerar i marxar rabent. Vaig pujar a l'autocar amb el cap cot, rere el papà, sentint les mirades de reprovació de tota la gent que s'havia hagut d'esperar en un autocar aparcat a ple sol, per culpa meva, meva i de Miquel Àngel. L'Hortènsia feia morros, el papà feia morros i el Pol em va ignorar quan em vaig asseure al seu costat, en l'autocar reescalfat.

—Ara sí, ara ja podem seguir, oi? —va preguntar la guia—. Ara ja hi som tots, oi? Res d'això haurà de passar quan sortim de Pisa...L'autocar espera, però el creuer no espera!

—Doncs que se'n vagi a la merda, el creuer —vaig remugar, mirant per la finestra, en veu baixa però suficient perquè ho sentissin l'Hortènsia i el papà. M'imaginava el gran creuer marxant sense nosaltres, sense mi, més en concret, i jo corrent a trucar el Brad i a veure si em podia allotjar a casa del seu amic de Florència. Així, fent-me l'enfadada, vaig aconseguir que ningú no em renyés ni em digués res. Després, a Pisa, em vaig divertir fent-me la típica foto on fas veure que aguantes la torre, i només al final, quan ja tornàvem cap a l'autocar i el papà encara no m'havia dirigit la paraula, vaig demanar perdó per haver-los fet esperar.

—Però què t'ha passat? I com és que el Brad aquest ha aparegut amb aquella motorassa? —etzibà, llavors, el papà.

—Sort n'hem tingut! —exclamà l'Hortènsia, mentre esperàvem no sé qui del grup que comprava souvenirs de la torre de Pisa, de *Pizza*, deien alguns.

—Es veu que té un amic a Florència i li deixa la moto.

—Ho comparteixen tot, vaja —va fer el Pol, amb un gest efeminat.

—Va, para, Pol! —féu l'Hortènsia, rient—. El Brad pot semblar el que vulguis, però viatja amb una noia ben guapa, no és veritat, Andrea?

—No, Hortènsia; té raó el Pol. El Brad és gai, m'ho va dir la Susan.

—Ah, doncs em sembla molt bé! —va dir l'Hortènsia, una mica per compromís. A poc a poc, els compradors de torres inclinades de Pisa van anar tornant i tots vam pujar a l'autocar mentre la guia ens comptava, com si fóssim parvulets. El sol radiant s'havia anat tapant i vam fer el nostre comiat de la Toscana sota un plugim melangiós. Mentre l'autocar s'allunyava per l'autopista, l'Hortènsia i el papà anaven mirant, a la guia d'Itàlia, tot el que ens havíem perdut. El Pol, en canvi, semblava content de tornar al creuer.

—I el *Dávide*? —em preguntà, tot d'una, picant-me l'ullet—. "Tot ho té gran..."

—Potser sí que la té una mica petita...però està com un tren!

Vam riure una estona, i al final, entre el zumzeig del motor i la monotonia de l'autopista sota la pluja, tots plegats ens vam acabar adormint.

4. Altre cop a l'Ulysses.

L'*Ulysses* ens acollí al port de Livorno com una gran mare nodrissa, gegant i bressadora. Hi vam pujar carregats amb el botí del nostre primer dia de viatge per Itàlia, plens de tota aquella lliçó incompleta sobre l'art, el poder i la bellesa i, almenys jo, amb una gana rosegadora, perquè des de les sis del matí només havia menjat un gelat gegant de *stracciatella*, en una de les paradetes del voltant de la torre inclinada de Pisa.

—Què fem, ara? —preguntà el papà, programador incansable, quan vam arribar al cambrot que era com la nostra segona llar. L'Hortènsia es deixà caure al sofà, i el Pol i jo ens vam asseure al voltant de la taula.

—Descansar! —exclamà l'Hortènsia, descalçant-se.

—Menjar! —vaig dir jo, mirant la llista de menjars del servei d'habitacions.

—Anar a veure com salpa el vaixell! Demà hem de ser a Roma —recordà el Pol.

—Sí, però, per aquesta nit, us hem reservat una sorpresa —va dir el papà, amb els ulls brillants.

—Una sorpresa? —vaig fer jo, suspicaç. Sempre em semblava que el papà ens acabaria anunciant el seu casament amb l'Hortènsia.

—Anirem al *Magic Circus*!

El Pol i jo ens vam quedar mirant-lo com si veiéssim visions. El papà es pensava que érem unes criatures a qui entusiasmava el circ!

—No és un circ normal, eh? De cap manera! És un sopar amb espectacle de circ, un circ boníssim, com el *Cirque du Soleil*. Oi, Hortènsia?

—Això mateix —va dir ella, somrient, però no massa animada.

—Us agradarà, ja ho veureu. Però, què us passa?Val peles, això, eh? Jo... —s'esverà el papà, com sempre que no ens il·lusionàvem amb els plans que ell traçava sense consultar.

—Tranquil, papà: si hem d'anar al *Magic Circus*, anirem al *Magic Circus* —digué el Pol, com si es tractés d'anar a la guerra, i obrí la porta del cambrot—. A les nou, oi? On és, el Circus aquest?

—A baix, a la coberta 11, a l'altra banda del *Broadway's*. Però, on vas, ara?

—A veure com salpa el vaixell.

—I jo demanaré un Sandwich Club, em moro de gana! —vaig dir, amb el telèfon a la mà.

—Molt bé, feu el que vulgueu, però a dos quarts de nou sortirem d'aquí, d'acord? Què, Hortènsia, ens retirem als nostres *aposentos*? —va dir el papà, un altre cop de bon humor. Tots dos se'n van anar a l'habitació, mentre jo esperava que em vinguessin a dur el dinar-berenar. Al cap de poc van trucar a la porta. Era l'Edwin, amb un carretó i una safata.

—Què diu la meva creuerista preferida? —va saludar, fent broma, i va deixar la safata a la taula, amb aire d'anar per feina. Vaig mirar de retenir-lo; volia treure-li alguna cosa més sobre el capità.

—Edwin, podries ajudar-me a sintonitzar la tele de la meva habitació? Em faig un embolic amb els canals —vaig preguntar, agafant el plat amb el Sandwich Club i enduent-me'l a l'habitació. Ell em seguí. Un cocodril fet de tovalloles doblegades penjava del llum del sostre, amb una goma, i al primer moment em vaig clavar un ensurt.

—*Do you like it?* —preguntà l'Edwin, tot orgullós—. L'he penjat jo mateix aquesta tarda. És el ninot preferit dels nostres clients, i un dels més grans èxits de la companyia.

Em vaig asseure al llit i vaig començar a mossegar l'entrepà amb molta gana mentre esperava que l'Edwin parés de fer propaganda de les seves tovalloles doblegades. Ell va agafar el comandament de la televisió i va començar a revisar els canals, que de fet estaven molt ben sintonitzats.

—Edwin, jo...Ahir a la nit vaig parlar amb la Susan —vaig dir, mentre l'Edwin deixava el comandament al costat de l'aparell, conscient que allò dels canals havia estat una excusa. Es posà seriós i es mirà la cadira que hi havia al davant de la tauleta d'escriure, com si volgués seure, però la visió de tots els meus vestits, *shorts* i samarretes fets una bola damunt del seient el va deturar.

—Seu, deus estar cansat —vaig dir, traient la pila de roba de la cadira i deixant-la al damunt de la taula. Però ell es va quedar dret.

—Què et va dir, la Susan? —em va demanar, abaixant la veu i mirant amb inquietud cap a la porta, per si entrava algú.

—Em va parlar del capità...

—T'ha explicat la història del capità, del seu accident de joventut? I què, com ho veus? —digué l'Edwin, mirant-me fixament amb uns ulls ametllats que semblaven dues escletxes.

—Creus que és veritat? —-vaig preguntar, esperant que em digués que no, o que no tant, o que no ho sabia. Però va fer que sí amb el cap.

—Jo també vaig voler confirmar-ho. L'*Alaska*...Hi va haver força escàndol, amb tot plegat, ara deu fer trenta anys. Els meus pares se'n recorden, i fins i tot surt a la Viquipèdia, amb les fotografies dels diaris antics.

—No, vull dir si va anar així...si tots van abandonar els maquinistes del vaixell, amb el pare de la Susan a dintre.

—Hi va haver un judici, sí. Van condemnar el capità i els oficials, però els càrrecs menors se'n van sortir amb una simple multa.

—Si el Paolo era tan jove i inexpert, potser va seguir les ordres del capità, potser no sabia que els maquinistes s'havien quedat atrapats...

—Potser no. Però de totes maneres va canviar de cognom, va marxar de la companyia, no va tornar a la marina mercant, i després de passar-se força anys lluny del mar va treure el títol de capità de creuers, en un moment de molta mancança de patrons qualificats. I aquí el tenim. No el compadeixis; és un pocavergonya. El conec, creu-me, conec totes les seves amigues —assegurà l'Edwin. Vaig apartar els ulls. Les paraules sinceres i la mirada intensa del capità, la primera nit, quan no sabia ni qui era, i la segona, la nit abans, quan m'havia tret a ballar, m'havien revelat una ànima sensible, un esperit turmentat dintre d'un esplèndid cos d'home; una combinació irresistible. Potser sí que era així amb totes les dones, però entre nosaltres hi havia alguna cosa diferent, n'estava segura. O potser això els semblava a totes.

L'Edwin sacsejà el cap. Devia estar cansat de socórrer les amigues del capità, de ser ell l'eixugallàgrimes, el bona persona, mentre l'altre les enamorava amb una barreja d'atractiu físic i de l'halo misteriós del poder, d'un cert poder, almenys, a bord del vaixell. L'americana amb galons i la gorra de plat! Però amb mi havia estat diferent, a mi m'havia explicat la seva infantesa a l'illa *dei Cavoli,* i m'havia confessat que, en un moment de desesperació, havia estat a punt de deixar-se ofegar mentre feia submarinisme, als peus d'aquella *Madonna del Naufrago.*

—La Susan em va demanar de col·laborar en el seu reportatge, però després em va semblar que ni ella mateixa no hi estava gaire interessada. Hi ha alguna cosa que em puguis explicar, alguna cosa que estigueu preparant...algun tipus d'acció?

L'Edwin entrellaçà les mans i se les quedà mirant. Després

em tornà a mirar als ulls, i m'engegà un discurset sobre la situació laboral del personal del creuer. La companyia mantenia una gran part de la tripulació en unes pèssimes condicions de treball, i qualsevol reivindicació s'acabava amb un acomiadament fulminant. Estaven acostumats a les jornades inacabables, al fet que la disposició per al servei es volgués absoluta —els retallaven les hores lliures, l'atenció personal, fins i tot les estones per al menjar, el dormir i els pocs moments de lleure—, i, a més, el programa de qualitat en l'atenció al client els obligava a mostrar-se tothora ben disposats, amables i a fer el que calgués per entretenir el passatge. Fins aquí, allò era normal.

—Però en aquest viatge, quan ja havíem embarcat, ens van advertir que ens descomptarien del sou les nostres despeses personals, alimentícies, higièniques i mèdiques, i això suposa una reducció de gairebé un terç d'un sou que no és gaire alt. Ja havíem embarcat, no hi podíem fer res —va dir l'Edwin, mentre jo feia que sí amb el cap.

—Us hauríeu de queixar al sindicat...

—En un vaixell no hi ha sindicats. Estem molt aïllats, venim de països pobres...No tenim cap manera de fer-nos sentir si no és amb una acció contundent.

—Què vols dir, una acció contundent?

—Hem pensat d'organitzar un *black out,* un tall de llum, cap al final del viatge, molt breu, momentani, suficient perquè els superiors ens facin cas i atenguin les nostres reivindicacions. Ens voldries ajudar?-preguntà l'Edwin, amb senzillesa.

—Jo? —Un calfred em recorria la columna—. Per què, jo?

—Bé; tu vas signar a favor de *Save the sea*, ets amiga del Brad i la Susan, vas dir que volies col·laborar amb la nostra causa. I, de fet, no sé si ho sabies però en el regal del Wilson, en el dragonet de ceràmica, hi havia els plànols i les instruccions necessàries per poder realitzar l'acció. O sigui que, d'alguna manera, ja hi estàs compromesa —va dir l'Edwin, abaixant els ulls tan oblics. Em vaig posar vermella, sense gosar dir que havia descobert el *pen* i me l'havia descarregat al portàtil, encara que no l'hagués pogut obrir.

—Jo? Jo no en sabia res. Només vaig dir que volia col·laborar en un reportatge. Però, vaja...què hauria de fer?

—No res! Mira, només necessitem que algú distregui el capità si volem que el tall de llum sigui efectiu. Ha de durar una estona i en Zanetti és molt escrupolós, ho controla tot. Hauríem d'aconseguir tenir-lo fora del pont en el moment precís.

—No ho acabo d'entendre —vaig dir, encara que sí que ho entenia. Era el famós *black out* del qual havia sentit a parlar el primer dia, el que el Pol considerava tan perillós.

—Hauries d'allargar al màxim l'estona que en Zanetti es passa fora del pont! Pots fer-ho molt bé. Pensa-t'ho, si us plau, ajudaries a molta gent. Moltíssima gent. Un tall de llum no representa res, pot ser reparat en qüestió de minuts. I necessitem aquests minuts perquè el món es fixi en nosaltres. Només demanem el que és just. Si cridem l'atenció i aconseguim fer conèixer les nostres reivindicacions, no ens podran acomiadar a tots, seria un escàndol. Hauran de pagar el que ens havien promès abans d'embarcar.

—Però com us podreu donar a conèixer? Els passatgers no hi podem fer res, i si descobreixen qui sou, us acomiadaran.

—Parlarem per megafonia, de forma anònima. I tenim la sort de comptar amb dos periodistes internacionals per a la nostra causa.

—Vols dir la Susan i el Brad, oi?

—Exactament.

L'Edwin va tornar a abaixar els ulls, mentre passava el pes d'una cama a l'altra. Se la jugava; si jo deia que no, si se m'acudia de denunciar-lo, s'ho hauria pogut passar ben malament. Mentre el mirava, mentre fitava aquell noi amable, de trets orientals, tan nerviós que no s'atrevia ni a mirar-me, em vaig decidir a fer-ho. Els ajudaria. D'una banda, semblava una causa justa. Ja era hora que algú es fixés en aquella part de la població dels creuers que també havia de progresar i de viure.

D'altra banda, m'afalagava que m'haguessin tingut en compte, mentre que, en canvi, per al Paolo era com si jo no existís, com si no fos ningú. Ja li estaria bé, al senyor capità, que li baixessin una mica els fums. Per primer cop, la tripulació d'un creuer d'aquells diria alguna cosa de la manera com els tractaven, i jo hauria contribuït en una causa solidària, jo, l'Andrea Planes de Sitges! Ja veia la meva fotografia als diaris, donant la mà a l'Edwin, campiona en la lluita dels drets socials en els creuers. Només que allò d'haver de distreure el capità em sonava a una història de la Bíblia, d'aquelles que explicava la iaia de tant en tant: no es deia Judit la que havia seduït un enemic, i li havia tallat el cap?

—I què voleu que faci, doncs?

—No et preocupis, no serà gaire complicat. Farem una reunió per explicar-ho tot; demà, a les 19h., a les taquilles del *Comedy Theatre*. Però més que res, ja t'ho he dit, es tracta que el capità estigui fora del pont mentre realitzem l'operació —féu l'Edwin, picant-me l'ullet. Aleshores li sonà el mòbil; el buscaven—. Me n'he d'anar. Comptem amb tu, doncs! Rebràs notícies nostres.

I, amb la mà al pany de la porta, em va dir, canviant de to:

—Si et desdius, digue'ns-ho, però no ens delatis; si ho fessis ho negaríem tot, d'acord? Nosaltres tindríem problemes, però tu també. No ens traeixis, o ho lamentaràs, estem disposats a tot. O ells o nosaltres.

—No pateixis, no sóc cap xivata —vaig dir, a la defensiva.

—Perdona'm, però t'ho havia d'advertir. Ens hi juguem molt, nosaltres! Bé, me n'he d'anar. Anireu a l'espectacle d'avui del *Magic Circus*?

—Sí, com ho saps? —vaig preguntar, una mica sorpresa.

—És l'atracció del dia! —va dir l'Edwin, i, sense fixar-s'hi gaire, d'una manera automàtica, ordenà tot el bolic de roba que jo havia deixat damunt de la taula en el respatller de la cadira, i encara recollí el plat amb les restes del *Sandwich Club*. Vaig acompanyar-lo fins al menjador, just en el moment que entrava el Pol, que xiulava, tot content. En veure l'Edwin i la cara que tots dos fèiem, va deixar de xiular.

—Feliç vetllada, nois —va dir l'Edwin, amb to desimbolt, i se n'anà tot empenyent el carretó.

—Què hi feia, l'Edwin, rondant per aquí? —va preguntar el Pol, fent mala cara.

Anava a explicar-li allò de l'acció de protesta, però el papà i l'Hortènsia van sortir de la seva habitació, contents i radiants com si s'haguessin dutxat de poc —i potser alguna coseta més. El papà duia una americana beix, i l'Hortènsia amb un dels seus vestits més escotats, de color vermell.

—Ja us heu canviat? Si encara és d'hora per anar a sopar!

—Sí, però el teu pare m'ha convidat a fer un còctel a la coberta. Estem de creuer! —féu l'Hortènsia, tota contenta.

—Molt bé! Ja ens trobarem al *Magic Circus* aquest —vaig dir, una mica envejosa de tanta complicitat.

—I tu, Pol, sobretot no t'oblidis de posar-te pantalons llargs i camisa, eh? Sinó, no et deixaran entrar —avisà el papà, en veure que el Pol s'havia assegut al sofà a jugar a la PSP.

—Sí, papà...

Quan se'n van anar, el Pol va llançar la PSP cap a un costat i va rebufar.

—Què són això, unes vacances o un passi de models? Bé, ara que no hi són, explica'm què t'ha dit l'Edwin.

Vaig parlar-li del tall de llum. Ni mai que ho hagués dit! Es va posar fet una fera.

—És molt perillós! Andrea, no t'hi emboliquis, sobretot.

—No, només és una possibilitat, m'ha dit que no volien fer res perillós, sinó donar un crit d'alerta. A més, jo no he de fer res. M'ho ha dit perquè ho sabéssim —vaig improvisar, en veure la reacció del Pol.

—Segur? Saps què et dic? Ja és hora de mirar de desencriptar el *pendrive* aquell, a veure si en traiem aigua clara.

—Precisament, per culpa del *pendrive* no podem dir res

del que sabem. No ho entens? Jo el vaig dur a bord. Si els delatem, diran que hi estem implicats. Fins i tot en tenim una còpia! M'ha demanat que, sobre tot, no en diguem res a ningú —vaig dir, angoixada. El Pol s'ho rumià una estona.

—Doncs fem una cosa: esborrem els documents encriptats. Així no quedarà cap prova. Potser sí que ja és massa tard per dir res, però de totes maneres, Andrea, si veus que tiren endavant l'acció del tall de llum, digues-m'ho i miraré de prevenir l'*officer* Stewart encara que sigui de manera anònima. I si et demanessin qualsevol col·laboració, no t'hi fiquis. M'ho promets? —va preguntar el Pol, amb un to de veu que em feia pensar en el papà, i es va asseure davant del portàtil per esborrar la còpia del *pendrive*, encara que estigués encriptat.

—T'ho prometo —vaig mentir descaradament.

5. *Magic Circus*

Vam arribar al *Magic Circus* gairebé al mateix temps que el papà i l'Hortènsia.

—Per aquí, senyors —ens va indicar la responsable del *Magic Circus*, amb l'aire amabilíssim, però fals, que tenia tota la tripulació. El sopar estava molt ben organitzat, en taules posades en rotllana al voltant d'una minipista de circ on una trapezista, pobra, anava amunt i avall mentre ens servien els plats. Tot anava bé fins que el presentador va començar a il·luminar el públic amb un focus, buscant algú perquè es posés a dintre de la caixa que el mag havia de travessar amb espases, i es va aturar en mi, mentre tothom aplaudia.

Vaig haver de passar per entre les taules, morta de vergonya, i deixar que el mag i la seva ajudant, vestida amb un triquini, fessin unes quantes bromes sobre el que em passaria. Després es van apagar els llums, em van embolicar amb una capa, em van apartar d'una revolada, i vaig haver d'estar rere una cortina fins que el mag va decidir que ja n'hi havia prou i tothom es va pensar que era a mi, a qui havien travessat les espases, quan de fet, des de bon començament hi tenien una nina amb la cabellera rossa i la cara girada d'esquenes al públic.

El capità no va venir, ni tampoc vaig veure el Brad i la Susan. Però al final de tot de l'espectacle, quan servien els cafès, una cambrera amb una placa que deia "María", va portar un llibre a la nostra taula: el meu *Lord Jim.*

—De part de *miss* Susan Ellis, de *Le Village* —va dir la María, i va afegir, inclinant-se cap a mi—: Li recomana que miri l'última pàgina

—Gràcies! —vaig fer, però quan anava a fer-li alguna pregunta més, la noia se'n va anar.

—És el teu llibre de l'Institut, oi? El que va caure a la piscina? —preguntà l'Hortènsia.

—Sí, l'ha fet portar la Susan.

—Com ho sabia, que seríem al *Magic Circus*?

—És l'atracció del dia! —vaig exclamar, recordant el que m'havia dit l'Edwin. Aprofitant que la trapezista feia el seu millor número i que el papà i l'Hortènsia s'aixecaven per veure'l, com molta gent, vaig fullejar el llibre i a l'última pàgina hi vaig trobar una anotació feta amb llapis: "T'esperem a les 23.30h, a *Le Village*". Vaig mirar el rellotge, era un quart de dotze. Li vaig clavar un cop de colze al Pol, que s'havia quedat assegut però no treia l'ull de la trapezista.

—Què, Pol? M'acompanyes a *Le Village*? Ens convida la Susan —vaig dir, ensenyant-li el llibre.

—Ah, mira, quin detall! —comentà el Pol, irònic—. Pse, sí, anem, això és un rotllo.

Els vam dir al papà i a l'Hortènsia que ens n'anàvem amb el Brad i la Susan, com la nit abans, i ells ens van deixar marxar sense protestar gens ni mica.

—No vingueu massa tard, eh? Demà hem d'anar a visitar Roma! A dos quarts de sis, tothom dempeus —recordà el papà, tot content. L'hauria matat. Estava bé, veure món, però allò de llevar-se sempre tan d'hora no hi havia qui ho aguantés.

Quan vam arribar a *Le Village*, el Brad i la Susan ja ens estaven esperant al replà dels ascensors.

—Hola, què tal? Com ha anat el *Magic Circus*? No t'han fet mal, amb les espases?—preguntà el Brad, picant-me l'ullet. Estava guapo, amb americana i camisa negra, i el cabell tirat enrere.

—I tu com ho saps?

—Sóc periodista, *baby*! Nosaltres ho sabem tot.

—D'on veniu, tan mudats? —vaig preguntar, mirant la Susan. Duia un vestit de seda negra, amb plecs que imitaven una túnica, la cabellera roja estesa damunt de l'espatlla i les inseparables arracades en forma de serp.

—D'un sopar de gala, en *petit comité*! —explicà la Susan—. La Laura, el capità i nosaltres dos hem anat al restaurant japonès. Molts records d'en Paolo, per cert.

—Gràcies —vaig dir, abaixant els ulls. L'hauria matada, també. Per ser tan interessant, tan independent, tant com jo hauria volgut ser i no ho era.

—Pol, vols anar a veure la sala de videojocs més impressionant de tot el vaixell, mentre les noies parlen? Després tornarem aquí —proposà el Brad.

—No vingueu gaire tard, que demà hem d'anar a Roma! —vaig fer jo.

—Uf, Roma. Nosaltres hi anirem, Susan? —preguntà el Brad, mirant la Susan, que s'arronsà d'espatlles com si tant li fes.

—No us agrada, Roma? —vaig fer, sorpresa.

—I tant. Però fa tanta calor! Jo estic per no veure res i anar-me'n directament a fer un gelat a la *piazza* Navona —digué el Brad, despreocupat.

—Quina sort! A nosaltres no ens deixen saltar-nos res. Jo veuria el Colisseu, i prou —va assegurar el Pol.

—Què, doncs, anem a la sala de videojocs? —insistí el Brad, fent uns copets a l'espatlla del Pol. Semblava que tenia pressa per deixar-nos soles. Tots dos se'n van anar, i la Susan em va portar a un petit cafè d'ambient provençal, tan artificial com tot el que hi havia a l'*Ulysses*, però molt coquetó. No hi havia ningú, tret d'un cambrer filipí que badallava. Ens va servir un parell de *nesteas*, perquè la cafetera ja estava apagada, i es va asseure en un tamboret al darrera de la barra.

—Ja sé que has parlat amb l'Edwin i que estàs d'acord a ajudar-nos. Demà, al *Comedy Theatre*, farem una reunió amb alguns membres de la tripulació, però hauries de procurar que no ho sàpiga el teu germà —va dir la Susan.

—D'acord, ho intentaré.

—Entén que la reunió és absolutament secreta. No n'has de dir res a ningú, mai, sota cap concepte. Ho entens?

—Sí —vaig dir, notant que se'm posava la pell de gallina. Mai no m'havien convidat a una cosa així.

—I per cert...Aquí dalt res no és el que sembla. Passi el que passi, vegis el que vegis, has de confiar en nosaltres. En mi, en concret. D'acord?

—Però, què hauré de fer, jo? —vaig preguntar, encara que l'Edwin ja m'ho havia dit prou clarament: distreure el capità.

—No t'amoïnis, serà molt fàcil —va dir la Susan, sacsejant les arracades—. Ara marxem, ja és tard i us heu de llevar d'hora.

Vam sortir del bar i vam aturar-nos en l'atri espaiós de *Le Village*, tan diferent del conglomerat de piscines i tobogans de la coberta de popa. La nit era tranquil·la, solcada d'estrelles. El vaixell avançava, parsimoniós, indiferent a les nostres anades i vingudes. Tot d'una vaig notar el cansament del dia: la matinada, la visita a Florència i a Pisa, les emocions. Fins i tot havia estat la víctima inesperada del mag del *Magic Circus*! Enyorava estar amb algú que em conegués, que em comprengués, que em digués paraules tendres. Enyorava el Paolo.

—Vaig a trucar al Pol perquè vingui —vaig dir, traient el mòbil, mentre la Susan mirava d'un costat a l'altre, com si estigués esperant algú.

—D'acord. O sinó, espera, que al saló de videojocs no hi ha cobertura. Millor que vagis a buscar-lo tu mateixa.

Va acompanyar-me al replà dels ascensors privats de *Le Village*.

—Només has de baixar i girar a l'esquerra: trobaràs el saló, el Pol i el Brad.

—Molt bé. Gràcies, Susan...Fins demà, doncs, a la reunió.

La Susan em tapà la boca amb dos dits, fins i freds.

—Xxxttt! No diguis res. Per això t'he fet portar el llibre i t'he dit de venir aquí, perquè ningú pogués sentir-nos —xiuxiuejà, mirant enlaire—. De vegades hi ha càmeres ocultes on menys t'ho esperes.

Vam acomiadar-nos i vaig pujar a l'ascensor. Però a l'hora de pitjar el botó, en lloc d'anar cap avall, algú em va enviar cap amunt i vaig tornar al punt d'on havia sortit. Les portes es van obrir per deixar entrar el cambrer filipí del bar provençal, que m'adreçà un somriure fatigat. Abans que es tanquessin les portes vaig tenir temps de veure una parella, d'esquenes, que caminava des de l'atri fins al vestíbul. Ella duia un vestit negre, amb la cabellera roja deixada anar sobre l'esquena. Era la Susan. Ell, alt, ben plantat, morè, l'agafava per la cintura. Amb un ensurt vaig veure que s'assemblava molt al Paolo. No podia ser, m'havia d'haver confós. Ella va aixecar el cap per besar-lo, i llavors es van tancar les portes de l'ascensor. El cambrer filipí va fer un somriure de circumstàncies.

—Mai no perd el temps, el nostre capità —digué, mentre ofegava un badall.

A la sala de videojocs, el Brad i el Pol estaven asseguts en un simulador de cotxe de carreres, movent els volants com si anessin a estavellar-se d'un moment a l'altre. Vaig fer veure que m'interessava per la partida, però n'era incapaç. M'avorrien moltíssim, tots aquells jocs, i no parava de pensar en el que havia vist: la Susan, que representava que odiava a mort el capità, petonejant-s'hi al mig de l'atri de *Le Village*.

El Brad i el Pol van acabar la carrera i es van aixecar, en veure que els esperava.

—Què, demà a llevar-se d'hora, eh? —va dir el Brad, tot simpàtic.

—Què ens recomanes, a Roma? —vaig preguntar-li, encara que la mamà havia estat clara: el Panteó.

—Jo vull veure el Colisseu —va dir el Pol, de seguida.

—El Colisseu, esclar...Bé, a Roma hi és tot, i com que tot no es pot veure, us recomano un gelat d'avellana a la *piazza* Navona.

Poc després ens vam acomiadar, i el Pol i jo vam tornar al nostre cambrot. El papà i l'Hortènsia encara no hi eren. "Som al casino", deia un missatge al meu mòbil. Tots dos sols al menjador, després d'una estona de mirar la tele sense dir-nos res, vam coincidir en la mateixa idea: trucar a la mamà, aprofitant que a Nova York ja era de dia. A la mamà li va fer molta il·lusió saber que, finalment, havia anat a veure el David de veritat, i em va fer repetir què és el que no m'havia de perdre: el Panteó de Roma i les ruïnes de Pompeia.

—Et trobo a faltar, mamà —vaig mormolar, després d'haver tancat el mòbil, i el Pol se'm va quedar mirant amb un aire tan trist que li vaig fer un petó de bona nit.

—No has sabut res més, d'allò del *black out*? —demanà, abans de tancar-se a l'habitació.

—No! Per mi que ho han deixat estar.

CAPÍTOL 4
L'ULL DELS DÉUS

1. Ci vediamo stasera

El despertador del mòbil tornà a sonar a trenc d'alba. Però aquell matí, en lloc d'ignorar-lo, vaig saltar del llit amb decisió: feia una estona que estava desperta, en part perquè havia dormit més, i en part perquè tota l'estona me'n recordava de la Susan i el Paolo, petonejant-se a davant de l'ascensor. Potser la Susan només fingia que li agradava, i en el fons li volia fer mal. Bah, segur que el Paolo sabria defensar-se. La Susan m'havia demanat que confiés en ella, que no fes cas del que veiés. Sí, però allò no incloïa petons amb el capità, em semblava a mi, vaja.

Encara amb camisola, vaig sortir al meu balcó marítim: tot era fosc, el mar i el cel, només una escletxa de llum a l'horitzó assenyalava el dia. El dia del rostre esborrat de Miquel Àngel. Esborrat o naixent? El dia que veuria Roma per primer cop. Roma, el Panteó, la Capella Sixtina, Miquel Àngel, Miquel Àngel! Havia de canviar de xip, no podia deixar que ningú m'amargués el dia a Roma, per més Susan o capità que fos.

—Ja et lleves, Andrea? —cridà el papà des del menjador, amb una veuarra capaç de despertar tot el veïnat—. El Pol se'n va a coberta, a veure les maniobres! T'esperem a l'*Ocean Bar*!

—Molt bé! —vaig cridar, i em vaig dutxar sense pressa. Em vaig posar un model adequat per a la visita del Vaticà —braç cobert i genoll cobert, deien els prospectes de l'excursió— i me'n vaig anar a la coberta 11. El papà i l'Hortènsia ja estaven entaulats, amb cafès i croissants, fent petar la xerrada amb l'Hèctor.

—*"Le rouge et le noir"*! —exclamà el papà, quan em va veure arribar, amb pantalons pirates vermells i una camisa negra amb la màniga fins al colze—. Molt adequat per a Roma, la ciutat de la síndrome de Stendhal.

—Doncs mira, ahir una mica més i li agafa al Brad —vaig comentar, asseient-me.

—Escolta què diu l'Hèctor, nena —féu l'Hortènsia—: si volem ens farà la reserva per a l'espectacle d'avui, el *Comedy Theatre.*

—Ah, molt bé —vaig fer, mirant l'Hèctor amb ulls interrogatius. Era el lloc de la cita, el punt on ens trobaríem els conspiradors de pa sucat amb oli per fer la nostra reunió.

—No se'n penediran. Aquesta tarda mateix els diré quan poden venir a buscar els tiquets. No cal que vinguin vostès, pot recollir-los la seva filla —va dir l'Hèctor, tot amabilitat. Vaig veure que aquella era la seva manera de fer-me entrar a la reunió de *Save the Sea.*

—Doncs bé, ja tenim pla per a la nit —va dir el papà. L'Hortènsia va demanar croissants per al Pol, en una bossa, i ens vam aixecar. Mentre el papà i l'Hortènsia miraven la bolera que hi havia al fons del local, l'Hèctor tornà amb la bossa dels croissants.

—T'espero a les 19h., a les taquilles del *Comedy Theatre,* per donar-te les entrades. Que passin molt bon dia a Roma, senyors!-exclamà, en direcció al papà i l'Hortènsia. Vam baixar a la coberta 10, on hi havia les escales que duien a la sortida. Érem els primers, i no hi havia ni la meitat de gent que el dia abans. Potser els passatgers anaven a Roma pel seu compte. Vam entretenir-nos mirant unes pintures exposades en tot de plafons, destinades a les subhastes que també es feien en el vaixell. L'Hortènsia va descobrir una litografia original de Picasso, una dona abraçada a un minotaure, i ella i el papà la van estar mirant força estona. Jo també hi vaig fer un cop d'ull.

La pobra dona es veia una mica desemparada sota l'abraçada brutal de l'home amb cap de toro, i no sé per què, em va fer llàstima. Vaig cansar-me de mirar el dibuix; tenia una mica de mal de panxa i me'n vaig anar a seure a l'escala, també folrada de moqueta grisa. Al cap d'uns moments, una porta propera es va obrir i en va sortir, per sorpresa, el Paolo, cordant-se el cinturó blanc, de joc amb la camisa, el pantaló i les sabates. Anava de màniga curta, sense americana i amb la gorra a la mà. Va passar tan a prop meu que vaig haver d'enretirar els peus perquè no s'entrebanqués. Ni em va veure: caminava de pressa, com si fes tard, mirant només cap endavant. Jo quedava amagada al seu darrere, asseguda en el graó de l'escala. No vaig gosar aturar-lo, ni dir-li res. Vaig mirar el Paolo, d'esquena, desitjant que es girés però sabent que era millor que seguís endavant, que no em veiés allà al replà de les escales, feta pols, espiant-lo. Al mateix temps, però, necessitava que es girés, volia submergir-me en aquells ulls foscos i comprovar si de debò contenien una llambregada de reconeixement, o només era a mi, que m'ho semblava.

Quan ja pensava que no ho faria, es va girar i em va veure. Em vaig posar vermella, i ell va somriure. Una ombra d'alegria va passar-li pel rostre. Vaig aixecar-me i anava a estrènyer-li la mà, però ell m'agafà per la cintura, amb fermesa, com quan havíem ballat, i em va fer dos petons suavíssims a les galtes, molt a prop de la boca. Feia bona olor, d'alguna loció d'*after shave*, i encara tenia les galtes una mica enrogides per l'afaitat. Em va agradar el tacte fi de la seva pell, que convidava a prolongar aquell simple gest de cortesia, per molt que la Susan m'hagués passat al davant.

—*Ci vediamo stasera, bellissima* —va dir, deixant-me anar, i va marxar a grans gambades, com si recordés tot d'una que tenia pressa. Se n'anà cap als expositors de les pintures, s'aturà un moment a saludar el papà i l'Hortènsia, i seguí caminant sense girar-se. "*Ci vediamo stasera*". Maleït Paolo! Em tindria tot el dia mirant d'esbrinar què havia volgut dir, però, al mateix temps, la dolça escalforeta d'aquell "*bellissima*", d'aquella promesa, il·luminaria el meu dia de Roma.

2. Roma

La gent va començar a arribar i a fer cua per a desembarcar al port de Civitavecchia. Jo també vaig aixecar-me del graó de les escales i vaig reunir-me amb l'Hortènsia i el papà, que no paraven de comentar que atent era, el capità, que amable i accessible. "I molt masculí", em digué l'Hortènsia en veu baixa, potser perquè no ho sentís el papà. Per dissimular la meva torbació, vaig mirar el mòbil i llavors vaig veure un missatge del Pol: ens esperava a baix, a l'entrada, amb l'*officer* Stewart.

L'excursió va seguir la rutina del dia abans: pujada als autocars i dormideta fins al punt de destí, no gaire llunyà, ja que Civitavecchia venia a ser "el port de Roma". A l'entrada de la ciutat, l'autocar s'aturà per recollir una dona primeta, que va pujar a bord amb agilitat i gairebé de seguida es va posar a parlar pel micròfon.

—"Bon dia. Sóc Clàudia, la guia. Sóc romana i estimo molt Roma, la meva ciutat. Espero que passem un bon dia tots junts! En primer lloc visitarem el Colisseu. Hi ha un bon acudit sobre el Colisseu: l'arquitecte va inventar l'arc, i després ja no va saber parar, ha, ha, ha!" —va explicar la guia. La Clàudia s'hi esforçava, però em costava de seguir-li el fil, massa ocupada amb els meus propis pensaments. "*Ci vediamo stasera*". "*Stasera, stasera*"...La son em pesava a les parpelles, i em vaig tornar a endormiscar.

Quan em vaig despertar ja aparcàvem al davant del Colisseu. La Clàudia ens donà les últimes instruccions des de l'autocar:

—"Del Colisseu anirem al Vaticà, senyors i senyores, per favor, facin ús ara si ho desitgen dels lavabos gratuïts, i si volen fer fotografies disposen d'uns minuts fins a l'arribada dels autocars" —anuncià amb aquella cantarella típica dels guies. Vaig tenir una decepció: o sigui, que no entraríem al Colisseu.

Bé, el Colisseu tampoc no era a la llista d'imprescindibles de la mamà: ella m'hi havia posat el Panteó, i jo hi afegia la Capella Sixtina. Seria feliç veient aquella mà estesa de Déu en el moment de crear l'home, aquell gest que sortia en tots els pòsters.

Vam fer un tomb pels voltants del Colisseu, envoltat d'homes disfressats de soldats i centurions romans, amb cascos, armadura, capes porpra i fins i tot espases. El papà i el Pol van anar a retratar-los, mentre l'Hortènsia i jo fèiem la cua dels lavabos. Potser teníem vint senyores al davant, i a mida que ens acostàvem cada cop sentíem més pudor d'orina, accentuada per la xafogor de l'estiu romà.

—Què et sembla, t'ho passes bé, Andrea? —em va preguntar l'Hortènsia, tota amable.

—I tant, Itàlia és preciosa, i el creuer, potser encara més.

—S'hi està bé, al creuer...

—Ja no et mareges? —vaig preguntar, tot d'una. Ja no hi havia pensat més, en el mareig de l'Hortènsia.

—Com que ens passem tot el dia a fora...Però sí, aquesta nit he dormit millor. Sembla que gairebé ni es mogui, el vaixell.

Unes senyores del davant nostre, que venien de Lleida, es van girar per donar-nos la raó, i vam fer una mica de col·loqui fins que vam arribar als lavabos. Mentre em rentava les mans em vaig mirar al mirall i vaig intentar veure en la meva pupil·la allò que hi podia haver vist el capità: un iris blau, net, la mirada d'una noia que viatja amb la família mentre espera l'amor. "*Ci vediamo stasera, bellissima*", vaig mormolar en veu baixa, davant del mirall. Algú va picar a la porta del lavabo i vaig afanyar-me a obrir el pestell, sense acabar d'eixugar-me les mans. La senyora que entrava em va mirar malament, per haver trigat una mica més del necessari, per haver-me quedat embadalida davant del mirall com Narcís a l'estany, per ser jove i fer cara d'il·lusió mentre a ella se la veia cansada i revellida.

Encara hi havia una bona cua, i el Pol i jo vam entretenir

l'espera mirant el Colisseu per fora i fent-nos fotos amb els falsos legionaris, mentre l'Hortènsia i el papà parlaven amb la Clàudia, la guia. Després, com un llarg rengle de formigues, tots vam tornar a pujar a l'autocar. L'Hortènsia i el papà van seure al davant nostre, com abans, i el Pol es tornà a submergir en el seu joc de la PSP.

—Què, papà, quan anirem a la Capella Sixtina? —vaig preguntar, inclinant-me cap endavant. El papà va moure el cap en senyal de negació.

—Em sap greu, Andrea, però diu la Clàudia que no hi anirem. Hi ha massa cua. No ens donaria temps...

—No hi anirem? —vaig preguntar, indignada. No m'ho podia creure. Estava tan empipada que vaig clavar un cop de puny al braç del meu seient. El Pol em va mirar, un moment, i després es tornà a posar a jugar amb la PSP.

—Quina merda d'excursió! —vaig exclamar, a punt de llàgrima.

—Au, calma't... —féu el papà, i es girà cap endavant. L'autocar arrencà i la guia tornà a xerrar sense aturador. No me l'escoltava, estava massa enfadada. Aniríem al Vaticà i no veuríem la Capella Sixtina! La mamà hi hauria anat encara que hagués hagut de plantar l'excursió sencera. Però el papà era d'una altra pasta, i com que la guia havia dit que no hi havia temps, doncs no hi hauria temps.

—No noia, no podrà ser —tornà a dir el papà, al cap d'una estona, girant-se cap a mi—. Però veurem la Basílica de Sant Pere, que no està malament del tot, eh? La cúpula és de Miquel Àngel...i també hi ha la famosa Pietà!

—No ens podríem fugar i saltar-nos la cua? Ahir, amb el Brad, vam aconseguir visitar les Sagristie Nuove...

—Tu i el Brad aquest, una mica més i ens mateu de l'ensurt. Pensàvem que no arribaríeu...El vaixell no s'espera, ja ho saps!

—Papà, tu també, sembles el capità del vaixell —rondinà el Pol.

—Té raó, el vostre pare. Avui no ens separarem ni un mil·límetre —va assegurar l'Hortènsia. Vaig esbufegar. Quasi divuit anys, i no poder-me separar ni un mil·límetre d'aquell parell de porucs...El Brad en tenia vint-i-set i feia el que volia. Vaig comptar amb els dits: nou anys, fins a ser com el Brad. Tornaria a Itàlia i, si em venia de gust, em passaria tot el dia sencer a la Capella Sixtina. O potser faria com el Brad i em quedaria tan tranquil·la en una plaça, cruspint-me un gelat.

—I a la *piazza* Navona, hi anirem? —vaig preguntar, renunciant amb esforç a la Capella Sixtina. Ja la veuríem en foto...

—Sí, segur que sí —s'afanyà a respondre el papà—. També anirem al Panteó, això segur. Li ho podràs dir a la mamà. Resulta que és un monument molt cèntric, aprop de la Fontana de Trevi, on anirem, també. Dinarem per allà, i després...

—Andrea, m'ajudes a clicar aquí? Si ara m'afanyo, guanyaré aquesta batalla i farem fora els nazis de Barcelona —digué el Pol, que seguia jugant a la PSP.

—De Barcelona?.

—És igual, és un joc —digué el Pol, mentre jo clicava un botó sense parar. Quan vam arribar al Vaticà ja havíem derrotat els nazis.

3. La síndrome de Stendhal

Roma em va impressionar. Tenia raó el Brad, a Roma hi era tot, des dels antics romans fins a Miquel Àngel, des de Miquel Àngel fins a les impressionants fontanes barroques ran de les quals —per fi a la *piazza* Navona— vam menjar-nos uns gelats que també eren autèntiques obres d'art. No hi va haver excursió lliure, ni risc ni perill. Però, en canvi, al Panteó, enmig de les empentes dels grups de turistes, una mica més enllà de l'explicació erudita de la Clàudia, que s'estimava Roma però parlava massa, vaig aconseguir concentrar-me, mirar aquell forat circular, únic, que des dels temps d'Adrià eleva la mirada al cel, i vaig tenir la sensació que m'allunyava de l'espai concret i del moment concret, que ni jo era jo ni aquell instant no l'era, tampoc, sinó que el compartia amb moltes generacions d'abans de la meva, i amb les que vindrien. Vaig sentir que no estàvem sols, tant si érem al món com si ja n'havíem marxat, i que algú ens esguardava des d'aquell ull perfecte.

—L'ull dels déus —vaig sentir que deia la Clàudia.

—L'ull dels déus —vaig mormolar, per a mi mateixa, i se'm va posar la pell de gallina. Estava emocionada, i també em sentia estranya i dèbil, com si estigués a punt de caure. Potser de tant enlairar el coll, forçant les cervicals, o de tan poc que havíem dinat, o del molt que havíem caminat, i de tan d'hora que ens havíem llevat; en resum, per culpa de l'insensat esforç per captar l'essència de Roma en unes quantes hores, se'm va ennuvolar la vista i vaig estar a punt de caure.

—Eeeeppp! —cridà el papà, agafant-me del braç—. Què tens, Andrea?

Ho vaig veure tot fosc. Quan vaig obrir els ulls estava estirada a terra, amb molts caps vinclant-se sobre mi i l'Hortènsia agenollada, ventant-me. Primer la piscina, i ara allò; ja era el segon cop que feia el número, en aquell viatge

—Una lipotímia.

—Ha esmorzat bé?

—Ens hem llevat tan d'hora...

—Ja obre els ulls. Andrea, em sents?

Vaig posar-me dreta i vaig assegurar que estava bé, que no necessitava res ni calia cap ambulància —la guia semblà molt alleujada en aquest punt—, i vaig dir que em sabia greu haver fet el numeret.

—No ho tornis a dir, això —digué el papà—. Pobreta.

El grup es dissolgué i encara vaig notar gent que em mirava amb curiositat, i fins i tot amb una certa recança, com si els sabés greu que l'espectacle s'acabés sense sang ni fetge, o ni que fos amb l'aparició d'una llitera duent-me vers l'ambulància.

—Sort que m'has agafat, papà.

—Però què t'ha passat? —s'estranyà el Pol.

—He aixecat massa el cap per mirar aquell forat, i...

—No ho tornis a fer, doncs!

Vaig fer una darrera mirada al cercle màgic, refulgent de llum en la calor de la tarda romana. L'ull dels déus. Ells també m'havien mirat. Mamà, era això, que em volies fer sentir?

—Molt bé, doncs, senyors i senyores, ara agafarem l'autobús. La nostra visita acaba aquí; esperem que els hagi agradat —conclogué la Clàudia, un cop a fora del Panteó. Mentre anàvem cap a l'autocar, en un quiosc, li vaig demanar al papà que comprés una guia de Roma.

—Ara que marxem, vols una guia? —preguntà el papà, sorprès.

—Sí! Per quan torni.

—Així podràs veure tot el que ens hem perdut —féu l'Hortènsia, enriolada, però jo no vaig riure; per a mi no era cap broma marxar de Roma sense veure res. Vaig ajudar el papà a escollir una guia, i després, ja a l'autocar, vaig submergir-m'hi com si m'hi anés la vida. Em feia mal descobrir tots els tresors que deixàvem enrere. Només podia pensar que hi tornaria, sense guia ni família ni res, i m'hi estaria fins que ho acabés de veure tot ben bé.

—Guaita, Pol, també hi havia el Moisès de Miquel Àngel! —vaig exclamar.

—Què és això que té al cap? Banyes?-preguntà el Pol.

—Doncs,sí, semblen ben bé unes banyes...És curiós-vaig dir, i ho volia preguntar al papà, però ell i l'Hortènsia dormien com uns socs.

—I mira, mira...la Capella Sixtina. Oh, quina ràbia. Fixa't, i el Fòrum Imperial, les Termes de Caracalla...—vaig dir, fullejant el llibre.

—Caracalla? Quin nom és, aquest?-preguntà el Pol-. Calla tu, cara calla, collons!

Em va fer riure i ens vam posar a fer broma fins que vam arribar al port. Tot no es podia veure. Tornaríem a

Roma, però, de moment, tornàvem al creuer. I, l'endemà, a Nàpols.

Se'm feia un nus a la panxa cada cop que tornava a pensar en el *black out.*

3. La reunió

Nosaltres vam ser puntuals, però el creuer que no esperava, el senyor creuer, va esperar més de mitja hora dos passatgers vip de *Le Village*. A quarts de set —l'hora de retorn improrrogable eren les sis de la tarda —vaig veure arribar el Brad i la Susan, corrent i rient, agafats de les mans. Jo era al meu balcó, els peus al damunt de la tauleta, pesant figues amb el *Lord Jim* a les mans i esperant que fossin les set en punt per anar a les taquilles del *Comedy Theatre*. Ells no em van veure. Eren un misteri, aquell parell. Després, quan el Pol ja devia portar una bona estona a la coberta, vaig veure que a l'esplanada grisa del port s'hi formava una mena de breu desfilada d'homes de mar, tots amb els seus uniformes. Anaven cap a una plataforma on hi havia la bandera italiana i una banda de música, com en una d'aquelles pel·lícules en blanc i negre que li agradaven a la iaia.

Dempeus, van escoltar l'himne, que devia ser el d'Itàlia, i un altre, que devia ser el de la Marina. Uns soldats van disparar a l'aire i després uns es van asseure i uns altres van fer uns quants discursos, però no se sentia res, estàvem massa lluny.

Uns copets a la porta em van avisar que el papà i l'Hortènsia ja estaven preparats per tornar a la circulació.

—Així que el vaixell no espera, eh, papà?

—M'he informat: és que avui és el dia de la Marina italiana, que es va crear el 1840, poc després de la unificació del país.

—Ah, vés per on.

—Hi han convidat el capità Zanetti, i això endarrerirà la sortida.

—Ah! I no ens ho haurien pogut dir abans? Hauríem anat a veure la Sixtina!

—Encara volies veure més coses, reina? Si així i tot t'has desmaiat...

—Vols pujar amb nosaltres a la coberta? Anem a prendre alguna cosa —digué l'Hortènsia, sortint de la seva habitació.

—No,gràcies. Llegiré una mica, a veure si avanço... —vaig dir, fent un cop d'ull al rellotge. Faltava un quart per a les set.

—T'ocuparàs tu d'anar a recollir les entrades del *Comedy Theatre?* —preguntà l'Hortènsia—. Avui podríem sopar al bufet lliure.

—Quedem a dos quarts de nou, així tindrem temps; em sembla que l'espectacle comença a les 10 —va dir el papà, i ell i l'Hortènsia se'n van anar a fer el tomb.

Llavors vaig entrar a l'habitació del Pol per agafar-li els binocles, i des del meu balcó vaig enfocar l'esplanada del port de Civitavecchia. Uniformats, tots els oficials s'assemblaven — americanes de gala i gorres de plat—, però al final vaig trobar el Paolo, el vaig veure amb tant detall que semblava impossible que ell no pogués notar-ho. Vaig deixar els binocles a la tauleta. Allò no estava bé, allò era espiar. Però el que no estava gens bé era l'escandalós batec del meu cor cada cop que el veia o hi pensava. "*Ci vediamo stasera,, bellissima*", vaig mormolar, era el que m'havia dit de bon matí, i tot el dia ressonava en el meu cap. *Stasera* podia ser a qualsevol hora del vespre. *Bellissima* anava per mi però, com sabia molt bé, podia haver anat per qualsevol altra, sobretot per a una pèl-roja d'ulls maragda. I on era, que ens veuríem? Ni idea. El principi de la incertesa de no sé qui, que li agradava dir a no sé qui altre, a un profe, em fa l'efecte, al de Filo. Heisenberg. El principi de la incertesa de Heisenberg. Vaig tornar a mirar el capità, el meu capità, que ara es gratava el cap per sota de la gorra de plat i fins i tot es girà un moment a observar l'*Ulysses*, com si hagués notat l'alè al clatell d'algú que el mirava, com si pogués veure'm i saber que jo pensava en ell.

Vaig tornar els binocles a l'habitació del Pol, i aleshores em van telefonar del servei d'habitacions. Era l'Hèctor.

—Les entrades per al teatre seran al mostrador 3. Repeteixo, al mostrador 3.

—Hèctor! Gràcies! Vols dir que no hauríem de...

—Per favor, reculli les entrades al mostrador 3, a les 19h. —va repetir l'Hèctor, com si fos un robot, i va penjar. Els devien gravar les trucades...Em vaig posar nerviosa. Tot es posava en marxa, doncs. Vaig treure'm els pantalons vermells i la camisa negra, *Le rouge et le noir*, que deia el papà, i em vaig posar el meu penúltim vestit per estrenar, un de color verd fulla, que per sort tenia una butxaca molt dissimulada on vaig poder encabir la targeta del cambrot i el mòbil abans de sortir.

A la coberta 11 ja hi havia la Susan i el Brad, fent cua a la taquilla 3. Tan feliços que m'havia semblat quan corrien pel moll, i ara se'ls veia tensos i preocupats, com si haguessin discutit entre ells. La Susan duia una cua de cavall que li enduria les faccions, i vaig fixar-me que no portava les arracades en forma de serp.

—T'has tret les arracades? —vaig preguntar, per trencar el gel.

—No sé on me les he deixat, i em fa una ràbia! No les voldria perdre; em porten sort.

—Segur? —féu el Brad, aixecant les celles. La Susan no va dir res. La cua avançà més de pressa del que semblava, i de seguida ens vam trobar al davant de l'Hèctor i el seu somriure habitual.

—Venim a recollir les entrades del *Comedy Theatre* —digué la Susan, en to neutre, i l'Hèctor lliurà un sobre a la Susan i al Brad, i un altre per a mi. Vaig obrir-lo; hi havia quatre entrades. La Susan va obrir el seu i va fer mala cara.

—Un moment! Aquestes no són les entrades que jo havia reservat. Vaig demanar butaques preferents.

—Permeti'm, senyora —va dir l'Hèctor, agafant les entrades. Una supervisora vestida de negre, al seu costat, va acostar-se per veure què passava.

—Sí, no ho veu? Aquí ho diu, butaques preferents. Volen veure les seves places? —oferí l'Hèctor.

—D'acord, Hèctor, tu acompanya els senyors, jo em faig càrrec de la taquilla —va dir la supervisora. L'Hèctor sortí del mostrador. Passadís enllà, camí del teatre, vam trobar l'Edwin.

—Tot en marxa? —preguntà, amb el somriure més natural que li havia vist mai. La Susan va fer que sí amb el cap. El Brad va acaronar la càmera de fotografiar que duia penjant del coll.

—Benvinguda, Andrea —xiuxiuejà l'Edwin, fent-me uns copets al braç. Tots cinc vam avançar en comitiva fins a l'entrada del *Comedy Theatre*. En arribar-hi, l'Hèctor apartà unes cortines negres que estaven a mà dreta i ens va mostrar unes escales de fusta que baixaven cap avall. Vaig respirar fondo; era la meva primera visita a les entranyes del creuer.

Després de les escaletes, una porta duia a una sala petita, amb una taula ovalada al centre i una dotzena de cadires al voltant. Asseguts al voltant de la taula hi havia la María i quatre tripulants més, que no coneixia. L'Edwin em va fer seure al cap de taula, davant d'una pissarra Vileda, entre ell i la Susan. L'Hèctor i el Brad es van quedar drets. En Brad va voler fer unes quantes fotos de la reunió, però l'Edwin li ho impedí.

—Res de fotos. Bé, us presento l'Andrea, la passatgera de qui us havia parlat, la noia del ball amb el capità. La noia que s'ha ofert a ajudar-nos, la noia del creuer —digué l'Edwin. Tots em van mirar amb curiositat, mentre el cor em bategava accelerat.

—Hola —vaig saludar, aixecant una mica la mà.

—Hola —van dir tots, més o menys a cor.

—Ja sabeu que demà arribem a Nàpols, i quan salpem farem la nostra acció reivindicativa —recordà l'Edwin, mirant-me de reüll—. La rutina de cada vespre és la següent: el capità marxa del pont a les 20.30h., fa un sopar ràpid, de mitja hora o així, i es reincorpora fins al canvi de torn, que sol ser a les 24h. Nosaltres actuarem a les 20.45h. i la megafonia emetrà les nostres reivindicacions. La teva missió,

Andrea, serà distreure el capità mentre sopa, i aconseguir que torni al pont al més tard possible. Així aconseguirem que el *black out* duri prou perquè el Brad i la Susan tinguin temps de comunicar-ho a les grans agències de notícies.

—I si no ho aconsegueixo?

L'Edwin va somriure.

—Coneixent el nostre capità, diria que no tindràs cap problema.

Vaig posar-me vermella i vaig mirar la Susan, que assentí amb un somriure encoratjador.

—Necessitem un temps que necessitem per poder fer l'operació sense que ens l'avortin, i després ja seguirem el pla previst.

—Quin és el pla previst? —vaig preguntar. La María i els altres es van mirar entre ells, amb cara de dubte.

—Ho sento, però és millor que no ho sàpigues. Per la teva seguretat, ja t'hem dit el que havies de saber. Confia en nosaltres! Hi estàs d'acord? —digué l'Edwin, mirant-me als ulls.

—Si no puc saber què fareu, no us puc prometre res —vaig protestar, empipada. Estava cansada i confusa. No volia enganyar el capità, ni confiava en la Susan, ni m'agradava el que veia.

—No, petita, no t'espantis —intervingué la Susan, amb veu untuosa—. Només hauràs d'estar una estona amb el capità, i llavors s'apagarà la llum.

—I després?

—Després tornarà! —esclatà la Susan, i tots els assistents es van posar a riure.

—No volem fer cap mal a ningú —seguí l'Edwin, amb veu reposada—. Només volem demostrar que, en un moment determinat, la tripulació del creuer sap què fer per cridar l'atenció. Mai no trobem ningú que ens escolti: doncs demà ens escoltaran per força. Tallarem la llum, deixarem tothom a les fosques, i, amb els generadors d'emergència, explicarem per megafonia el que ens passa i el que reivindiquem. Ho farem de forma anònima; així no hi podrà haver represàlies.

—I en Brad i jo ens encarregarem de difondre-ho a través dels mass media —completà la Susan. Sonava força enginyós i raonable, si no fos que la Susan tenia, com a mínim, sentiments contradictoris envers el capità.

—Per què és tan important, que el capità no estigui al pont de comandament quan hi hagi el tall de llum? —vaig insistir, i es va fer un silenci.

—Perquè és un gat vell. De seguida ens pescarà, hi posarà solució. És clar que també hi ha el seu segon, l'*officer* Stewart, però no pot fer res sense el permís del capità. Els vaixells són molt jeràrquics, si el capità no pren la decisió ningú no pot fer res.

—I si el capità descobreix que jo estic implicada en tot això?

Es va fer un silenci espès.

—Nega-ho. Al capdavall, no hi ha cap prova de res— va dir la Susan.

—El que voleu fer li pot costar car, al Paolo— vaig argumentar.

—Ens pot costar car a tots, però tal com ens tracten no tenim gran cosa a perdre— va replicar la María, amb amargor.

—Actuarem units, serà difícil que hi hagi represàlies— adduí l'Edwin.

—Units? Si som tot just un centenar, del miler llarg de la tripulació —saltà la María.

—Poden fer moltes coses, cent persones. I a més, d'això ja n'hem parlat —tallà l'Edwin, molt sec.

—No es tracta de fer mal a ningú ni que us acomiadin, només que la vostra reivindicació, des del vaixell a les fosques, pugui sortir a les notícies internacionals —assegurà la Susan. Vaig fer que sí amb el cap, sense voler. No em semblava que un tall de llum controlat, en un vaixell tan enorme, pogués ocasionar massa problemes. Potser ni tan sols tindria la repercussió que esperaven.

—Quedem d'acord, doncs? Confiem en tu, Andrea, en el teu ajut i en la teva discreció. Que et quedi clar, no tenim res en contra del capità, sinó de la companyia —insistí l'Edwin. Vaig mirar la Susan, que s'havia quedat amb els ulls fixos en algun punt de la taula, i no em vaig atrevir a posar cap objecció.

5. Cita nocturna

El *Comedy Theatre* no estava malament, molt gran i còmode, però l'obra era una mica avorrida, tota l'estona tres paios amb la cara pintada de blau que treien espurnes de colors d'uns bidons enormes, i entremig s'anaven fent gracietes en anglès. Hi va haver un moment emocionant, cap al final, quan van començar a llançar tires de paper des del sostre, com si fossin rotlles sencers de paper de vàter, i tots les anàvem tibant fins que vam quedar embolcallats de paper. Al papà li va caure tot damunt del cap i semblava que dugués un turbant enorme. L'Hortènsia, més baixeta, se l'anava traient de l'escot. El Pol tibava el paper sistemàticament i l'anava llançant a terra, i jo, que m'havia agafat per riure, no sabia pas on llançar tant de paper acumulat. El xiulet d'un missatge del mòbil em va agafar així, amb les mans esteses arreplegant paper. Vaig decidir de fer-me la sorda.

—Em sembla que t'estan enviant un missatge —va dir el Pol.

—Bah, deu ser propaganda...

Però el xiulet seguia insistint.

—No vols agafar-lo? —em preguntà l'Hortènsia, encuriosida, i no vaig tenir més remei que cedir. Per sort, en aquell moment els tres actors van sortir a l'escenari i tothom es va posar a aplaudir. Vaig llegir el missatge, molt breu: *Sul campo da basket, dopo il teatro. Baci.* No anava firmat, ni se sabia d'on venia; però a la pista de bàsquet, al capdamunt del vaixell, només m'hi podia esperar el Paolo. "*Ci vediamo stasera*", m'havia dit al matí. D'on devia haver tret el meu número de mòbil?

—És propaganda? —digué l'Hortènsia, sempre atenta a tots els nostres moviments.

—No, és...és...és el Brad. M'espera a la pista de bàsquet. Puc anar-hi?

—El Brad? Ah, ho veieu, com no era tan gai com dèieu? —féu l'Hortènsia. El Pol ho sentí i va moure el cap en senyal de negació—. No sabia que jugués al bàsquet.

—Sí, com que és tan alt! —vaig improvisar. Vaig aprofitar que el papà encara estava aplaudint tot entusiasmat per engegar un "adéu" general i sortir corrents del *Comedy Theatre.* Ara que ja m'orientava bé dins del vaixell, no vaig trigar gaire a trobar el replà dels ascensors i pujar fins a la coberta de la piscina, la 14 que en realitat era la 13. Després havia de seguir tot recte cap a l'*Oxygen*, pujar les escales-graderia i tornar al lloc on havia vist el capità, la primera nit, llavors que ja m'havia agradat sense saber qui era. Semblava que haguessin passat mil anys, des d'aquella nit. Havíem anat a Florència i a Roma, havia vist el David i el Panteó, m'havia desmaiat després de mirar fixament l'ull dels déus, i, sobretot, m'havia acostumat a desplaçar-me per aquell hotel flotant com si estigués a casa meva.

No hi havia gaire gent, a l'*Oxygen*. Vaig pujar les graderies procurant no córrer, mirant de pensar què havia de fer, què havia de dir quan em trobés el Paolo, què esperaria de mi i com actuaria. S'estaria al costat de la barana de la borda, amb un vas de whisky a la mà, com els lligons maduret de les discoteques, com el veia la Susan? Es faria l'interessant i me'l trobaria encistellant pilotes, com la primera nit? Hauria preparat una celebració especial en honor meu, tan especial que acabaria rendida als seus peus?

—*Ciao, bella* —va dir el Paolo així que vaig posar els peus a coberta, i es va aixecar de l'hamaca on seia. Duia un pulòver prim, de color gris, i uns texans. Ni rastre de gorra, d'americana ni de res de color blanc. No res que delatés la presència de tot un senyor capità, més aviat semblava un d'aquells passatgers intrigants, atractius, que viatgen en solitari i de tant en tant escriuen notes en una agenda cara, com els escriptors que fan posat d'escriptor. Somreia obertament i se'l veia molt relaxat, molt guapo, en la foscor de la nit matisada per la llum dels fanals. Quan anava a saludar-lo, una ràfega de vent nocturn —érem a dalt de tot de l'altíssim vaixell— m'empenyé els cabells cap a la cara i m'arromangà la faldilleta. Vaig tibar-la avall, avergonyida.

—Quants anys tens? —em preguntà tot d'una, agafant-me de la cintura i acostant el seu rostre al meu.

—Divuit —vaig mentir, somrient. Era quasi veritat; faltaven dues setmanes.

—Divuit, oi? Segur que divuit? Ets major d'edat —va dir ell, seriós, mirant-me als ulls. Era clar que no volia posar-se en embolics.

—Sí.

—Estàs aquí perquè vols, és clar, perquè...

—Sí.

—T'agrado una mica.

—Sí.

—Tu m'agrades molt, molt, molt. M'agrades des que et vaig veure.

Apartà la vista cap al mar i vaig pensar que aquell era el discurs oficial, allò és el que els devia dir a totes. Vaig voler-lo interrompre.

—M'han dit que, cada viatge, tens una noia... —vaig dir, amb una certa rancúnia, amb una mena de gelosia retrospectiva. Ell em va mirar amb curiositat i em deixà anar del tot. Vaig posar-me trista tot d'una, hauria pogut plorar sense fer el més mínim esforç. Ell ho notà, i em passà un dit per les parpelles.

—Què voldries, que t'hagués esperat aquí, tots aquests anys? —somrigué, amb aquell somriure irresistible perquè semblava sincer, i potser ho era.

—No, és clar, però...

Em tornà a agafar amb força.

—I tu? M'has esperat, tu?

—Bé, jo...no...

—Ho sabia. Les noies tan guapes, per joves que sigueu, ja...

—Ja què?

—Bé, ja ho saps. Ja ho saps tot, oi? Les noies tan guapes i valentes ja ho sabeu tot.

El vent em tornà a aixecar la faldilleta i vaig tibar-la avall amb una mà, mentre amb l'altra m'enretirava els cabells, però em vaig trobar amb una mà diferent de la meva, una mà molt més gran, aspra i forta, que jugava amb els cabells més que no pas els pentinava. La meva mà topà amb la del Paolo però s'hi va quedar al damunt, com si fos un agafador, ni tampoc ell no l'enretirà, sinó que la va fer servir per acostar-me la cara i fer-me un petó que venia a ser com una continuació dels del matí, però desproveït de qualsevol formalisme, tot ell carícia, per fi. Carícia de foc.

—Oh, ho sento, em sap greu —digué després, separant-se una mica, mirant-me de fit a fit amb aquells ulls de les Mil i una Nits—. No me n'he sabut estar. Ets tan preciosa...

—No has estat tu sol. Hem estat tots dos —vaig assegurar, recolzant-li el cap a l'espatlla, i ens vam quedar uns moments així, mirant el reflex de la lluna en la mar obscura, freda, impenetrable, com dos enamorats de prospecte de creuers. Dos enamorats que no es coneixien.

—Vine —va dir, posant-se d'esquena al mar, contra la barana. Em va abraçar més fort, com quan ballàvem, i va besar-me per primer cop. Els nostres llavis cremaven i no sé què feia amb la llengua que em provocava esgarrifances i pessigolles, mentre aquelles mans capaces de conduir tota una nau feien càlids camins per sota del vestit verd fulla.

—Anem a un lloc més còmode —va dir, al final, agafant-me de la mà, i el vaig seguir. Caminava de pressa, a grans gambades, amb el seu estil habitual. Ell davant i jo al darrera, una ombra amb faldilleta, com una nena petita. Vam passar per la pista de bàsquet, vam arribar fins a les dues xemeneies i ens vam aturar davant d'una porta que jo em pensava que duia a *Le Village*, però que portava a un corredor estret, emmoquetat de gris, amb unes quantes portes de fusta de l'estil de les dels nostres cambrots.

N'obrí un i m'hi féu passar, tot tancant la porta rere seu, sense perdre ni un segon, com si no volgués que el veiessin. Hi havia una llum indirecta al rebedor, que era molt petit, amb un mirall a la paret. M'hi vaig veure reflectida un moment, despentinada i vermella pel vent, i per l'emoció, l'Andrea del creuer; i el vaig veure a ell, que m'agafava un cop més de la cintura i inclinava el rostre damunt de la meva espatlla, amb els ulls clucs. Jo també vaig tancar els ulls, i llavors el Paolo m'agafà a coll, a pes de braços, com si fos una núvia. Em va deixar damunt del llit i em va ajudar a passar-me pel cap el vestit verd fulla.

—*Bellissima* —em va dir, com si mirés un quadre. Després es va treure la camisa, es va descordar el cinturó i es va ajeure al meu costat, sense pressa per acabar de despullar-se. Va engegar un CD que hi havia a la tauleta de nit, amb cançons italianes d'aquelles apassionades, d'un cantant de veu un mica ronca, i ens vam abraçar amb una barreja de curiositat i desig, explorant les pells desconegudes, els relleus dels nostres cossos mig embolcallats per la roba que més aviat ens feia nosa. Li havia de dir que no prenia anticonceptius, però no sabia com trencar l'espiral de les carícies. Ell va notar que em passava alguna cosa i s'aturà.

—Estàs bé?

—Sí, però hauríem de prendre precaucions.

—Ah, sí, és clar! —exclamà. Obrí un calaix de la tauleta de nit i el remenà, a les fosques, buscant alguna cosa, però no ho trobà. Engegà un renec, encengué el llum de la tauleta, tornà a mirar a dintre del calaix i al final s'aixecà per anar al bany, despentinat, sense camisa, amb el cinturó del texà descordat. La cançó romàntica s'havia acabat i vaig sentir com obria i tancava les portes dels armariets. Vaig asseure'm per mirar l'hora al despertador de la tauleta, i llavors vaig descobrir que en un racó hi havia unes arracades de maragda, inconfusibles, en forma de serp. Les de la Susan. Al costat, hi havia un paperet doblegat que vaig desplegar de pressa, amb por que el Paolo sortís i m'enxampés llegint-lo: vaig tenir temps de veure que hi havia el meu nom i el meu número de mòbil, amb una lletra que em resultava familiar. El cor em va fer un bot. De cop i volta em vaig adonar que jo no era algú especial per al Paolo, sinó tan sols una més en la seva llista de conquistes, com m'havia avisat l'Edwin. Aquell cambrot mateix, fred, impersonal, devia servir per a això. Vaig agafar les arracades i el paperet, em vaig posar el vestit d'una revolada i vaig anar cap a la porta. El Paolo sortia del bany en aquell moment.

—Què fas? Marxes? —preguntà, sorprès. No vaig poder respondre-li; me'n vaig anar corrents cap a la porta i vaig sortir, pensant que em seguiria. Però no ho va fer.

5. La deessa Fortuna

Vaig sortir del cambrot, amb les arracades de serp i el tros de paper a la butxaca del vestit, preparada per perdre'm en aquells passadissos que em semblaven tots iguals. Vaig trobar un ascensor que semblava de servei, diferent dels altres, i quan vaig sortir vaig trobar una porta metàl·lica, d'aquelles que comunicaven les zones de servei amb les dels passatgers, i segons l'*officer* Stewart sempre havien de quedar tancades. La vaig empènyer i vaig sortir a la sala de la moqueta gris, la dels plafons amb les litografies de Picasso. Era la mateixa porta per on havia sortit el Paolo aquell matí.

Vaig fer una ganyota al retrat de la dona i el minotaure, de la dona aixafada pel minotaure. No, gràcies; no volia acabar com ella.

Vaig travessar la sala emmoquetada de gris, ara deserta, i

vaig anar a agafar l'ascensor dels passatgers. Pujaria a la coberta de dalt: volia que em toqués l'aire, encara no tenia ganes d'anar al cambrot. De cara al mirall, em vaig posar les arracades de la Susan. No m'acabaven de quedar bé, no lligaven amb el meu color dels ulls, ni amb la forma de la cara. Pertanyien al rostre més angulós i als ulls verds de la Susan. Vaig treure-me-les i vaig intentar allisar-me els cabells amb la mà. Llavors em vaig veure una taca fosca al coll; la marca d'una xuclada. *La marca del Zorro*, que dèiem amb la Diana, quan sortíem de marxa i algú ens plantava un *chupetón*. Abans de tornar a casa ens posàvem una bona capa de maquillatge. Abans que em traguessin de la Inter. Abans del Peter, i del Robert, i, ara, també del Paolo.

L'ascensor s'aturà a la coberta exterior. Vaig estirar-me el vestit, tota digna, com si res no hagués passat, comprovant que duia el mòbil i la targeta del cambrot a la butxaca, disposada a barrejar-me un altre cop entre els noctàmbuls del creuer. L'aire era fred i humit. Una música *new age* donava un aire de pel·lícula a aquell paisatge de gent que es banyava a mitjanit en els *jacuzzi*, cambrers que els servien begudes i ballava en els locals de copes al voltant de la piscina. Vaig fer un cop d'ull al rellotge, que aquell dia sí que duia posat perquè em feia conjunt amb el vestit: passava poc de les dotze de la nit. Tot en ordre; el capità era al pont. Com havien pogut passar tantes coses i seguir sent, encara, les dotze de la nit?

Vaig pujar els graons que duien a la barana de la borda. No es veia res de res, de negra nit, ni tan sols estrelles, perquè estava núvol i érem massa lluny de la costa per poder veure cap llumet. El vaixell avançava de pressa, com si volgués recuperar el temps perdut al port de Roma. A fora tot era negror hostil, desolació immensa; a dintre hi havia llum, jocs, amor, rialles i vida.

Tot d'una em vaig notar molt cansada, i em van venir ganes de ser al meu llit blanc del cambrot, amb les dents rentades i el

Lord Jim a la mà. Llavors vaig sentir un xiulet del mòbil i vaig veure que acabava de rebre un missatge. "*Ti penso*", vaig llegir, i una onada d'emoció va resseguir tot el meu cos. El Paolo. Vaig rellegir el missatge moltes vegades abans de decidir-me a contestar. "Jo també", vaig escriure al final.

Em vaig aixecar, vaig baixar els graons amb cura de no relliscar i vaig refer el camí fins al nostre cambrot, amb el mòbil a la mà, com si portés un tresor; la noia més feliç de la terra. Llavors vaig saber que no podria fer pas el que m'havien demanat la Susan, l'Edwin, l'Hèctor i companyia. Tant se valia el que hagués fet el capità Zanetti en el passat, ara jo me l'estimava. No podia ajudar-los a allunyar-lo del pont, a posar el vaixell en perill. No podia trair-lo. Ben mirat, allò era una bogeria.

Quan ja havia posat la targeta a la porta del cambrot, van arribar el Pol, l'Hortènsia i el papà, engrescadíssims, cantant i rient.

—Què us passa? Us heu entrompat? —vaig preguntar, sense entendre el motiu de tanta alegria. Era molt tard, per ser el creuer. El papà sempre ens renyava i ens advertia del repòs dels veïns, i en canvi aquí el tenia, fent escàndol com si fos un noi.

—Endevina-ho, germaneta! —cridà el Pol, cofoi. El papà, galtavermell, va intentar agafar l'Hortènsia a coll, per fer-la entrar a dintre del cambrot, però com que sí que devia anar una mica torrat —ni tan sols m'havia preguntat d'on sortia, jo, a aquelles hores— no la va agafar bé i l'Hortènsia se li va agafar al braç per no caure; tot plegat, van acabar rodolant tots dos per la moqueta grisa del passadís, mentre el Pol reia a cor què vols.

—Heu guanyat al Casino? Com l'altre dia? —vaig preguntar, intentant comprendre aquell esclat d'alegria.

—Sí! Sí, sí, sí, Andrea! Hem jugat a la ruleta, i hem guanyat una pasta! —exclamà el Pol.

—No fotis! —vaig etzibar, plena d'un sentiment contradictori. Per una vegada que passava alguna cosa emocionant en la família, i jo anava i m'ho perdia. Vam entrar al cambrot, i el Pol s'afanyà a engegar la tele.

—Però, de debò heu guanyat tants diners?

—Ara ho veuràs —digué el papà, asseient-se al sofà, amb l'Hortènsia al costat. Jo vaig seure en una cadira, vora la taula, i el Pol va posar el programa on es veien tots els moviments de diners que es feien en el nostre compte del vaixell.

—Mira, veus, això és el que hem guanyat! —ensenyà el Pol, triomfal, mostrant-me la xifra.

—No pot ser —vaig dir en veu baixa. Donava per comprar-nos un xalet dels del papà, amb piscina i tot.

—Doncs és, és, nena, és! —exclamà el papà, triomfal—. I demà hi tornarem, com hi ha món.

—Demà ens endurem el triple! —confirmà el Pol. Estaven tots tan contents com si haguessin perdut el seny, i vaig notar una esgarrifança que em venia de dins, una mena de sensació que allò no ens duria res de bo, que ho perdríem tot abans de començar. Però vaig preferir ignorar aquell avís intern, aquella mena de superstició, i sumar-me a la festa.

—Què, demanem un Moët Chandon? —va proposar el papà, en el millor estil de ricatxo de les sèries americanes. Va demanar-ho per telèfon, i al cap d'una estona van trucar a la porta i va aparèixer l'Edwin, amb una ampolla dintre d'un cubell ple de gel. Va destapar-lo i n'omplí quatre copes.

—Brinda amb nosaltres, noi...Avui la Deessa Fortuna ens ha saludat al Casino! —va exclamar el papà, tot content, mentre l'Edwin somreia i es posava un dit de cava per brindar amb nosaltres.

—Me n'alegro molt, senyor! Són una família fantàstica. Ara me n'he d'anar. Moltes gràcies per la copa, i compte amb la Deessa Fortuna! Tan aviat arriba com desapareix.

El papà va buscar la cartera per donar-li una bona propina.

—Ja ho sé que oficialment no en podeu rebre, però...—va fer, i li posà un bitllet a la butxaca de la camisa. L'Edwin no va dir pas que no. El vaig acompanyar fins a la porta, a fora del cambrot, per dir-li que finalment no podria ajudar-los. Però un cop a fora, no em van sortir les paraules. Què podia dir-li? Que m'havia enamorat del capità?

—Confiem en tu per a demà. No ens fallaràs, demà, oi? —preguntà l'Edwin, mirant-me als ulls. No em vaig atrevir a dir-li que no comptés amb mi. Quan vaig tornar a entrar al cambrot, ja estaven més calmats i parlaven de l'excursió de l'endemà. La cosa estava entre la visita a les ruïnes de Pompeia i Nàpols o l'excursió a Capri i Sorrento.

—Veure Capri i morir... —evocà l'Hortènsia, somniadora.

—Ens morirem, però de son. Estic tip de llevar-me tan d'hora cada dia! —rondinà el Pol.

—Si voleu, deixem Pompeia i anem a Capri —concedí el papà,que no era massa de ruïnes. Sí, però Pompeia formava part de la llista d'imprescindibles que m'havia recomanat la mamà, amb el David i el Panteó. Ah, i la badia de Palma.

—Havíem dit Pompeia! —vaig recordar, queixosa.

—Doncs a Pompeia s'ha dit. També tens raó, per veure Capri ja tenim Mallorca.

L'Hortènsia badallà sorollosament.

—Què, anem a dormir?

Ens vam dir bona nit i vam entrar a les habitacions respectives, mentre el vaixell avançava a tota màquina, en la negror de la nit, en direcció al turmell de la bota d'Itàlia. Vaig passar-me el vestit pel cap, sense recordar-me de treure el que hi havia la butxaca, i tot es va escampar pel terra de moqueta: el mòbil, la targeta, les arracades de la Susan i el tros de paper rebregat amb el meu nom i el número de mòbil. Vaig recollir-ho i ho vaig posar a la tauleta de nit, al costat del *Lord Jim* de tapes taronja. Asseguda al llit, vaig obrir el llibre per la pàgina del final, on hi havia el missatge que m'havia escrit la Susan, i vaig desplegar la nota que havia trobat a la butxaca dels pantalons del Paolo. No m'havia equivocat, era la mateixa cal·ligrafia, amb els pals de les tes travessers i dominants, amb les cues de les ges rodones i ofertes. Aquell paperet arrugat també l'havia escrit la Susan.

Em vaig quedar parada, amb el llibre i el paper al damunt del llit. Per què la Susan li havia d'haver donat el meu mòbil al capità? Potser per assegurar-se que em trucaria, que la cita de l'endemà, sortint del pont de comandament, s'allargaria tant com fos necessari per poder fer el tall de llum. Vaig agafar el mòbil, vaig llegir el missatge del Paolo, l'únic que m'interessava, i em vaig deixar bressolar per aquell "Ti penso".

CAPÍTOL 5
LES RUÏNES DE POMPEIA

1. El "lupanar

Estava morta. El despertador havia sonat sense pietat a dos quarts de sis, per tercer dia consecutiu, i tots ens havíem llevat amb un esforç sobrehumà perquè no fos dit que érem uns creueristes de pega que menyspreàvem Pompeia. Però el papà feia unes ulleres profundes, morades, l'Hortènsia no deia res però estava blanca com la cera, el Pol feia cara de zombi, i de mi mateixa, "què us diré, que deia Muntaner?"; això ens ho deia l'Anna de català, fent broma, quan teníem classe a les 8 del matí, i ningú no l'entenia fins que ens explicà que Ramon Muntaner era un d'aquelles pelmes de les 4 grans cròniques històriques catalanes. De tant en tant, en Muntaner preguntava: "què us diré?", i es veu que a ella se li havia enganxat i ens ho deia a nosaltres, coses dels profes. Vaig recordar-me'n mentre l'autocar ens duia del port de Nàpols a les ruïnes de l'antiga Pompeia. Clarejava i no feia gaire fred perquè érem a ple juliol, però tot i així ens havíem endut jaquetes primes i jo la feia servir de coixí, contra el vidre de la finestra: tancava els ulls i evocava cada minut, cada moment que havia compartit amb el Paolo abans de deixar-lo plantat. Mmmmm...

Aquell matí, després d'esmorzar a l'*Ocean Bar*, quan l'Hortènsia i el papà tornaven a mirar la litografia de la dona i el minotaure de Picasso, m'havia assegut a l'escala, en el mateix graó que el dia abans, esperant que el Paolo tornés a sortir per la mateixa porta d'ahir, anticipant el moment que el veuria i ens saludaríem amb els clàssics dos petons que per a ningú no significarien res, tret de nosaltres. Però el Paolo no va sortir per aquella porta, ni per cap altra. En canvi, sí que vam veure baixar la Susan i el Brad, amb el grupet dels privilegiats de *Le Village*, que passaven al davant de tothom mentre els altres ens esperàvem. Ens van fer un tímid adéu, com si els fes vergonya de refregar-nos un altre cop els seus privilegis creueristes. Quan ja anàvem a baixar, vam veure passar l'Aina.

—Pol! Vas a l'excursió de Capri? —preguntà la noia, aturant-se un moment-. Hi anem amb els meus avis, ells baixen amb l'ascensor!

—No, Aina, nosaltres anem a Pompeia. Quedem quan tornem? —preguntà el Pol, una mica cohibit. El papà, l'Hortènsia i jo mateixa no ens perdíem ni un detall de la seva conversa.

—Molt bé, quedem a la sala de videojocs —féu l'Aina, posant-se vermella—. Adéu!

—Adéu! —va dir el Pol. La gent ens empenyia pel darrera i pels costats, tothom volia ser el primer a baixar, rere els de *Le Village*. Un cop a l'autocar, el Pol va iniciar un nou joc de submarins amb la PSP. Al seient de davant, el papà i l'Hortènsia seien mig endormiscats. Em vaig entristir, tot d'una, pensant que era l'última excursió per Itàlia; l'endemà tocava dia de navegació i la darrera parada seria a Palma de Mallorca, que era com tornar a casa perquè a Palma ja hi havíem estat. Se m'estrenyia el cor de pensar que el viatge s'acabava. S'acabava, i després tornaríem a Sitges i em tocaria posar-me a llegir, a estudiar, a mirar d'aprovar l'odiós primer de Batxillerat, i, el que és pitjor, m'allunyaria per sempre del Paolo Zanetti, del meu capità. Meu i de la Susan i de no sé quantes noies més, però almenys, aleshores, meu. I el Robert? No m'havia trucat, ni res, ni jo tampoc, després d'aquell intent fallit quan em vaig quedar sola en acabar el ball. Era com si el Robert estigués molt lluny, com si pertanyés a una altra vida molt diferent d'aquella meva d'aleshores, feta d'excursions, de nits boges, de vida de creuer. L'estimava, però d'una altra manera, i no tenia ganes de pensar-hi ni tampoc no em sentia culpable, perquè sabia que entre el Robert i jo sempre seria així, sempre ens acabaríem trobant d'una manera o altra.

Vaig veure els rètols que deien "Napoli". "Després de Nàpols", havien dit, des del principi. Aquell vespre hi hauria tot l'embolic. L'Edwin, l'Hèctor i companyia n'organitzarien una de bona per denunciar les vergonyoses condicions laborals en què els tenia l'empresa mentre els passatgers vivíem el nostre somni del Titanic, d'un Titanic que no seria mai el Titanic, entre altres coses perquè érem al segle XXI i a la Mediterrània no n'hi ha, d'icebergs.

—Andrea, al final no t'han dit res, oi, de tot allò? —preguntà el Pol, sense aixecar els ulls de la PSP.

—No, no. Vaja, almenys a mi no m'han dit res —vaig assegurar, amb el meu to més convincent. De totes maneres, ja havia decidit que no ho faria. No els ajudaria, i ja està. Tampoc no m'acabava de creure que aconseguissin avariar aquell vaixell tan enorme, sòlid com una roca, que funcionava amb la precisió d'un rusc, encara que algunes de les abelles obreres anessin sobrecarregades de feina!

—Si et diguessin res, tu avisa, eh? —insistí el Pol, en veu baixa, amb cura de no alertar el papà.

—No pateixis —vaig assegurar.

—Què dieu, de patir? —preguntà l'Hortènsia, girant-se—. Mireu, quin matí tan bonic!

El dia s'anava aclarint i un sol net il·luminava aquell paisatge de turons coberts de pins. La guia, que fins llavors havia estat molt bé calladeta, va començar a parlar pel micròfon i ens va convidar a mirar el Vesuvi.

Però jo seguia amb les meves dèries, Què faria quan arribés el vespre i la Susan m'avisés per anar a trobar-me amb el Paolo?Dir-li que no podia anar-hi? Anar-hi i explicar-li-ho tot? Anar-hi i no dir-li res, deixar que les coses passessin? Bé, tampoc em costava tant d'anar-hi i llavors ja veuríem què feia. Necessitava tornar a veure el Paolo. Parlar-hi, intentar conèixer l'home que s'amagava sota aquella figura del capità seductor. El caçador caçat. Sí, però, i llavors, no era una doble traïció d'estar parlant amb ell sense dir-li res del que s'acostava? I si li ho deia, trairia l'Edwin, l'Hèctor i tots els altres que havien confiat en mi...

—Pensin ara en un dia d'estiu, com el d'avui, a la vil·la romana de Pompeia. Ho va escriure l'historiador Plini: "Un núvol en forma de copa de pi va coronar la muntanya del Vesuvi, i poc després va començar una pluja de foc, lava i cendres que va cobrir completament la ciutat".

—Que guai —va dir el Pol, apagant la PSP i preparant-se per escoltar la guia.

—Que guai? Es va morir molta gent! Devia ser horrorós! —vaig renyar-lo, mentre ofegava un badall. Sempre em sorprenia que el Pol, un noi tranquil, responsable, que mai no es ficava amb ningú, tingués aquella afició pels grans desastres.

—No va ser guai que es morís tanta gent, però ha de ser guai veure de prop un volcà d'aquests. Mira, és enorme! —va dir el Pol, assenyalant el Vesuvi amb el dit. L'Hortènsia es va girar cap a nosaltres, amb els ulls ensonyats.

—Què, nois, preparats per a l'excursió? —va preguntar amb aquella veueta que, de tant fer-se la simpàtica, acabava resultant insuportable.

—Pse —vaig dir, girant el cap com si tant se me'n donés de Pompeia o de qualsevol altra cosa.

—Pse pse —va fer el Pol, fent veure que jugava amb la PSP apagada.

L'Hortènsia es girà cap al papà, desanimada.

—No en trauràs res més: són adolescents —va dir el papà, implacable.

—Recordin-se d'agafar gorres, ulleres i crema de protecció solar, si us plau, passarem moltes hores a l'aire lliure —recomanà la guia, encara que ella no portava res de tot allò.

L'autocar va aparcar al final d'un rengle amb una pila d'autocars més, trenta o quaranta. Tothom que arribava en creuer devia venir a parar allí, menys els que triaven l'excursió de l'illa de Capri i Sorrento. Vam esperar-nos al davant d'uns quants xiringuitos plens de souvenirs, refrescos i gelats. El papà va anar a comprar aigües —la guia no parava de recomanar-ho: semblava que haguéssim de travessar el desert del Sàhara!—, vam anar al lavabo i després vam seguir la rutina de penjar-nos les àudioguies del coll i anar seguint la xerrameca en ramat, com els xais, un ramat més entre dotzenes de ramats. Quin èxit turístic, les ruïnes de Pompeia! La de llatí s'ho hauria passat de primera, entre tanta casa reconstruïda, tantes *villae,* tants temples de Júpiter, Apol·lo i no sé què, i he de reconèixer que jo mateixa també estava una mica emocionada, al principi, saltironejant amb el Pol per entre les pedres de les ruïnes, fent algunes fotos amb el mòbil i fent de model de les innombrables fotos que el papà ens feia sense parar, com si el Vesuvi hagués de tornar a enfadar-se i tot hagués de quedar colgat un altre cop sota les cendres.

Però al cap d'un parell d'hores d'entrar i de sortir de les cases i d'atendre les explicacions de la guia, vam començar a cansar-nos de ruïnes. El sol picava de valent i algú va comentar en veu alta que hauria valgut més la pena d'agafar l'altra excursió, la de Capri i Sorrento, que s'anunciava als prospectes amb la foto d'una preciosa illa envoltada d'aigües cristal·lines. Llavors la guia, que ho devia sentir, va anunciar que només ens faltava veure una casa, "*el lupanar*", però que aniria a veure si hi havia molta cua. Fatigats, ens vam asseure sobre les velles pedres mil·lenàries.

—Què és el *lupanar*, papà? —vaig preguntar.

—És...ehh.... —dubtà el papà —. És una casa de...on...

—On...de...—provà l'Hortènsia.

—Una casa de putes? —preguntà el Pol.

—Això! Exacte! —respongué el papà, alleujat.

—Diu que n'hi havia moltes, perquè era un lloc així de vacances. Eren esclaves, es veu. Pobres —va explicar el Pol.

—No ha canviat gens, el món —comentà l'Hortènsia. Llavors la guia va venir a dir-nos que hi havia una hora de cua i que, tot plegat, la casa era un estil de les altres, tret d'uns frescos eròtics que sortien en tots els llibres. Podíem quedar-nos asseguts a l'ombra i ella mateixa ens faria l'explicació, va proposar. Tots hi vam estar d'acord. La guia, amb el mateix to amb què havia parlat d'altres coses, comentà algunes generalitats sobre la vida sexual dels romans de Pompeia i les atrevides postures eròtiques dels frescos de les parets. Després ens va fer aixecar per anar-nos encaminant cap al teatre.

—Hauria estat bé, veure aquests frescos. Comprarem el llibre, eh? —vaig sentir que li deia el papà a l'Hortènsia, en veu baixa, perquè no ho sentíssim el Pol i jo. Pobre papà, es devia pensar que encara no havíem fet mai res. Segurament els romans eren més naturals que nosaltres en aquell sentit, fins i tot tenien un déu de la trempera, el Príap aquell, i posaven escultures de penis erectes com a adorn de les façanes, en senyal del fertilitat. Nosaltres actuàvem com si el sexe no existís, però després tothom es penjava dels vídeos porno del Youtube.

Vam anar seguint la guia cap al teatre, sota un sol de justícia. Era un d'aquells amfiteatres romans oberts, tots de pedra, força gran. El recinte es feia servir més que res per a la lluita de gladiadors, va explicar la guia, l'entreteniment preferit dels romans, així com els grecs havien preferit el teatre. Vaig imaginar-me les grades plenes de romans cridaners i bulliciosos, menjant tramusos mentre veien com els gladiadors lluitaven a mort; sempre igual, els homes. Cansada d'escoltar-la, vaig pujar grades amunt. A dalt hi havia una parella curiosa: ella seia molt dreta, molt recta, i ell estava estirat amb el cap a la seva falda. A mida que m'hi acostava, vaig reconèixer la Susan i el Brad.

—Mira qui ve per aquí! —va exclamar la Susan, en veure'm. Duia una pamela que li amagava els cabells rojos. De seguida vaig veure que no portava les arracades de serp. No podia: les tenia jo.

—Vosaltres tampoc heu anat a Capri? —vaig preguntar, a tall de salutació.

—No, però ho hauríem hagut de fer, com hi ha món —rondinà en Brad, incorporant-se.

—No es troba bé— va dir la Susan, arronsant-se d'espatlles—. El senyoret no es troba bé perquè no li ha donat la gana de posar-se ni gorra ni crema solar!

—No és això, Susan —protestà el Brad, feblement. La Susan s'arronsà d'espatlles. Semblava empipada. Però, tot d'una m'adreçà un somriure i m'assenyalà un lloc al seu costat.

—Preparada per aquesta nit? —preguntà, amb un somriure simpàtic.

—D'això, Susan, jo...—vaig balbucejar. Era el moment de dir-li que no volia col·laborar en la reivindicació de l'Edwin, l'Hèctor i el grup de protesta contra els creuers. La Susan devia notar la meva vacil·lació, el meu pobre intent de fer-me enrere, perquè em passà un braç per l'espatlla, com si fóssim germanes, i somrigué.

—No passarà res. Ho faràs molt bé, ja ho veuràs —assegurà, i m'adreçà una mirada tan intensa que no vaig gosar dir res més. Vaig assentir, hipnotitzada pels seus ulls verds com les víctimes de les cobres esguarden, immòbils, els ullals esmolats que les han de colpir. Vaig desviar la mirada cap a en Brad, que feia cara d'anar a desmaiar-se d'un moment a l'altre—. I tu, Brad, espavila't, tenim una entrevista amb la restauradora del Museu.

El Brad obrí la boca per protestar, però al final no va dir res i es va aixecar en silenci, tan submís com jo mateixa. A baix, la guia ja estava reunint el nostre grup per marxar i el papà i l'Hortènsia em feien senyals perquè hi anés.

—Que us vagi bé, doncs! —vaig dir, començant a baixar.

—Igualment —féu la Susan, baixant al meu darrera, mentre el Brad es quedava assegut a dalt de tot de les grades.

—Què li passa, al Brad? Ha agafat una insolació?

La Susan sacsejà el cap, ben protegit amb la pamela.

—No ho crec. Només d'arribar ha volgut anar a fotografiar els cossos de les víctimes, saps què vull dir? Aquells motllos de guix de la gent de Pompeia...

Vaig recordar d'haver-los vist al començament, tot de figures emmagatzemades en unes habitacions que només es podien mirar des de fora. Homes i dones ajaguts, protegint-se la cara amb els braços, nens en posició fetal, un noi ajupit amb el cap contra els genolls, com si pensés. Els havíem mirat amb curiositat, però de seguida havíem seguit endavant.

—S'ha impressionat?

—S'ha concentrat tant en aquelles figures que després s'ha trobat malament. De vegades li passa...bah, el Brad és una mica nyicris, encara que sigui tan bon professional.

De grada en grada, havíem arribat a baix de tot. Vaig recordar la manera com en Brad s'havia mirat el David de Miquel Àngel, aquella mirada àvida, escrutadora, que semblava voler endevinar quin gest havia fet el cisell de l'escultor, quines eines li havien permès treure tanta vida d'entre el marbre. La mateixa mirada aplicada als cossos de la gent de Pompeia, aquella pobra gent atrapada pel volcà mentre intentaven de salvar la vida, dos mil anys enrere, podia ser brutal.

El papà i l'Hortènsia van venir a trobar-me i a saludar a la Susan, mentre en Brad seguia assegut a dalt. El grup ja se n'anava. Quan vam marxar, vaig girar el cap i encara vaig veure el Brad, assegut a dalt de tot del teatre, pensant. Devia ser l'única persona, de tot el munt de gent que érem, capaç d'aturar-se a pensar en la gent de Pompeia, en l'horror i en el significat de la seva mort.

La nostra guia ja triscava carrer avall, per entre les altes pedres que hi col·locaven els romans, es veu, per no embrutar-se, i vaig afanyar-me a seguir el grup.

—Què, us ha agradat, la visita de Pompeia? —va preguntar el papà.

—Ha sigut súper guai...M'agradaria, veure una erupció d'aquestes de ben a prop! —digué el Pol.

—T'agradaria? Ha de ser espantós. No veus, aquesta pobra gent, com es van quedar? —va dir l'Hortènsia.

—Sí, però, mira, així les seves restes han arribat fins a nosaltres —respongué el papà.

—Sí, però, mira, quina gràcia —va replicar l'Hortènsia, d'una manera que tots ens vam posar a riure. No vam trigar gaire a sortir de les excavacions de Pompeia i trobar-nos altre cop als xiringuitos turístics que hi havia a l'entrada. La guia ens encaminà cap a una gran botiga de souvenirs on, després de beure'ns un *limoncello* de benvinguda, vam poder anar al lavabo i rondar per entre tota mena d'objectes de ceràmica, fusta, roba, plàstic i fins i tot or i plata. N'hi havia per omplir un continent sencer amb el record de les ruïnes de Pompeia. Al final, l'Hortènsia es comprà una novel·la que en parlava, el papà una guia, que segur que contenia els frescos de la casa més famosa de Pompeia, el Pol un DVD, i jo em vaig deixar convèncer perquè em fessin allà mateix unes autèntiques sandàlies de romana, a mida, consistents en una sola de cuiro i quatre tires al voltant del turmell que em picaven i em ballaven, però m'estaven la mar de bé.

2. El castell de l'ou

Vam tornar al vaixell amb l'autocar, com qui torna a casa. Hi tornàvem perquè hi teníem el dinar pagat, però a la tarda l'excursió seguia amb una visita de la ciutat de Nàpols.

—Jo em quedaré al vaixell, aquesta tarda. Diu que Nàpols no val gran cosa —va dir el Pol, quan vam arribar al port, que era enorme.

—Qui ho diu, aquesta ximpleria? —va preguntar el papà, sense embuts.

—Jo també ho he sentit dir, Enric —procurà ajudar l'Hortènsia, com sempre feia.

—Perquè la gent només parla i parla, sense saber. Nàpols és un gran port mediterrani! Nàpols té...té... —va encallar-se el papà.

—Té un problema enorme amb les escombraries —va assegurar un senyor que venia al darrera nostre, amb el grup de les senyores de Lleida que el dia abans havíem trobat al lavabo del Colisseu-. Està tot ple d'escombraries. Ho controla la màfia.

—La màfia controla les escombraries?-em vaig estranyar.

—Sí, i tant! Representen molts diners.

—Les escombraries? —no ho acabava d'entendre.

—El negoci dels abocadors, i tot això. Milions i milions —assegurà el papà, engrescant-se amb les xifres. Es va posar a parlar amb el senyor de Lleida i nosaltres vam tirar endavant, per les galeries comercials que duien a la drassana dels creuers. Vam entrar en una botiga de queviures, amb uns cistells plens de paquets de pasta de formes curioses.

—Mira això! Riu-te dels de Pompeia —va dir el Pol, agafant un paquet amb tot de penis i de vulves fets de pasta de colors.

—Comprem-ne? —va proposar l'Hortènsia, divertida —. Els farem quan tornem!

Va agafar un parell de paquets i va entrar a pagar, mentre jo em mirava de reüll al vidre fumat de la botiga, per veure com m'estaven les sandàlies de romana amb els pantalons texans curts remenuts. Si les romanes haguessin conegut els texans...

—Va, anem, que ja ve el papà —va dir el Pol, que ja tenia ganes de tornar al vaixell. I jo també. A fora s'hi estava bé, però a dintre, en aquells moments, ho teníem tot: el nostre cambrot, la roba, els restaurants, les piscines, i en el meu cas, l'amor. Tot el matí que enyorava el Paolo.

Vam anar directe al cambrot per canviar-nos de roba. Vaig entrar a la meva habitació, i al damunt del meu llit, al costat de la tovallola en forma d'animalet, hi vaig trobar una rosa vermella que em va accelerar el batec del cor. Ho sabia, que el Paolo m'enviaria alguna cosa, després de la nit passada. Però llavors vaig veure la targeta del *Cocktail's Lounge. Le Village,* i una paraula: "Tonight". Coneixia la lletra, allò ho havia fet portar la Susan. Enrabiada, vaig agafar la rosa vermella i la vaig llançar a la paperera, però després em va saber greu i la vaig tornar a treure. Fins i tot la vaig posar en un vas del minibar, amb una mica d'aigua. I si era del Paolo, després de tot? "Una rosa és una rosa, és una rosa, és una rosa...", vaig cantussejar, fins que el papà va trucar a la porta per avisar-me que havíem d'anar a dinar o se'ns faria tard.

Vam dinar de pressa, al bufet de les delícies, com en dèiem del bufet lliure gegant on podies trobar de tot, i el papà es va passar tota l'estona intentant convèncer el Pol que havia de venir a veure Nàpols amb nosaltres, que ens ho passaríem molt bé plegats, que la festa s'aigualiria sense ell...

—Si no véns, no podràs veure el Castell de l'Ou —digué l'Hortènsia, amb un somriure dels seus.

—De l'Ou? —va preguntar el Pol, amb la boca plena d'un saltejat de fideus xinesos amb bolets.

—Oh, sí, el *Castello dell'Uovo*, en diuen. Conten que, en fer el castell, van posar-hi un ou als fonaments: i el dia que es trenqui, tot el castell caurà de cop —va explicar l'Hortènsia, ennuegant-se de riure—. I des de llavors tothom va boig per trobar l'ou i fer caure el castell, ha,ha, ha!

Reia tant que li queien les llàgrimes i em va fer pensar en el guia de Florència, rient-se del David.

—I on dius que és, aquest castell? —preguntà el Pol, encuriosit.

—En un extrem de la badia.

—Mira, aquí ho tens, a la guia —va explicar el papà, i ens vam posar a mirar la badia de Nàpols i les fotografies del Castell de l'Ou. A les quatre en punt tots tornàvem a seure a l'autocar, com un sol home. La guia va començar a xerrar, mentre, al nostre davant, el papà i l'Hortènsia dormien com uns socs; el papà roncava i ella li recolzava el cap a l'espatlla.

—Tant voler que vinguéssim, i ara no miren res —es queixà el Pol, sense apartar els ulls de la PSP. Vaig fer que sí i vaig recolzar el cap contra la finestra. Vaig posar la galta directament contra el vidre, que trontollava una mica. Vam anar sortint del port immens, i, sí, tenia raó, el senyor de Lleida, de tant en tant es veien grans munts de bosses d'escombraries apilats al voltant dels contenidors, però no pas més dels que de vegades també vèiem en algun contenidor de casa. Només que, pel que es veu, aquí la cosa ja durava més del compte. Del port vam anar pujant cap als barris alts de la ciutat i vam fer tot un tomb per admirar les vistes de la badia, amb fotografies incloses —el papà i l'Hortènsia, ben descansats, no paraven de lloar la vista, el mar, els pins, les illes, fins i tot els velers, com si mai no haguessin aquella mena de paisatge-; després l'autocar ens dugué fins al bell mig del barri vell, en una plaça enorme que era una de les més grans d'Itàlia, segons la guia.

—Tenen mitja hora per anar a prendre un *cappuccino* o, si ho desitgen, retratar l'entrada del *Teatro San Carlo*, el teatre d'òpera més antic d'Itàlia.

—I no pot ser totes dues coses? —féu l'Hortènsia, de bon humor.

—Sí, però comencem pel *cappuccino* —vaig suggerir jo, que em notava el cap espès. Se'm menjaven els nervis cada cop que pensava que aquell vespre em trobaria amb el Paolo, amb l'exclusiva missió d'entretenir-lo mentre a baix, a la sala de màquines, algú ben relacionat amb l'Edwin, l'Hèctor, la María i qui fos que dirigia aquell grup de tripulants rebels, aturaria el sistema de subministració elèctrica durant el temps suficient perquè tothom sentís el que passava de debò en el creuer. A les tripes del creuer.

Estava nerviosa perquè no sabia què havia de fer, ni què passaria, ni res. Potser ell, simplement, endevinaria la mà de la Susan i no vindria a la cita del *Cocktail's Lounge*. Vaig començar a pensar que allò seria la meva salvació, que no vingués, que s'ensumés alguna cosa. Al mateix temps, tenia moltes ganes que vingués, necessitava tornar-lo a veure després d'haver estat junts. Potser aquell cop sí que em portaria una rosa vermella...

—O sigui que al final no anirem al Castell de l'Ou —digué el Pol, decebut, mentre ens asséiem a la terrassa d'un cafè d'unes galeries comercials cobertes, antigues, amb el terra imitant el marbre i el sostre tan alt com si estiguéssim en un palau.

—Un altre dia, Pol. Un altre dia hi tornaràs amb la nòvia —digué el papà, i el Pol es va posar vermell. L'Hortènsia va riure. Que pesats, aquell parell. Al final vam demanar *cappuccino* per a tots, menys per al papà, que era dels de l'*spresso*. Vaig menjar-me l'escuma amb parsimònia, llepant-la amb la cullereta. Era boníssima. Quan me'n vaig adonar, el papà ja m'havia fet una foto. El cafè ens va canviar l'humor i vam estar una estona mirant uns paios que semblava ben bé que vigilessin els qui entraven en un caixer automàtic, just a l'altra banda d'on sèiem nosaltres. Anaven vestits de turistes, però més tronats i espellifats. Es van separar i un d'ells, prim i escardalenc, va anar fins a una botiga de material fotogràfic que hi havia a prop de nosaltres i va fer veure que mirava l'aparador, mentre espiava els nostres moviments.

—Hortènsia, agafa la bossa —va dir el papà. Ella ho va fer, i tots ens vam quedar mirant el paio, que semblava un d'aquells que demanen caritat a les esglésies. Ens va adreçar mitja ganyota i se'n va anar, a poc a poc, cap al seu lloc del caixer automàtic. Llavors fou el seu company qui s'atansà a la botiga de fotografia. Més alt que l'altre, amb el cabell llardós, duia unes ulleres fosques i torçava la boca d'una manera que semblava un somriure.

—Marxem, o ens acabarem posant en algun embolic —recomanà l'Hortènsia. El papà va anar a pagar i vam refer el camí cap a la plaça més gran d'Itàlia, segons la guia de Nàpols, encara que la guia de Roma ens havia dit que era la del Vaticà. De camí ens vam anar trobant gent de l'excursió, i tothom comentava el mateix, que si les escombraries, que si hi havia pintes rares però el *cappuccino* era boníssim, que si Nàpols patatim i patatam quan, de fet, no n'havíem vist res, de Nàpols, no en sabíem res. Però l'autocar ens hi havia deixat mitja hora i ja en semblàvem els grans experts. Ho vaig comentar al papà, que es va posar a riure.

—Sempre és així, Andrea! La ignorància és atrevida. Què, anem a veure el Teatre de l'Òpera?

Vaig mirar el rellotge: només faltaven cinc minuts per tornar a l'autocar.

—És aquí mateix —aclarí el papà, assenyalant a l'altra banda de la plaça.

—Afanyeu-vos! —demanà l'Hortènsia, que estava xerrant amb les senyores i el senyor de Lleida, explicant-los fil per randa la nostra suposada aventura amb els carteristes de les galeries comercials. El Pol, arrambat en un pedrís, jugava a la PSP. El papà i jo vam córrer a travessar la plaça, que estava protegida amb un rengle de guàrdies que anaven amb uns cascos antics, com de gala —allà hi havia el palau del governador, o no sé què havia explicat la guia— i amb un parell de furgonetes de la policia, amb els policies a fora, gens de gala i amb cara d'anar a llançar-se sobre tothom que no semblés turista de creuer, com a mínim.

El *Teatro San Carlo* tenia una entrada solemne, amb columnes que sostenien un frontispici, i aquella nit hi feien "*La forza del destino*" de Verdi, "*tutto essaurito*".

—Oh, si hi poguéssim venir! "*La forza del destino*" era la preferida de la iaia —vaig dir, en un impuls. A la iaia li agradava tant, l'òpera, que de vegades me'n feia venir ganes. Jo només hi havia estat un cop, al Liceu, de visita amb l'escola.

—Anem-hi? —va dir el papà, tot d'una—. Quedem-nos. Agafem un hotel i anem a l'òpera, què carai, en honor de la iaia...

—Però, i el creuer?

—Si ja tornem, de fet; ens queda Palma. Hi arribaríem abans amb l'avió.

—I les maletes?

—Les recollim a Palma!

—Serà molt car...

—No et preocupis per això, princesa. Aquest viatge ha resultat bé fins i tot per a això. Què, venim a l'òpera? Plantem els de Lleida, el creuer, i fem el que vulguem? Són vacances!

—Està "*tutto essaurito*" —vaig dir, al final. No m'ho podia creure. El papà, que sempre ens donava consells plens de seny, que jo tenia per l'home més responsable del món, semblava decidit a fer aquella bogeria, justament en la nit D del creuer. Si ens quedàvem, d'una banda, s'acabarien els meus problemes; però, de l'altra, potser no tornaria a veure el Paolo mai més.

—"*Tutto essaurito*", no és pas cap obstacle. Sempre hi ha venda d'entrades a última hora —objectà el papà. Llavors vam sentir uns crits que venien de la plaça, com si estiguessin atracant algú. Va sonar el mòbil del papà i ens vam adonar que era a nosaltres, a qui ens cridaven, l'Hortènsia i d'altres passatgers: era l'hora de tornar al creuer, l'immutable creuer, el creuer que no espera.

—Tu no et vols quedar, oi? —endevinà el papà, mirant-me als ulls, amb un somriure.

—Em sembla que serà millor que tornem —vaig dir-li, assenyalant cap a la plaça. El seu mòbil tornà a sonar. L'Hortènsia ens devia estar maleint els ossos.

—Hauria estat divertit —digué el papà, una mica malenconiós, mentre tornàvem amb els nostres.

—Un altre cop serà, eh, papà? —vaig voler aconsolar-lo. Des del mig de la plaça, la guia enlairava el paraigua de color fúcsia i tots anaven seguint-la com un ramat. L'Hortènsia es va quedar a esperar-nos, amb tot de gestos d'impaciència, mentre el papà i jo tornàvem sense pressa, xerrant tranquillament.

—Quan siguis gran ja veuràs que de vegades, Andrea, l'ocasió passa i no torna a venir mai més. S'ha de saber aprofitar. Però ens lliga tant el que hem de fer, el que hem previst que hauríem de fer...Ens lliga massa, l'obligació, fins i tot quan estem de vacances. Fixa't, en el fons, que poc lliures som! Ni tan sols aquí, a les vacances, no ens atrevim a deixar marxar el creuer per venir a sentir l'òpera que s'estimava més la teva iaia.

—Va, afanyeu-vos! Què fèieu, allà plantats? Que us volíeu quedar aquí? —va preguntar l'Hortènsia, molt enfadada.

—Doncs, ara que ho dius... —digué el papà, mirant-me de reüll.

—Si està tot ple de quinquis! No veieu quanta policia?

—T'hauria agradat, plantar-ho tot i anar a l'òpera, aquesta nit? —el papà féu el seu últim intent.

—Va, va, no diguis bestieses, Enric. Ho tenim tot en el creuer, te'n recordes? —digué l'Hortènsia, agafant-se-li el bracet, mentre jo triscava al seu costat, amb les sandàlies de romana autèntica que em ballaven per tot arreu. No, jo tampoc no estava preparada per plantar-ho tot i anar a sentir "*La forza del destino*", amb els pantalons curtíssims i les sandàlies balderes.

—Si hi arriba a haver entrades, ens hi quedem —va rondinar, encara, el papà. Vam seguir caminant fins a l'autocar, a pas de càrrega, com si en lloc d'un passeig allò fos una missió urgent, una simple distracció del que, en el fons, era la nostra ocupació essencial: tornar sans i estalvis al vaixell. I a l'hora. Després del darrer recompte de la guia, per fi vam pujar a l'autocar, entre molts comentaris i qui sap si una certa desil·lusió perquè, a la perillosa Nàpols, la de les escombraries de la màfia, ningú havia estat robat, ni agredit, ni atracat ni res d'això que explicava tothom.

—On el devien amagar, l'ou del Castell de l'Ou? —preguntà el Pol, quan vam seure al nostre lloc, darrere el papà i l'Hortènsia.

—Aquesta és la mare dels ous! —respongué el papà, girant-se cap a nosaltres-. Què, Andrea, avui no fem recompte de tot el que ens hem perdut? A part de *La forza del destino,* és clar.

—No, avui ja ho sé: Nàpols sencer. Però almenys aquí no hi ha Miquels Àngels.

—Ah, bé, vaja...En fi, som-hi, cap al creuer! Avui toca sopar a la Cantina Mexicana, a les deu en punt.

—A les deu, és el sopar? Tan tard? —s'estranyà l'Hortènsia.

—Sí, perquè hi ha espectacle, uns mariachis. Beurem tequila, nois! Vull dir, l'Hortènsia i jo, eh?

El Pol i jo vam riure, jo amb un nus a la panxa, perquè no sabia segur si arribaria a l'hora al sopar mexicà. Però si era a les deu, i la cita del *Cocktail's Lounge* era a tres quarts de nou, encara hi havia alguna possibilitat: no calia alertar ningú abans d'hora. Tenia raó, el papà. Mai no érem prou lliures per a fer res. M'hauria agradat recordar alguna ària de "*La forza del destino*", però no me'n sabia cap, i mentre recolzava el cap al vidre de la finestra, sense ni adonar-me'n, vaig acabar taral·lejant "Boig per tu".

2. La salutació marinera

En arribar al port, altre cop vam passar per la botiga de queviures, a comprar bosses de "*cazzi e fighette*" per a tots els amics del papà i de l'Hortènsia. El Pol i jo vam sortir de la botiga abans que els grans i vam tornar a entrar al nostre vaixell-casa, dreçat com un imponent castell naval damunt de les aigües. Un vent fresquet arrissava les onades, i tot d'una van començar a caure algunes gotes.

—*Buona sera, ragazzi* —ens va dir el tripulant de torn, preparat per a desinfectar-nos les mans amb l'esprai ruixador. Al seu costat, un noi disfressat de Pavarotti, amb un coixí fent-li de panxa, feia veure que cantava l'"*O sole mio*" que sorgia, rotund, de la megafonia del vaixell. El sol començava a pondre's lentament, desplegant els primers llençols de color rosa. No sabia pas què fer per entretenir l'espera fins a l'hora de la cita al *Cocktail's Lounge*; se'm menjaven els nervis. El Pol em proposà d'anar junts a la sala de videojocs, i li vaig dir que sí. Un cop allà, vaig procurar esborrar-ho tot de la ment fins que no en quedés res, com un zen al revés: la música irritant de les maquinetes, una de diferent en cadascuna, el vertigen d'anar posant les monedes a mida que s'acabaven les partides i d'intentar seguir el Pol, que en sabia un ou com el del *Castello dell'Uovo* (ja era la nostra nova broma creuerística, i ho va seguir sent durant força temps). Vaig prémer botons, vaig pitjar pedals, vaig vibrar amb el simulador de cotxes de carreres i amb el d'esquí extrem en temps real, vaig fer tantes ximpleries que, quan se'ns van acabar els cèntims, el Pol ja n'estava tip i volia a jugar a ping-pong, però jo encara hauria seguit. S'hi estava tan bé, en la infantesa, en la lleugeresa del joc, sense haver de saber res ni de decidir res, sempre filla, ni que fos de pares separats, sempre germana gran del Pol tan bufó, tan llest i ràpid, sempre noia somniant en l'amor que apareixeria tot d'una pel finestral de la sala de videojocs, amb el fons ample i gran d'aquell mar arrissat de la sortida de Nàpols, i se m'emportaria cap a un món nou i desconegut, com deien els de la sèrie *d'Star Trek* que li agradava tant mirar al papà quan era jove, i per això ens la feia mirar a nosaltres, que no li trobàvem la gràcia.

Com si m'hagués llegit el pensament, pel finestral de la sala vaig veure arribar algú amb gorra de plat, algú que podia ser el capità Zanetti —i el meu cor es va posar a bategar acceleradament— però que va resultar ser l'*officer* Stewart. Bonhomiós, li va preguntar al Pol si tot anava bé i si aquella nit li agradaria de ser al pont de comandament per presenciar una cerimònia especial, una salutació des del mar al president de la companyia, que estava passant les vacances a l'illa de Capri. El vaixell es desviaria una mica de la ruta per saludar-lo expressament, però no hi havia cap problema; anàvem bé de temps. Em va estranyar que la Susan no me n'hagués dit res, però potser no ho havia trobat important. O potser no ho sabia.

—Vostè també està convidada, senyoreta, per descomptat —va dir l'*officer* Stewart.

—Com es fa, una salutació des del mar? —vaig preguntar, encuriosida.

—És un ritual mariner. S'encenen totes les llums i el creuer s'aproxima tot el que pot a la costa, sempre salvaguardant la necessària distància de seguretat. Aleshores es fan sonar les sirenes, i ja està.

—Quan hem de venir? —preguntà el Pol, sempre pràctic.

—Hi passarem cap a les 20h. Una mica abans ja enviaré algú al seu cambrot per acompanyar-los al pont.

—Moltes gràcies, oficial! —vam dir tots dos, a cor, agraïts.

—Anem al cambrot, a dir-ho al papà i a l'Hortènsia? —proposà el Pol.

—Vés-hi tu, jo em quedaré una estona per aquí; encara falta una estona. M'encanten les postes de sol en el mar!

El Pol se'n va anar corrents i jo em vaig asseure en una butaca enorme, tan gran que m'hi quedava completament aclofada, però tot i així seguia veient el mar embolicat en tuls roses, taronges i vermells, mentre pensava en el que m'esperava. A les 20h, salutació marina des del pont. A les 20.45h., trobada amb el capità al *Cocktail's Lounge* i reivindicació dels tripulants descontents. A les 22h., sopar mexicà familiar, amb tequila i mariachis. Tot d'una em vaig adonar que algú s'aturava al meu davant, a la barana de la borda, i em mirava des d'una altura considerable: el Brad. Vaig estirar-me una mica la faldilla del vestit vermell, l'últim vestit que em quedava per estrenar de tots els que havíem comprat amb l'Hortènsia.

—Què, ja us ha convidat a la salutació marinera, l'*officer* Stewart?

—Brad! Tu com ho saps? I la Susan? —vaig preguntar, mirant de sortir de l'enorme butaca engolidora.

—La Susan encara no ho sap, però quan ho sàpiga s'empiparà com una mona —féu ell, asseient-se en un braç de la butaca i ajudant-me a sortir-ne amb un mínim de dignitat, és a dir, sense haver d'ensenyar les calcetes. Quan em vaig aixecar, la butaca es desequilibrà pel pes d'en Brad assegut al braç, sense contrapès, i una mica més i caiem tots dos en la vorera relliscosa pel plugim insistent.

—Encara ens mullarem —comentà en Brad, sortint del

sostre protector de la terrassa, i obrí la boca mirant d'atrapar gotes de pluja.

—Però aleshores, tot això de la protesta...

—Es farà igual. Si la Susan vol alguna cosa, ho aconsegueix. Tret de casar-se amb mi, he, he, he!

Reia d'una manera com si anés col·locat, i possiblement hi anava. A mi no m'enganyaven, aquell parell. Més d'una vegada els havia pescat amb les pupil·les ben dilatades, i sempre amb l'ampolla d'aigua a la mà; segur que es xutaven pastilles o alguna cosa per l'estil.

—Això de la salutació marinera, ja ho sabíeu?

—De vegades ho fan i de vegades no. Però no, no sabíem que ho farien. En fi, no passa res. Capri és apropet. Digues-li al capità que t'ensenyi on és la capital, ell que sap tant de tot!

—Gelós.

—Jo? A mi m'agrada més el *Dávide*, ja ho saps.

—I a mi. Si deixés de ser de marbre!

—Tindries les de perdre, carinyo...*Il Dávide* és dels meus.

—I tu com ho saps?

—Ha! Això se sap i ja està.

Ens vam quedar mirant com gat i gos, ell arrepenjat a la barana de la borda, atrapant gotes de pluja a la llengua, jo tornant a seure a la vora de la butaca engolidora, amb la faldilleta arregussada en el pur naixement de les cuixes, tots dos mirant l'horitzó marí que anava deixant de ser plàcid. Uns grossos núvols de tempesta estaven espatllant el desplegament artístic de la posta de sol de cada dia —llençols rosa, tuls taronges, grocs i granats, amb tocs de lila— i pintaven la bola del sol d'un lleig gris fosc. Les onades cada vegada movien més aquella part del vaixell, la popa. Per fi m'ho havia après: la popa. Si el vaixell seguia movent-se, l'Hortènsia no podria ni tastar el tequila, aquella nit.

—Això es belluga! —comentà en Brad, rient—. Anem a dintre, m'estic mullant.

Em donà la mà per ajudar-me a emergir de la butaca i tots

dos vam avançar amb compte per la coberta lliscant. La pluja començava a ser forta i tothom se n'anava corrents del gran espai d'esbarjo de les piscines, els *jacuzzi* i els tobogans. Vaig veure l'Edwin atrafegat, recollint tovalloles de les hamaques; ell aixecà el cap i ens va veure. El seu rostre de trets orientals s'il·luminà amb el somriure simpàtic de costum; el Brad aixecà una mà en senyal de reconeixement.

—Fins al vespre, amic! —exclamà, amb el seu accent americà.

—Fins al vespre! —saludà l'Edwin, més formal, mentre posava totes les tovalloles en un carretó per a dur-les fins a la caseta de fusta on l'esperava l'Hèctor.

—Veig que seguiu endavant amb la idea, no? —li vaig preguntar, mentre entràvem al vestíbul que duia als ascensors i als diferents restaurants. El vaixell va fer un parell de batzegades que ens van fer perdre l'equilibri. Dues cambreres filipines reien al davant de l'entrada del bufet, mentre sostenien el ruixador de rentar mans. El Brad també les va saludar.

—S'ho mereixen, tota aquesta gent. Cal un crit d'atenció —replicà en Brad, que malgrat les pupil·les dilatades conservava una admirable lucidesa. No em vaig atrevir a dir res més. El vaixell ja no es movia tant, el Brad m'anuncià que se'n tornava a *Le Village* i jo vaig anar al nostre cambrot; volia arreglar-me per a la nit, encara que no hi havia gran cosa per arreglar.

Quan hi vaig arribar, el papà seia al sofà, amb cara de circumstàncies; se sentia l'Hortènsia que vomitava al lavabo i el Pol jugava, com sempre, a la PSP.

—Què et vaig dir, Andrea? Ens hauríem d'haver quedat a Nàpols —va dir el papà, preocupat pel mareig de l'Hortènsia.

—Però ens hauríem perdut la salutació marinera a l'illa de Capri —intervingué el Pol.

—Sí, ja ho veus, encendran totes les llums del vaixell com si fos un arbre de Nadal.

—Els llums tant em fan, la maniobra, vull dir, serà guapa!

—digué el Pol.

—Això vosaltres, que us han convidat al pont; a mi em sembla que aquesta nit només veuré palanganes.

—Va, papà, no et queixis, segur que l'Hortènsia es refà —vaig assegurar. Dit i fet, s'obrí la porta del lavabo i va aparèixer l'Hortènsia, més pàl·lida que de costum, però perfectament pentinada i maquillada. Mai no havia vist algú capaç de marejar-se amb tant estil.

—Uf! Sembla que ja ha deixat de moure's —va dir, i es va asseure al costat del papà—. Espero que als mariachis no els passi com a mi...Què, quan marxeu, nens?

—Ens deuran venir a buscar d'aquí a una estona —va dir el Pol, mirant el rellotge

—Tens raó, encara he d'arreglar-me!

Vaig entrar a l'habitació. No sabia pas què posar-me. Tot ho tenia brut, o mig brut i rebregat. Al final vaig optar per deixar-me el vestit vermell. Em vaig recollir els cabells en una cua de cavall, em vaig posar unes arracades llargues i unes ballarines planes de lluentons vermells; no em veia amb cor de posar-me talons, després de rondar tot el dia per Pompeia i Nàpols. Em vaig pintar una mica i vaig sortir al menjador.

—Nena, que mona! Faràs furor, al pont...Però em sembla que et falta alguna cosa —va dir l'Hortènsia, mirant-se el papà.

—Quina cosa?

—Sí, home, una jaqueteta! Vine, ajuda'm a buscar-la!

—Una jaqueteta? —repetí el papà. L'Hortènsia entrà a la seva habitació, seguida del papà, que feia cara de no entendre res. Vaig fer una ganyota, en direcció al Pol. Una jaqueteta! Quina mania, amb les jaquetetes! La iaia també estava sempre igual. Llavors l'Hortènsia va sortir amb una jaqueteta en un braç i una capsa de joieria a la mà. El papà la seguia, somrient. Li brillaven els ulls.

—Té, Andrea, de part de tots dos —va dir l'Hortènsia, i es van quedar mirant-me mentre obria el paquet: eren les arracades en forma de dofí que m'havien agradat, les de la joieria de *Le Village.*

—Ooohhh! Gràcies! Però, com us ho heu fet, quan les heu anat a comprar?

L'Hortènsia va riure i va assenyalar el Pol.

—Hi hem anat mentre el Pol t'entretenia a la sala de videojocs. Hem tingut un bon ajudant!

—Sou un cas!-vaig exclamar. Em vaig treure les que portava i me les vaig posar.

—I ara, la jaqueteta-va dir l'Hortènsia, allargant-me una bola de pèl blanc, un bolero que era com un núvol d'angora. Me'l va posar: picava una mica, però m'estava molt bé, semblava un boà de plomes del *Moulin Rouge*. Van trucar a la porta: era l'Edwin, que venia per acompanyar-nos al pont.

CAPÍTOL 6
L'ENFONSAMENT

1. El pont de comandament.

L'Edwin va dur-nos fins a una sala petita, emmoquetada de gris, que tenia tota una paret de vidre fumat a través de la qual es podia veure l'interior del pont de comandament. El pont era tal i com me l'havia imaginat, modern i espaiós, amb dos rengles d'ordinadors i unes taules plenes de comandaments amb palanquetes, llumets i coses per l'estil, al davant d'uns grans finestrals que donaven al mar. Hi havia el Paolo, d'esquenes a mi, l'*officer* Stewart i tres oficials més, drets rere la taula de comandaments. La Laura, l'oficiala morena ens havia fet de guia, consultava un mapa mentre parlava pel mòbil.

—Us haureu d'estar aquí, rere els vidres, per seguretat. Confio que gaudiu de la maniobra. Algú dels oficials sortirà per saludar-vos personalment, en acabat —va dir l'Edwin, tot circumspecte.

—Gràcies —vam dir el Pol i jo, a duo, mentre ell es retirava, tancant la porta amb cura rere nostre. Cap mirada de complicitat, cap senyal que, amb prou feines una estona després, feta la maniobra, tot aquell ordre seria desballestat a consciència. Vaig fer un tomb per la sala, on només hi havia unes quantes cadires i una tauleta amb revistes nàutiques. El Pol s'enganxà al vidre que donava al pont, disposat a seguir la salutació marinera a l'illa de Capri com si ell mateix hagués de conduir la nau. Vaig acostar-m'hi. En el reflex del vidre, la meva silueta ressaltava com en un mirall, faldilla curta i jaqueta estarrufada, de bolero, com si hagués d'anar a ballar. El vaixell ja no es movia tant com abans, pels finestrals del davant encara s'albirava un dèbil reflex del llarguíssim crepuscle d'estiu i al lluny va començar a veure's la silueta de la costa.

—Deu ser Capri —comentà el Pol, sempre pendent de les maniobres d'aproximació, que a mi m'avorrien tant—. Guaita! Estan agafant el control manual.

—Ah, sí? Com ho saps? —vaig preguntar, intentant entendre què feien el Paolo i els altres. M'agradava veure el Paolo fent de capità, tan professional entre els seus, amb el posat greu del qui fa una missió d'importància. En última instància, m'explicà el Pol, tot ho dirigia ell, tot ho decidia ell.

—Ho veus? Allò són els comandaments manuals, m'ho va explicar l'*officer* Stewart. Aquests vaixells ho duen tot automatitzat, pràcticament, però de vegades necessiten la mà humana, sobretot si surten de ruta.

—Vols dir que hem sortit de ruta? —vaig preguntar, estranyada.

—Doncs sí, enlloc no ho deia que ens acostaríem tant a l'illa de Capri —respongué el Pol, pensarós—. Veus l'oficiala? Està consultant els mapes cartogràfics clàssics. Sempre en porten per si alguna avaria els deixés sense GPS... —El Pol va començar a explicar-me tots els avenços tècnics d'aquelles naus tan modernes, els seus mecanismes de seguretat d'última generació i tota la pesca. Vaig fer que sí amb el cap, però no n'entenia gran cosa i, a més, m'hi avorria: en això érem ben diferents, el Pol i jo. M'estimava més mirar els oficials que es movien per la cabina, com en un ballet on cadascú tenia el seu paper, i no podia evitar que la vista se me n'anés tota l'estona cap al Paolo, seriós, abstret, amb el pes del vaixell entre les seves mans, encara que aquestes naus ja no duien un timó que es pogués agafar amb les mans. Mentrestant, l'horitzó s'anava espesseint amb una muralla de núvols grisos i foscos. El plugim amb què havíem sortint de Nàpols amenaçava de convertir-se en una autèntica tempesta. Tot d'una, l'oficial mulat, que havia estat tota l'estona fora de la nostra vista, va atendre una indicació que li féu el capità i després aixecà una mà cap a nosaltres, en senyal de salutació. El Pol i jo l'hi vam tornar.

—Ja ens han vist —vaig dir, contenta. L'oficial mulat va obrir la porta que comunicava el pont amb la nostra saleta, ens va dir que es deia Anthony i ens va explicar que tot seguit començaria la salutació marinera: encendrien tots els llums i farien sonar la sirena perquè els veiessin des de la costa, en homenatge al president de la companyia, que passava l'estiu a l'illa de Capri. Després tancà la porta i vam poder veure que la part de mar que donava al finestral s'il·luminava de sobte amb l'encesa de tots els llums del vaixell, permetent d'observar el relleu agitat de les onades i fins i tot una part de la costa, realment pròxima. Allà teníem la famosa illa de Capri, que en un temps havia estat el súmmum de l'estiueig dels rics i famosos, i ara es veia cada dia envaïda per grans grups de creueristes com nosaltres.

Les sirenes van udolar amb força. La salutació marinera havia de ser alegre, però l'udol mecànic de les sirenes del vaixell deixà un ressò tètric, com si hi hagués una fera engabiada dins del ventre d'aquella enorme embarcació. Al mateix temps, un llamp allargassat trencà el cel com una cicatriu, i el vaixell va moure's tan violentament que el Pol i jo vam anar a parar des de la paret de vidre fumat fins al fons de la sala, com si estiguéssim borratxos.

—Potser hem entrat en algun corrent d'aquests de prop de la costa —digué el Pol, fent-se l'entès, mentre el vaixell recuperava l'equilibri. Ens vam acostar als vidres fumats: a la sala del pont ningú no es veia gaire preocupat per aquells vaivens. Al cap d'uns moments, el Paolo va parlar amb l'*officer* Stewart, i l'Anthony va venir a veure'ns a la sala d'espera per convidar-nos a entrar al pont. Vam passar-hi, impressionats de poder entrar en el teatre d'operacions del creuer. El Pol ja hi havia estat durant la visita organitzada, però ara érem els únics convidats. Jo no entenia res de tots aquells quadres de comandament, més semblants als d'un avió que no pas al clàssic timó de les embarcacions senzilles, i no vaig fer gaire cas de l'*officer* Stewart, que ens ho mostrà tot amablement. No podia deixar de pensar en el moment, cada cop més pròxim, que el Paolo i jo deixaríem el pont. Ell em posà una mà a l'espatlla, dissimuladament. "Ja he vist la teva nota. Gràcies per la rosa", em va xiuxiuejar a l'orella. Jo no li havia deixat cap nota: la Susan la devia haver escrita per mi. Després de saludar-me, el Paolo es quedà una mica apartat, mirant la tempesta i parlant pel mòbil. Vaig mirar-lo, entre indecisa i nerviosa. Encara era a temps de dir-li que alguns tripulants preparaven un tall de llum, o podia demanar-li que deixéssim la cita al *Cocktail's Lounge* per més endavant, quan estiguéssim lluny de Capri. Tenia l'esperança que, a l'últim moment, l'Edwin i companyia s'hi haguessin repensat. Si hi hagués alguna manera d'avisar el Paolo sense que s'esverés, sense que me'n demanés detalls i corrés a fer detenir els responsables...

—Què passaria si s'aturés el subministrament elèctric? —vaig preguntar, com qui no vol la cosa, mentre el Paolo seguia parlant pel mòbil, la vista fixa en els finestrals. El Pol em mirà amb les celles aixecades.

—S'activaria el sistema d'emergència, esclar —digué l'*officer* Stewart—. I si fallessin aquests aparells, a la coberta 4 hi ha una rèplica exacta del pont. Tot està previst, fins i tot en cas d'un *black out*.

—Un *black out*?

—Una aturada total de l'electricitat. De vegades passa en la proximitat amb la costa; o, per exemple, quan es troben dos vaixells de costat. Però no s'ha de perdre la calma, els aparells es recuperen espontàniament al cap d'una estona. Tranquils, nois; sou a bord d'un dels vaixells més moderns de tota l'actual flota de creuers del Mediterrani...

Vaig pensar que el Titanic també era modern, en la seva època, però no vaig voler dir res. Mentrestant, el Paolo tancà per fi el mòbil i vingué cap a nosaltres, obertament, amb un somriure. Les sirenes ja no sonaven i la salutació marinera havia conclòs, ens digué, però deixarien encesos tots els llums exteriors perquè se'ns veiés bé des de la costa.

—He parlat ara mateix amb el president de la companyia, i confirma que ens ha vist i que li ha agradat la nostra salutació. Feina feta! Bé, senyor Stewart, el deixo al comandament.

—Capità, seria possible que em pogués quedar a veure les maniobres de sortida?—preguntà el Pol, amb un fil de veu.

—Si l'*officer* Stewart no hi té res en contra...

—En absolut, capità —respongué l'Stewart—. Aquest xicot serà un mariner excel·lent, n'estic segur. I si la noia es vol quedar...

—No, no, gràcies —vaig afanyar-me a dir.

—Molt bé, doncs anirem a fer un mos. Seré al Lounge, com sempre, si em necessiten —va dir el Paolo, alegrement, i em féu un gest perquè el precedís cap a la porta de sortida. Encara que tothom estava atrafegat, vaig sentir que totes les mirades es clavaven al damunt meu. Si almenys l'Hortènsia no m'hagués convençut de posar-me aquell bolero tan vistós! Em sentia com si anés disfressada. La Laura, la morena que ens havia fet de guia, em saludà amb un somriure condescendent, i obrí la porta per deixar-nos passar. Quan sortí el Paolo li va dir alguna cosa, en un italià molt ràpid, que no vaig comprendre. Ell va somriure i li va picar l'ullet. Vaig tenir la sensació que parlaven de mi.

2. Cocktail's Lounge.

Quan vam entrar a l'ascensor que baixava des del pont fins a *Le Village*, el Paolo m'agafà de la cintura i em va fer un petó al coll.

—Per fi sols! Quina bona oloreta fas —mormolà.

—Em sembla que no els ha agradat gaire que te n'anessis —vaig dir-li al Paolo, amb un somriure.

—Sempre m'hi voldrien, al pont, però he de sopar, una hora o altra! Tots ells són molt competents. No et preocupis per res— em va comentar, i em deixà anar. L'ascensor s'aturà al vestíbul de *Le Village*, i tots dos vam caminar cap a l'atri. Tot d'una el vaixell tornà a moure's i vaig estar a punt de relliscar cap a dintre de la piscina, com el primer dia. El Paolo m'agafà de la mà amb fermesa.

—Ep! Que et vols banyar?

—No es mou massa, això? —vaig protestar.

—No pateixis, són els corrents de la costa, estan agitats amb la tempesta. El temps aviat es calmarà —va dir el Paolo, amb tota seguretat, però ja no em deixà anar de la mà fins que vam ser al *Cocktail's Lounge*. Era un local molt ben decorat i aprofitat, revestit de làmines de fusta, amb una il·luminació suau. Hi havia una barra de fusta, d'imitació caoba, i tota la paret del darrera folrada de diferents ampolles de licors. Un cambrer jove, filipí, més alt que l'Edwin, vestit de negre, atenia els clients, i de seguida s'aixecà per acompanyar el capità a la seva taula habitual. Vam seure en una de les tauletes més allunyades de la barra, que tenia una butaca de pell i un sofà. El Paolo es va treure la gorra i la jaqueta, ho va donar al cambrer perquè ho guardés i després es asseure a la butaca de pell, amb un sospir de satisfacció, tan relaxat com si estigués a casa seva. Jo vaig fer un cop d'ull a les tauletes del voltant, abans de seure. Una mica sorpresa, vaig veure que hi havia la Susan i el Brad, asseguts en un angle. Van aixecar la mà, per saludar-nos, i nosaltres els vam tornar la salutació. Vaig seure al sofà, però em vaig quedar a la punta, sense acabar d'arrepenjar-m'hi, per estar més a prop del Paolo.

—Periodistes! Ja sé que han de fer la seva feina, però me'ls trobo per tot arreu. Bé, deixem-los. Tens gana? —preguntà el Paolo, i m'allargà la carta del local. Hi havia una pàgina sencera dedicada als còctels, i a la pàgina següent, noms complicats de sandvitxos i aperitius. Estava massa nerviosa per decidir res.

—Per a mi un *Sandwich Club*, i una cervesa, una gerra —demanà el Paolo.

—Jo un *Sandwich Club* i una Coca-cola.

El Paolo es fregà les mans, va fer un cop d'ull a la pantalla de televisió gegant que hi havia a la paret del davant, amb la previsió meteorològica, i després em mirà amb curiositat. Vaig endinsar-me en aquelles pupil·les fosques, directes, acostumades a donar ordres, ara tenyides amb una barreja d'ironia i de complicitat. Era una espurna molt viva, que m'impedia de pensar amb claredat i em feia posar vermella, sobretot quan recordava que la nit abans l'havia deixat plantat sense cap explicació. Però no semblava que me'n volgués fer cap retret. Vaig abaixar els ulls fins a les seves mans, que descansaven en els amples braços de la butaca, amb un posat de dignitat. Vaig imaginar que m'acaronaven, i em vaig estremir. Em semblava impossible que allò m'estigués passant justament a mi. Vaig tornar a aixecar els ulls, però ell ja no em mirava: tornava a contemplar la pantalla amb les previsions de pluja i tempesta. Llavors s'adonà que jo el mirava. Més que mirar-lo, l'espiava, admirada, enamorada, feta pols. Ell tornà a somriure i semblà a punt de parlar, de dir-me alguna cosa, però en aquell moment vingué el cambrer filipí, duent dos vasets petits com de *xupito*.

—Què és això? —preguntà el Paolo, assenyalant els vasets.

—Uns *schnapps*, obsequi d'aquells clients —digué el cambrer, assenyalant la Susan i el Brad. El Paolo es girà per mirar-los i alçà el vaset, en senyal de salutació. Jo també em vaig girar. El Brad aixecà la seva copa; la Susan em mirà, inclinà una mica el cap i després dirigí la mirada cap al Paolo, que es begué tot l'*schnapps* d'un glop. Quan va veure que el Paolo es bevia l'aiguardent amb aquella avidesa golafre, la Susan esbossà un somriure dels seus. Vaig pensar de seguida que el Paolo no hauria d'haver begut aquell aiguardent, però ja era massa tard per advertir-lo que la Susan no era qui semblava.

—No el vols tastar? —digué el Paolo, assenyalant el meu vaset d'aiguardent, que seguia intacte-. No l'has tastat mai, l' *schnapps*?

—No, ara no em ve de gust, gràcies —vaig fer, nerviosa.

—Ets tan jove...—va comentar el Paolo, mirant de reüll el cambrer filipí, que preparava una safata amb tot el que havíem demanat. El vaixell va tornar a moure's d'un costat a l'altre i les ampolles del darrera de la barra van dringar com un gran xil·lòfon. El cambrer s'apropà a la nostra taula, una mica vacillant, i el Paolo es va aixecar per ajudar-lo a treure els plats i els vasos de la safata, sense donar cap importància al moviment del vaixell.

—No semblava que hi hagués d'haver tan mala mar, devem haver enxampat algun corrent —mormolà, mantenint-se amb les cames separades, en un perfecte equilibri, mentre el pobre cambrer trontollava de valent. Una copa rodolà a terra, des de la tauleta del fons, i vam sentir una exclamació de la Susan. El Paolo posà la seva gerra, el *xupito* i la Coca-cola en el centre de la taula i m'allargà el plat amb el sandvitx.

—Serà millor que te'l posis a la falda —recomanà. Vaig mirar-me aquell sandvitx enorme. Era incapaç de menjar-me tot allò, amb el nus que tenia a la panxa. El Paolo, en canvi, s'assegué i es començà a cruspir el sandvitx amb grans queixalades. Després agafà el meu got de *schnapps* i l'abocà a la gerra de cervesa, que s'abraonà d'escuma. M'allargà la copa i vam brindar.

—Per la passatgera més bonica de tot l'*Ulysses* —va dir, mirant-me tan intensament que vaig haver d'abaixar els ulls. Després va beure un bon glop de la cervesa amb aiguardent—. No vols tastar la barreja, almenys?

Vaig fer que sí, i ell m'allargà la gerra. Tenia un regust estrany, molt fort, i em cremava la panxa. Però em va fer marxar de cop la punyetera vergonya.

—No tens gana? —preguntà, entre mos i mos, en veure'm tan parada. Tenia els llavis bruts de maionesa, però no vaig gosar dir-l'hi. Era divertit, veure'l tan afamat, cruspint-se el sandvitx sense manies. Només li quedava mitja cervesa.

—El papà ha reservat una taula al restaurant mexicà! Li hem dit que hi aniríem després de...després de...

—Després de la salutació marinera —conclogué ell, de bon humor. Enllestí el sandvitx, es begué l'altra mitja cervesa, i va fer un cop d'ull a la barra. El cambrer feia *sudokus*, assegut en un tamboret baix, sense mirar-nos. El Brad i la Susan es van aixecar per marxar i van passar pel nostre costat.

—Gràcies per l'*schnapps* —digué el Paolo, mirant la Susan amb un aire de complicitat. Vaig tornar-me a recordar de les seves arracades. Encara les tenia a la motxilla turquesa.

—No s'ho mereixen. Era la beguda preferida del meu pare —respongué la Susan, amb un to que em posà la pell de gallina. Vaig mirar el Paolo, però seguia somrient sense entendre res. No, segur que no l'havia reconeguda; era impossible que endevinés que era la filla del maquinista de l'Alaska. El Paolo esperà que el Brad i la Susan fossin fora del *Lounge*; després s'aixecà de la butaca i anà a dir-li alguna cosa al cambrer filipí, que ens deixà l'ampolla de *schnapps* i sortí del local, deixant-nos sols. El Paolo va venir a seure al meu costat, al sofà. Tornà a omplir el vaset d'aiguardent i el buidà d'un glop. M'envoltà amb un braç i em va estrènyer contra ell. Tot d'una ja no hi havia barreres, cap barrera.

—No vagis al restaurant mexicà —em digué a cau d'orella—. No vagis enlloc. Queda't amb mi.

Començà a besar-me. Vaig tancar els ulls i va ser com si tot desaparegués; el local folrat de fusta, els llums suaus. De fora només en venia una música de blues i la dringadissa suau de les ampolles; de prop, tot eren els petons cada cop més encesos entre tots dos.

—Anem al cambrot? —va preguntar, somrient. Em vaig aixecar, incapaç de dir-li que no; ell també s'aixecà. Llavors, tot d'una, s'apagaren els llums i se sentí un missatge per megafonia:

—"Senyors passatgers. Els parlo en nom de la tripulació de l'*Ulysses*. Estiguin tranquils: la nostra preocupació és la seva seguretat. Però tots tenim una família..." —Vaig reconèixer la veu de l'Edwin, i em va fer un salt al cor. Així doncs, ho havien fet, finalment: després del tall de llum, el missatge de megafonia, per alertar tothom.

3. El black out

—Què collons és, això? —renegà el Paolo, deixant la cervesa al damunt de la taula. Els llums d'emergència van trencar la foscor, amb una il·luminació vermellosa, sinistra.

—"Per això no tenim més remei que reclamar la seva atenció sobre les condicions laborals de la tripulació..."—seguí la veu. El Paolo i jo encara estàvem drets, sense saber què fer, quan el vaixell sotraguejà de valent, amb un cop fort. Semblava que haguéssim xocat contra alguna cosa. Es van apagar els llums d'emergència, s'interrompé la megafonia i la inclinació sobtada ens va empènyer al Paolo i a mi contra el sofà, que va lliscar fins a la paret, com si estigués en una pista de gel inclinada. Les ampolles de darrera la barra van caure una rere l'altra, amb una esgarrifosa trencadissa. Vaig cridar, i a fora també se sentiren cops i crits.

—Collons, collons, collons —seguí renegant el Paolo, intentant aixecar-se del sofà on havíem caigut de mala manera. Ho va aconseguir i després em va donar la mà, mentre el vaixell recuperava l'equilibri i tornaven a encendre's els llums d'emergència.

—Què passa, Paolo? —Semblava atuït. Es passà la mà pel front, molt pàl·lid, tot d'una.

—Que em pengin si ho sé —mormolà—. He de tornar al pont, he de tornar al pont.

Vam anar cap a la porta, i hi vam trobar el cambrer filipí, que s'havia fet mal amb els vidres trencats i tenia les mans plenes de sang. Entre el Paolo i jo el vam ajudar a incorporar-se, però el Paolo semblava absent, com si li costés de reaccionar.

—Aquest cambrer està ferit...No podríem avisar a la infermeria, al metge? —li vaig preguntar. El Paolo es va treure el mòbil de la butxaca i intentà trucar a infermeria, però no hi havia cobertura.

—Ara mateix avisaré. He de tornar al pont —s'excusà. M'agafà de la mà i vam sortir tots dos a l'atri descobert de *Le Village*, mentre el cambrer seguia lamentant-se. La piscina s'havia buidat a coberta i tot era un gran bassal; l'aigua em xopà les sabates. M'arribava fins als turmells. Se sentien crits i gemecs de l'interior de les diferents sales i cabines; alguns passatgers obrien les portes i demanaven auxili, en la foscor gairebé total. Els llums d'emergència s'apagaven i s'encenien intermitentment. El Paolo s'aturà un moment, em deixà anar de la mà i s'allunyà unes passes, fent tentines. Vaig sentir un soroll inequívoc: estava vomitant. Després tornà, amb un somriure feble, com de nen entremaliat.

—Disculpa'm. Feia molts anys que no em passava! L'*schnapps* se m'ha posat de través.

Vaig recordar aquell somriure maliciós de la Susan. Se'n devia haver assegurat, que el Paolo no servís per a gran cosa, aquella nit. Agafats de la mà —jo l'aguantava més a ell que no pas ell a mi— vam seguir caminant fins arribar a l'altre extrem de l'atri. Els ascensors no anaven i vam haver de pujar les escales per arribar al pont de comandament. Abans d'arribar-hi vam trobar l'oficial mulat, l'Anthony, que venia acompanyat del Pol. El Paolo em deixà anar la mà, de seguida, amb un gest automàtic que em va transmetre una immediata sensació de soledat.

—Capità, venia a buscar-lo —digué l'oficial, amb la respiració entretallada—. Hi ha hagut un *black out* i hem xocat contra alguna cosa. El necessitem. L'*officer* Stewart proposa de traslladar el pont de comandament a la coberta 4, on hi ha la rèplica exacta, però ha d'ordenar-ho vostè, és clar.

El Paolo assentí, i després ens mirà al Pol i a mi, com si no recordés ben bé què hi fèiem, allà. Tenia els ulls diferents, ensonyats. A mi també em pesaven les parpelles, però la notícia del xoc m'acabava de despertar del tot. El Paolo, en canvi, semblava a punt de caure. Cada cop em semblava més possible que la Susan hagués posat alguna cosa en la beguda. No era normal, tenir tanta son, en una situació així.

—Torneu a la zona dels cambrots, allà estareu segurs. Buscaré algú que us acompanyi —s'esforçà a dir el Paolo, agafant el mòbil, però seguia sense funcionar.

—Capità, afanyi's —l'apressà l'Anthony.

—No es preocupi per nosaltres, capità. Sabrem arribar al cambrot —digué el Pol, amb enteresa. El Paolo assentí, ens tornà a mirar amb aquella mirada buida, i va seguir l'Anthony cap al pont de comandament, sense dir-nos res més. Un llamp il·luminà la negror de la nit. La costa es veia gairebé a tocar.

—Hauríem d'anar a buscar el papà i l'Hortènsia. Som-hi? —va dir el Pol, amb decisió, i m'agafà de la mà per començar a recórrer aquells passadissos que a mi em sonaven tots iguals.

—"Només volem reclamar la seva atenció sobre les condicions laborals de la tripulació"-digué encara la veu de l'Edwin, enllaunada, entre sorolls i xiulets de la megafonia, que aviat emmudí del tot. No vam trigar gaire a trobar la porta dels passadissos interiors, la mateixa que l'*officer* Stewart havia considerat que sempre havia d'estar tancada. El Pol i jo vam xocar de mans, a l'estil dels jugadors de bàsquet, contents d'haver trobat a la primera el camí de casa. Per sort se me n'havia anat la son, però aquell maleït aiguardent me n'havia fet venir, i tant, i això que només n'havia begut un glop barrejat amb la cervesa. No m'estranyava que el Paolo hagués estat a punt de caure rodó.

A la nostra coberta, a popa, els passatgers es dividien en dos corrents ben diferenciats: els que s'havien posat les armilles salvavides i anaven cap al punt de trobada d'emergències, a la recerca d'instruccions, com si el vaixell s'anés a enfonsar d'un moment a l'altre, o els que, vestits de nit, volien seguir la gresca fos com fos i es dirigien als locals d' espectacles o al Casino, sense fer cas dels llums d'emergència i de la inclinació cada cop més accentuada del vaixell.

—Cap on queda, la Cantina Mexicana? —vaig preguntar, despistada, com sempre. Se me n'havia anat la son, però seguia notant un regust amarg a la boca.

—Cap allà —digué el Pol, assenyant la seva dreta. Vam començar a caminar. Al cap de pocs metres vam trobar l'Aina i els seus avis. L'àvia empenyia la cadira de rodes, i tots portaven les armilles de color taronja.

—Pol! Andrea! —exclamà l'Aina, molt angoixada—. On aneu? No heu notat aquell xoc tan fort? Volem arribar al punt de trobada d'emergències. Sabeu com s'hi va?

—Sí, és a la coberta 11. Heu de baixar un pis i preguntar per l'Inuit, el bar de gel —digué el Pol, una mica dubtós en veure la cadira de rodes—. Però si no funcionen els ascensors, com us ho fareu? Hauríeu de demanar ajuda a la tripulació.

—Sí, però, on són? No es veu ningú —va dir l'Aina. Llavors vam veure venir l'Edwin, providencial.

—Podria acompanyar-nos al punt de trobada per a emergències, jove? —li demanà la senyora.

—Sí, però no crec que sigui necessari. No estarien més bé en el cambrot, esperant que passi la tempesta? —proposà l'Edwin, amb un somriure tranquil·litzador.

—Ho veus, Miquel? Ja t'ho deia, jo —li digué la senyora al seu marit, en to reprovador.

—De cap manera. Hem d'anar al punt de trobada d'emergències, digui el que digui aquest xicot —insistí el senyor Miquel.

—Esperin un moment, buscaré algú perquè els ajudi —va dir l'Edwin. S'allunyà una mica per parlar pel mòbil, però tornà al cap d'un moment, fent que no amb el cap.

—No aconsegueixo comunicar amb ningú.

—Fem una cosa: baixem la cadira de rodes entre tots, per les escales —proposà el Pol. No hi havia massa graons, i vam aconseguir anar baixant la cadira del senyor Miquel sense ferlo patir gaire, mentre l'àvia ens seguia al darrera, ajuntant les mans com si resés. Al nostre costat hi havia força gent que baixava amb les armilles, en direcció al Bar de Gel, el punt de trobada del simulacre d'emergències. Quan s'adonaren que en el grup hi havia un membre de la tripulació, amb el vestit negre, aviat el van encerclar i van començar a ploure preguntes. L'Edwin recomanava a la gent que tornessin als cambrots, però la majoria preferien anar al punt de trobada d'emergències.

—Pol, vols dir que no hauríem d'anar a buscar el papà i l'Hortènsia a la Cantina Mexicana?

4. Cap a la Cantina Mexicana

—Per què no els vas a buscar tu, Andrea? Jo acompanyaré l'Aina. L'Edwin té feina, i ells necessiten ajuda —va dir el Pol, assenyalant l'Aina, que semblava a punt de posar-se a plorar, l'avi amb cadira de rodes i l'àvia tan blanca com el paper—. No et pots perdre: només has d'anar al fons d'aquest passadís i girar a l'esquerra..

—I un cop els trobi, què fem?

—Ens truquem pel mòbil. Si no funcionen...en principi serem al Bar de Gel, però ja ho has sentit, en últim cas, si les coses es posen lletges, cap a la coberta 4.

Llavors l'Edwin aconseguí alliberar-se de la gent que li demanava instruccions i va venir cap a nosaltres.

—He d'anar a les taquilles, a reunir-me amb l'Hèctor.

—Fantàstic, així pots acompanyar l'Andrea.

—Gràcies, gràcies, al·lots! Déu vos ho pac —digué el senyor Miquel, agitant-se en la cadira de rodes. Vam acomiadar-nos sense massa cerimònia, convençuts que ens tornaríem a trobar aviat, i l'Edwin i jo vam seguir caminant pel passadís.

—Què ha passat, Edwin? Us han descobert? —vaig preguntar, quan vam ser una mica lluny del grup.

—No! Tot anava de primera, però aleshores, no sé com ni quan, el tall de llum parcial s'ha generalitzat i s'ha aturat fins i tot la megafonia. Sembla que el vaixell ha impactat i ha començat a entrar aigua a la sala de màquines.

—Aigua?

—Això han dit els companys. La situació sembla greu, Andrea. Però ningú no ens ha dit què hem de fer. No sé què espera per donar ordres, el capità!

—Edwin, tu saps si hi havia algun pla B? —vaig preguntar, mirant-lo als ulls. L'Edwin aixecà les celles.

—Com vols dir?

—Vull dir si també planejàveu d'adormir el capità, de donar-li algun tipus de somnífer...

—No, no, no, Andrea. Per què ho dius, això?

—Bé, la Susan i el Brad eren al *Cocktail's Lounge*, l'han convidat a *schnapps* i després s'ha marejat, i actuava d'una manera inconnexa.

L'Edwin s'arronsà d'espatlles.

—No seria el primer cop que actua així.

—I de veritat ningú no us ha donat instruccions?

—No, la veritat! Només ens han dit que atenguéssim els ferits i que recomanéssim calma a tothom, i si podíem fer-vos quedar en els cambrots, encara millor.

Un nou grup de gent va fer aturar l'Edwin, demanant-li explicacions.

—Segueix endavant, Andrea! Fins aviat! —va fer l'Edwin, amb un somriure coratjós, i vaig seguir el meu camí. Hauria donat el que fos per tenir el Paolo al meu costat. Però esclar, l'home devia tenir altres coses més urgents a fer, com ara traslladar tot el pont de comandament a la coberta 4. Mentre caminava a contracorrent, sola enmig del flux de gent, m'envaí una sensació d'incertesa que no tenia res de metafísica, sinó que gairebé es podia tocar. Almenys tenia una missió clara i definida: arribar a la Cantina Mexicana. Vaig provar de trucar al papà i a l'Hortènsia, però els mòbils seguien sense funcionar. En arribar a la zona dels mostradors de venda d'entrades, on hi havia els taulells informatius amb el plànol del vaixell, vaig aturar-me a comprovar que anava en direcció correcta. Tothom m'empenyia. Hi havia un gran enrenou, la gent vagarejava a la recerca de familiars i amics. Dalt d'un mostrador, amb un megàfon a la mà, l'Hèctor provava sense èxit d'ordenar aquell trànsit espès:

—Vagin als cambrots! Tot ha estat una avaria elèctrica. Tornin als cambrots —repetia, però la gent no li feia cas i seguia avançant cap als locals de restauració. Jo també vaig fer veure que no el sentia i vaig entrar al corredor atapeït. Ens empenyíem sense respectar cap norma de cortesia, a cops de colze, amb ulls irats o angoixats. Alguns nens ploraven, perduts. Jo encara tenia l'esperança de sentir la veu del Paolo —ja feia estona que l'enyorava desesperadament—, d'escoltar aquella veu baixa, fonda, una mica esquerdada, sentir-li dir que no passava res, que només havíem de tenir paciència i tot s'arreglaria i tornaria a la normalitat.

Però no només no se sentia res per megafonia, sinó que en tota la coberta amb més concentració de passatgers no hi havia ningú vestit de blanc, ningú amb gorra de plat i autoritat ajudant-nos a recuperar la calma. Només es veien encarregats i fins i tot cambrers, d'uniforme negre, tan atabalats com nosaltres mateixos.

Després vaig començar a trobar gent que s'havia fet mal: una dona de mitjana edat, elegant, amb la cara plena de sang que li queia damunt de l'escot del vestit de nit, folrat de lluentons; un senyor que coixejava i s'arrepenjava a la paret del passadís amb gestos de dolor; un pare i una mare joves que corrien amb els fills a coll, com si algú els encalcés; dues parelles d'avis i d'àvies que se sostenien en braços de familiars, amb les cares esblaimades per la por.

—Vagin al punt de trobada! Coberta 11, *Inuit*, el Bar de Gel, el punt de trobada! Vagin al punt de trobada, amb les armilles salvavides! —vaig sentir, aleshores, una veu femenina, des d'un megàfon, que venia de l'altra punta del passadís.

—Als cambrots o a l'*Inuit*? Ni ells no saben què fer! —va exclamar una veu coneguda aprop meu, i em vaig adonar que era el Brad. Duia la càmera abraçada contra el pit, com si portés un nen petit.

—Brad! —vaig cridar, mentre el corrent de gent m'arrossegava passadís enllà, més enllà de la Cantina Mexicana. No sé pas com vaig aconseguir d'aturar-m'hi al davant, agafant-me de les grans portes de fusta vermella que simulaven les d'un ranxo texà. Era enmig d'un remolí format per la gent volia sortir-ne, però topava amb els que volíem entrar-hi. Tots fèiem molta pressió. Em costava de respirar, i vaig arribar a notar que em cruixien les costelles. Imatges d'allaus que havia vist altres vegades, en diaris i notícies, van començar a passar-me pel cap; potser sí que tot s'acabaria aquí; ni *Titanic*, ni profunditats oceàniques, ni pedra anomenada "cor de l'oceà" esperant-me al fons del mar, com a la pel·lícula del Leonardo Di Caprio. Un vulgar aixafament contra les portes estil ranxo americà de la Cantina Mexicana: això seria tot? Vaig revoltar-m'hi. Només que tothom deixés de prémer-me d'aquella manera tan bèstia... Llavors el vaixell va fer un vaivé, un altre decantament més pronunciat cap a estribord, i allò va ser la salvació. El tap de gent que barrava l'entrada es va desfer i hauria caigut, si hi hagués hagut prou lloc. Sostinguda per la muralla humana, vaig entrar a la Cantina sense ni tocar de peus a terra, i vaig anar a xocar contra alguna cosa que semblava un escenari. Algú em va tocar el cap, des de dalt: el Brad, que no parava de fer fotos.

—Puja, corre! —va dir, allargant una mà per ajudar-me. Em va costar una mica, em vaig fer mal als genolls i em vaig adonar en aquell moment que havia perdut una de les ballarines vermelles de lluentons, però ho vaig aconseguir. Des d'aquella plataforma privilegiada vaig poder veure el restaurant en tota la seva extensió, mentre buscava ansiosament el papà i l'Hortènsia. El xoc del vaixell amb el que fos havia afectat aquell menjador de grans finestrals envidriats, un dels quals mostrava una gran esquerda. Hi entrava aigua. La inclinació del vaixell havia fet caure els plats, els vasos, les ampolles i els coberts de les taules, i tot plegat formava una perillosa catifa que la gent, esverada, trepitjava sense fixar-s'hi. Jo mateixa em vaig adonar que estava trepitjant alguna cosa tova: era un dels barrets dels mariachis, abandonats a l'escenari que s'anava desplaçant tot sol cap al centre de la sala, com un vaixell dintre del vaixell.

—No són aquells, els teus pares? —va preguntar el Brad. Vaig mirar en la seva direcció i vaig veure l'Hortènsia i el papà,que miraven de mantenir l'equilibri agafats a uns cactus de plàstic de la decoració de la paret, no massa lluny de l'esquerda dels finestrals.

—Papà! Hortènsia! —vaig cridar, enmig de l'enrenou. El papà duia l'americana clara tota tacada d'una salsa taronja, però es veia ferm, agafat al cactus com si li anés la vida. L'Hortènsia, al seu costat, portava el vestit verd que tan bé li esqueia tot esquinçat de l'escot, i tenia una gran marca morada al front, com si hagués rebut un cop.

—Papà! —vaig cridar un altre cop. No sé si el papà arribà a sentir-nos o bé fou casualitat, però en un moment ell i l'Hortènsia van mirar cap a l'escenari i em van veure, cridant, entre quinze o vint persones que també buscaven els seus. Amb penes i treballs, el papà i l'Hortènsia es van desplaçar cap a l'antic escenari dels mariachis. El Brad i jo vam baixar, i mentre ell seguia retratant-ho tot, vaig abraçar el papà i l'Hortènsia com si no ens haguéssim vist en mil anys. Seguia havent-hi empentes i crits al nostre voltant. La major part de la gent ja havia anat sortint a fora, però també n'hi havia molta que hi entrava; el mateix batibull d'abans.

—Andrea! Què fas, aquí? I el Pol? —preguntà el papà, amb els ulls plorosos—. Estàs bé, filla?

—Sí, papà! El Pol ha anat a ajudar l'Aina i el senyor Miquel, que anava amb la cadira de rodes. Com que no van els ascensors...Ens esperen a l'*Inuit,* o a la coberta 4.

A l'Inuit, o a la coberta 4?

—No ho sé, papà! I vosaltres? Hortènsia, què t'ha passat al

cap? —vaig preguntar, assenyalant la taca fosca del front.

—Jo era al lavabo, una mica marejada, i llavors una sotragada m'ha fet caure de front contra la pica, i encara sort que no m'he desmaiat.

—Hem xocat, oi? Què ha passat? —preguntà el papà, abraçant l'Hortènsia, mentre la gent ens arrossegava cap enfora.

—Primer hi ha hagut una avaria... —començà a explicar el Brad, però el vaixell es tornà a moure i tothom intentà sortir de cop, una altra vegada. Amb penes i treballs vam arribar al replà del principi del passadís, on hi havia el mostrador de venda d'entrades. L'Hèctor havia marxat i darrera el mostrador hi havia un grup de nois i noies que intentaven forçar la caixa. Tot plegat oferia una imatge de desolació i abandonament, i seguíem sense saber què fer. Llavors dos paios, amb barret de *cowboy* i una merda com un piano, van agafar el megàfon de l'Hèctor i van convidar a tothom a anar a jugar el pòquer al Casino. El Brad, que ens anava seguint, va continuar fent fotografies a tort i a dret.

5. La separació

—Què fem? —preguntà l'Hortènsia—. Estem molt a prop del cambrot. Necessitaria prendre'm la pastilla del mareig.

—Doncs podries començar a anar-hi, amb l'Andrea i el Brad; jo, mentrestant, vaig a buscar el Pol al Bar de Gel, a veure si ens donen instruccions. En trobem tots al cambrot i ja decidirem què fem —féu el papà, molt tranquil, encara que al nostre voltant no parava de passar gent amunt i avall, no es veia ningú de la tripulació i el vaixell se seguia inclinant.

—Si em permeten, jo m'afanyaria —va dir el Brad—. A *Le Village*, ja fa estona, els oficials parlaven de donar instruccions perquè tots embarquéssim en els bots salvavides —explicà el Brad.

—Els bots salvavides? —s'esgarrifà l'Hortènsia—. No pot

ser tan greu! Hauríem d'esperar que algú ens ho confirmés. Fixeu-vos, aquí no es mou gens, el vaixell.

Tenia raó: en aquella zona del centre del vaixell no es notava massa vaivé. Era com si estiguéssim a l'ull de l'huracà, en una calma tensa. Jo mateixa no em creia que el vaixell es pogués estar enfonsant i que ningú ens digués ni ase ni bèstia. No s'enfonsava tan fàcilment, un creuer com l'*Ulysses*. El Brad em mirà, pensarós.

—I la Susan? —vaig preguntar-li.

—La Susan ja fa estona que se n'ha anat directament a la coberta 4, on hi ha els bots salvavides. Té pànic al naufragi.

—I tu no? —preguntà l'Hortènsia. El Brad acaronà la càmera que duia penjada del coll, i s'arronsà d'espatlles.

—A mi no em fa cap gràcia, però la fotografia és la meva vida. Necessito ser-hi i retratar-ho, quan passa alguna cosa. Encara que, la veritat, tot això no m'agrada gens.

El papà es passà la mà per la cara, preocupat.

—No perdem temps. Mireu: vosaltres pugeu un moment al cambrot a agafar les armilles i recolliu també les nostres coses, per si de cas. Així tu et podràs prendre les pastilles, Hortènsia, i jo, mentrestant, aniré a buscar el Pol a l'Inuit.

—Però on ens trobarem? —insistí l'Hortènsia.

—En principi tornarem al cambrot, però si hi ha algun problema, ens trobem a la coberta 4, d'acord?

—Seria millor que no ens separéssim, no, papà? Per què no anem tots junts a buscar el Pol?

—L'Hortènsia necessita les pastilles, i a més, al cambrot ho tenim tot —va dir el papà—. També les armilles.

—L'acompanyo al Bar de Gel —digué el Brad.

—Gràcies, però preferiria que les acompanyessis a elles, fins que tornem. Et sembla bé?

—Em sembla bé —va dir el Brad, somrient.

—Voleu dir que no estem exagerant? Abans el vaixell també s'ha inclinat, i no ha passat res...Bé, com vulgueu. Anem al cambrot. Si no prenc res, em marejaré i cauré —va dir l'Hortènsia.

—Molt bé, preciosa —digué el papà, fent-li un petó als llavis. Després em féu un petó a la galta, i li donà la mà al Brad—. Fins ara. Estic segur que el creuer aguantarà tot el que calgui!

Ens vam quedar mirant com se n'anava, però, en lloc de dirigir-se al Bar de Gel, el papà va caminar en direcció contrària.

—No s'equivoca, aquest home? —preguntà en Brad.

—Potser coneix un altre camí... Ai, l'Enric. Sempre en porta alguna de cap. Bé, anem al cambrot? Potser tot plegat no serà res i ja ens hi podrem quedar a passar la nit —suggerí l'Hortènsia, amb un somriure cansat. El cambrot! Jo també hi pensava com en un lloc segur. El cambrot era la nostra casa, la nostra llar en el creuer. Tot ho teníem allà: les maletes, la roba, els llibres, els diners, la documentació, les joies, les nostres coses. A més, aquella part del vaixell amb prou feines es movia, i a dintre tot era tranquil i silenciós. Fins i tot hi havia fil musical i il·luminació indirecta. Una tovallola plegada en forma de dofí adornava el sofà de la sala.

—Per fi a casa! Oh, quin malson! Andrea, vols mirar si s'encén la tele, a veure si donen alguna informació? —preguntà l'Hortènsia, descalçant-se i corrent cap al lavabo.

—Jo ho faré —oferí el Brad. Però la televisió no s'encenia, ni tampoc funcionava cap altre estri: ni la ràdio, ni l'aire condicionat, ni tan sols el dipòsit del vàter.

—No ens hauríem de quedar gaire. I si tot està tan tranquil perquè la gent ja se n'ha anat? —s'inquietà el Brad.

—Au, Brad, no siguis tan malpensat. Un vaixell com aquest ha de resistir un petit xoc, i fixa't, almenys ara ja funcionen les llums i els mòbils —vaig dir, i vaig entrar a la meva habitació. Em venien unes ganes boges de quedar-me estirada a la llitera. Però llavors el vaixell tornà a inclinar-se i totes les portes dels armariets baixos es van obrir, deixant anar lentament el seu contingut: sabates planes, sandàlies de taló, regals embolicats per als amics, un assecador que va anar rodolant fins a topar amb el llit. Vaig sortir del meu dormitori, esverada. El Brad estava dret al menjador, recolzat contra una paret, mirant de mantenir l'equilibri. L'Hortènsia seguia tancada a la seva habitació.

—Brad, has vist el que està passant? —vaig preguntar, obrint la porta per convidar-lo a veure el desastre del meu cambrot. El Brad agafà les armilles salvavides i va mirar pel balcó, però des d'allà només es veia una negror sòlida, creuada de tant en tant per algun llamp escadusser.

—No es veu res. Tot sembla tan tranquil! —exclamà el Brad, sense parar de fer fotos. Com si volgués respondre'ns, el vaixell s'inclinà una mica més i vam sentir crits a baix, als balcons de sota, on ja devia estar entrant l'aigua. Ja no era un moviment de vaivé, com al principi, sinó que el vaixell anava escorant-se de debò.

—Marxem —va decidir el Brad, agafant-me de la mà—, o ens quedarem aquí per sempre.

Vam trucar a la porta de l'habitació de l'Hortènsia, que ens obrí, ensonyada. S'havia posat còmoda, amb pijama i xancletes, s'havia netejat el front amb Betadine i s'havia pres la pastilla contra el mareig, que sempre li provocava molta somnolència.

—Aneu, aneu vosaltres, el jovent. Jo em quedaré a esperar que vingui l'Enric —va dir, mig adormida.

—Però, senyora, aquest vaixell s'està enfonsant! —exclamà el Brad.

—Enfonsant? Què vols dir? Però si...jo...ep!

El vaixell s'inclinà encara més, i van tornar a caure coses dels prestatges: la tovallola en forma de dofí, les càmeres de fotos, les capses de les pastilles de l'Hortènsia.

—Hortènsia, treu-te el pijama, va, i marxem! —vaig dir, mirant d'ajudar-la. Però ella seguia endormiscada, negant-se a creure el que estava passant. Al final jo mateixa li vaig posar un vestit per damunt del pijama i la vaig ajudar a omplir una bossa amb els carnets, els diners, les joies i les quatre coses que sempre duia al damunt. Jo també vaig agafar la motxilleta turquesa, amb el mòbil i el necesser. Després de dubtar una mica, vaig agafar també el *Lord Jim* de tapes taronja. El Brad ens esperava a la porta, amb les armilles a la mà: dues per a nosaltres, més les del papà i del Pol.

—I l'Enric? I el Pol?

—Ja deuen ser a baix, a la coberta 4. Marxem, marxem!

Vam provar de trucar, però el mòbil no anava. El Brad ens ajudà a posar-nos les armilles, se'n posà una de les que quedaven buides i es deixà l'altra a la mà. El passadís estava buit. Començava a costar de caminar, per la inclinació; vam anar fins al replà dels ascensors, on un grup de gent amb armilles salvavides que envoltaven una encarregada d'aspecte esporuguit. Eren les senyores de Lleida que havíem conegut a la cua del vàter del Colisseu, amb els seus respectius marits. Preguntaven què havia passat i on havien d'anar, i l'encarregada els repetia que tot havia estat una avaria elèctrica i que millor que tornessin al cambrot. Però no els acabava de convèncer, potser perquè ni ella mateixa no semblava gaire convençuda. Ens hi vam acostar, i llavors la vaig reconèixer: era la María, la companya de l'Hèctor i l'Edwin. En veure'm em saludà amb un gest d'alegria, i es separà del grup dels lleidatans per venir a fer-me dos petons.

—Com estàs? Has vist el que ha passat? No ho havíem d'haver fet. Em sento tan culpable!

Jo també m'hi sentia.

—És que tot ha vingut junt: la salutació marinera, la tempesta...

—Sí, i ningú no ha entès res dels nostres problemes. Tu saps què ha passat?

—Bé, jo era al *Cocktail's Lounge* —vaig començar a dir, però em vaig aturar a temps. El grup de Lleida no ens treia els ulls de sobre—. Ara anem al punt de trobada, a buscar el meu pare i en Pol. Els coneixes? Els has vist? El meu germà acompanyava un senyor amb cadira de rodes.

—No, ho sento, no els conec. Però la gent se'n va del punt de trobada, el vaixell està massa inclinat. És molt millor esperar-se en els cambrots.

—Els cambrots? No, no, baixarem a la coberta 4, on hi ha els bots salvavides. Vols venir amb nosaltres? —oferí el Brad a la María. Ella s'ho rumià, però acabà renunciant-hi.

—No, aquest és el meu lloc. M'he de quedar aquí. Pot haver-hi gent que em necessiti.

Va fer-nos adéu amb la mà, amb una mena de falsa alegria, i se'n va anar a la zona dels mostradors. Els dos matrimonis de Lleida van decidir seguir-nos, i al cap d'una estona ens vam adonar que dúiem tot un un seguit de gent rere nostre mentre baixàvem les escales de les vuit cobertes, totes seguides i cada cop més de pressa. A mida que baixàvem, anàvem constatant que el vaixell s'escorava de la nostra banda: l'*Ulysses Holidays* s'enfonsava sense remei.

6. Els bots salvavides

—Provem de trucar al papà, Hortènsia? —vaig preguntar, angoixada. No hi havia manera. Alguna cosa fallava i bloquejava les comunicacions. El Brad també ho provà, amb el mateix resultat.

—Segur que el papà i el Pol ja deuen haver baixat a la coberta 4. No sé com s'ho hauran fet per ajudar el senyor Miquel, i l'Aina.... —vaig dir. El Brad premé els llavis, preocupat. En arribar a la coberta 4 vam començar a veure, per fi, membres de la tripulació, vestits de blanc, amb impermeables grocs i armilles d'emergència. L'oficial mulat, l'Anthony, i un altre de més gran impedien l'accés a la sala de comandament provisional i obligaven tothom a formar un rengle ordenat a les escales. Tot d'una vaig notar humitat als peus. Al terra hi havia aigua i m'entrava per les sandàlies amb què havia substituït l'única ballarina de lluentons que em restava, l'altra encara devia rondar per la Cantina Mexicana. L'Anthony, molt suat i cansat, va acostar-se per saludar-nos.

—Me n'alegro de veure'ls. No pateixin, tot anirà bé: els primers bot salvavides ja han arribat a la costa, i aviat ens enviaran reforços. Si no fos per la inclinació de la nau! Tot va una mica endarrerit.

—Ja ha començat, l'evacuació?-preguntà el Brad.

—Sí, i tant, potser fa mitja hora. Ja ho sabien, no? No és per això que són aquí? —preguntà l'oficial jove, sorprès.

—No. Allà dalt ningú no sap res, la tripulació segueix enviant la gent als cambrots, i hi ha moltíssima gent amunt i avall —respongué el Brad

—Bé, segur que en aquests moments ja els estan informant —replicà l'oficial.

—Se sap què ha passat?

L'oficial es gratà el cap, confús.

—La tempesta ha espatllat els aparells de navegació, i ens ha empès contra uns esculls vora l'illa de Capri. S'ha obert una via d'aigua...Els motors han fallat, i ens estem escorant, per això s'ha posat en marxa el pla d'evacuació d'emergència.

—Qui ha pujat als primers bots? —volgué saber el Brad, com a bon periodista.

—Els passatgers vip de *Le Village* han estat els primers. També hi havia la seva companya, si no m'equivoco.

—Una pèl-roja d'ulls verds?

—Sí. Ella ens ha ajudat a embarcar el capità...

—El capità? —s'estranyà l'Hortènsia. Fins i tot la persona més ignorant en les qüestions nàutiques sabia que el capità havia de ser l'últim d'abandonar el vaixell.

—Sí, segons sembla ha rebut un cop al cap i ha quedat inconscient. L'han hagut d'evacuar. L'*officer* Stewart ha agafat el comandament —explicà l'Anthony, una mica atabalat.

—Com diu, jove? El capità ha abandonat la nau? —s'exclamà el senyor de Lleida, al meu darrera. Fou com si s'hagués encès la metxa d'un barril de pólvora. La notícia que el capità havia abandonat la nau en el primer bot salvavides va córrer entre el rengle de tots els que ens esperàvem drets a l'escala, amb l'aigua als talons i sense poder-nos comunicar amb les famílies. Al mateix temps, l'aigua va començar a entrar amb més força per la comporta d'accés als bots, accentuant la impaciència i la por de tots plegats. Jo ho vivia com un malson: en cosa de minuts, el Paolo Zanetti estava en boca de tothom no pas com un capità impecable, professional excel·lent i respectat, sinó com un autèntic malfactor que ens abandonava a tots enmig d'una evacuació caòtica. L'estimava i hauria hagut de defensar-lo, però no sabia com, i em vaig limitar a abaixar el cap, resant perquè ningú m'identifiqués com la noia que havia ballat amb ell durant el sopar del capità.

—Pugin, senyores! —indicà un dels mariners que ajudava a embarcar els passatgers en els bots salvavides. Tornava a ser un filipí. Ens tocava a l'Hortènsia i a mi, però no volíem pujar, no sense saber on eren el papà i el Pol. Ens vam separar de la fila, però el Brad ens hi va fer tornar, mentre els matrimonis de Lleida s'esperaven que ens decidíssim, nerviosos però educats.

—Pugeu als bots. La senyora no es troba bé, i tu, Andrea, l'has d'acompanyar. El teu pare i el Pol voldrien que hi pugéssiu. Li vaig prometre al teu pare que cuidaria de vosaltres: pugeu, si us plau. Pugeu. No patiu per ells; jo me n'ocuparé —insistí el Brad, resolt i persuasiu, i assenyalà la càmera—: He d'acabar el meu reportatge. Gràcies a vosaltres tinc una armilla, i sóc bon nedador. Som molt a prop de la costa, tocant a Capri. Pugeu, si us plau! *"Ladies first."*

—Però... —intentà refusar l'Hortènsia, sense gaire convicció. No s'aguantava dreta. Era clar que algú l'havia d'acompanyar, i que ni ella ni jo no faríem massa servei, a bord.

—Andrea, pregunta per la Susan quan arribeu a l'illa —recomanà el Brad—. Hi tenim bons amics, a Capri. Ella us ajudarà.

M'hi resistia, però em sentia dèbil i atuïda: seria una nosa. El Brad tenia raó. Mentre parlàvem, en aquells minuts preciosos, un grup de gent que venia de les cobertes exclusives de *Le Village* ens avançà per la dreta i ocupà els primers llocs del bot, entre els crits i els insults de tota la gent que s'esperava a l'escala.

—Afanyin-se, si us plau, o aquests *pijeres* ens ho prendran tot!-va exclamar el senyor de Lleida. El Brad em va fer un copet a l'espatlla i corregué escales amunt. El senyor de Lleida em va acabar d'empènyer per entrar al bot, que era cobert i molt gran, d'unes dues-centes places. Tothom va anar seient ordenadament, però després la gent va començar a quedar-se dreta al nostre voltant. Des del seient vam veure com el pilot, un oficial no massa jove, feia un gest perquè deixessin anar les cadenes de seguretat del bot i tots ens vam quedar en silenci, esperant el moment en què cauríem a l'aigua. Però aleshores el vaixell s'escorà una mica més i ens deixà suspesos en l'aire, trontollant, com si estiguéssim en una atracció de Port Aventura. Només que aquella era de veritat, i no tenia cap gràcia. El bot es va moure com una ploma al vent, endavant i endarrera. Semblava que xocaríem sense remei contra el creuer, i tots plegats ens vam posar a cridar, a xisclar, a plorar i a resar.

El pilot, però, engegà uns quants bons renecs en italià, s'aixecà i bramà per la finestra indicant que deixessin anar altre cop les cadenes i dient no sé què d'un candau de seguretat. Vam veure que el mariner i l'Anthony maniobraven des de fora, vam sentir un fort sotrac i al final el bot va baixar molt de pressa cap al mar, gairebé hi va caure, amb un cop sec que ens va sotraguejar les cervicals. Després dels crits i del xivarri, hi hagué uns segons de silenci fins que la megafonia del bot començà a fer sorollets.

—Estiguin tranquils, arribarem aviat, som molt a prop de la costa. En pocs minuts arribarem a l'illa de Capri.

—I què hi fotem, a Capri? Ja li donaré un bon gec d'hòsties, a aquell idiota de capità, quan l'arreplegui —vaig sentir cridar l'home, que treia foc pels queixals.

—Té raó, aquest senyor —digué l'Hortènsia, indignada—. Tots en som, d'idiotes, d'haver-nos fiat d'algú com en Zanetti.

—Diu que estava inconscient. No sabem què li ha passat! —vaig intentar defensar-lo.

—Inconscient? I tant, que estava inconscient! Com s'atreveix a marxar el primer i deixar-nos tirats? Quatre mil persones a bord, patint per la seva inconsciència, i tu creus que ha de marxar el primer?

—Si estava inconscient, no hi podia fer res de bo, aquí dalt, bé l'havien d'evacuar —vaig insistir, però en silenci tens del bot, les meves paraules van ressonar amb un deix fals. i.

—Andrea, filla, no sé per què el defenses tant.

—Atenció, senyors! La ràdio! Ja funciona la ràdio! —exclamà el pilot, nerviós. El bot es movia com una closca de nou, entre el corrent agitat de la costa, però al fons ja es veien els llumets del port, i havia deixat de ploure. Estàvem salvats. Tot d'una la ràdio ens deixà sentir la conversa d'algú molt enfadat que parlava des de la Capitania del port amb el pont de comandament de l'*Ulysses*.

—*Ma dove è il capitano Zanetti*? —preguntà l'home que parlava des de terra. Es féu un silenci, i al cap d'una estona vam sentir la veu tranquil·la i cansada de l'*officer* Stewart, que li responia:

—Sembla que ha sofert un cop al cap; ha hagut de ser evacuat.

—Un cop al cap? Un cop al cap? Ningú no tenia aspirines, allà dalt?

La sortida de Capitania va arrencar una riallada sencera de tot el bot, malgrat el nostre drama de nàufrags. Jo mateixa començava a entendre que el comportament del Paolo era ben difícil de justificar. I això que ningú sabia, encara, que havia deixat el pont per venir a sopar amb mi al *Cocktail's Lounge*, i que s'havia posat com una moto de tant beure schnapps. Que oportuna, la sol·lícita Susan, d'acompanyar-lo en el primer bot que va sortir de l'*Ulysses*: fos com fos, ells dos ja eren a l'illa, mentre nosaltres encara hi havíem d'arribar. I, a dintre, tanta gent, i el papà, i el Pol, i el Brad, seguien lluitant contra la inclinació del vaixell, i els mobles que es movien amunt i avall com si estiguessin vius, i l'aigua del mar que baixava per les escales emmoquetades, reclamant el seu terreny.

—I vostè, oficial? Com veu la situació? Quanta gent hi ha a bord? —seguí preguntant el senyor de Capitania que parlava per ràdio amb l'*Ulysses*, sense saber que tots nosaltres l'estàvem escoltant per la megafonia del bot.

—Resten la meitat de passatgers i de la tripulació, senyor. L'aigua ha inutilitzat el pont de comandament. El vaixell s'escora. Els motors ja no funcionen. Si no podem fer baixar els bots salvavides, serà un desastre —digué el pobre Stewart.

—Estem amb vostès. Fem tot el possible per ajudar-los: estem enviant reforços des de les illes de Capri i d'Ischia, i també en vénen de Nàpols. Tots podran embarcar en els vaixells de salvament; mantinguin la calma.

La connexió es va interrompre. Un seguit de rumors i xerradisses va trencar el silenci espès del bot.

—Senyors i senyores, estem arribant a l'illa de Capri —avisà el pilot, al cap d'uns minuts. Tothom va aixecar-se. El bot va atracar en un port petit i completament ple de bots com el nostre, per on havien anat arribant els passatgers de l'*Ulysses*. Serveis de socors, ambulàncies, furgonetes de la policia, voluntaris de la Creu Roja amb mantes i begudes calentes es desvivien per atendre'ns. L'Hortènsia i jo vam baixar del bot i ens vam quedar dretes a la passarel·la, en la foscor de la nit, observant el desori de la invasió del petit port que uns rètols anunciaven com la "Marina Piccola". Érem massa gent, massa gent viatjava en aquells creuers enormes. Miràvem el resplendor del far d'un cap proper, quan tot d'una vam veure aparèixer l'*Ulysses*, decantat i malferit com un gegant tocat. Anava completament il·luminat, com si alguna mà irònica hagués decidit fer funcionar els llums ara que ja no calia, i l'obligués a rendir l'última reverència a la costa. Vam mirar-lo, esglaiades. Patint. Jo mai no havia patit tant. Patia pel Paolo, pel Pol i pel papà, que no sabia on eren, patia per l'Edwin i per l'Hèctor, i pel Brad, i per tots els que encara seguien a bord mentre vèiem com el vaixell seguia escorant-se al costat d'uns esculls que, vam saber després, eren els famosos *Faraglioni* de Capri.

Al costat de la passarel·la hi havia un petit espigó de roques encimentades, il·luminat per un petit far al capdavall. Vaig enfilar-m'hi per veure més bé el vaixell, mentre l'Hortènsia es quedava a peu pla, provant de comunicar amb el papà i el Pol pel mòbil. No m'hauria imaginat mai que en aquell espigó, dret entre les roques, hi trobaria el Paolo.

CAPÍTOL 7
EL RESCAT

1. La decisió

No s'amagava, ni tampoc no parlava amb ningú, ni ningú no li feia cas. S'estava quiet en la penombra, com si formés part del paisatge, com si fos una roca més de l'espigó. Però el petit far de la punta l'il·luminà en el moment en què jo mirava cap avall, buscant alguna roca prou plana per poder seure en aquella talaia de nàufrags, i el vaig reconèixer a l'instant. Ell no seia; s'estava dret, mirant sempre al davant, com si encara estigués al pont de comandament de la nau abandonada. No s'estava a la plataforma de ciment del capdamunt de l'espigó, on hi havia més gent, sinó dues o tres roques més avall, en equilibri, les cames separades. Semblava un d'aquells pescadors de canya que saben estar-se immòbils hores i hores, esperant l'arribada dels peixos. Al meu voltant, homes i dones no paraven de xerrar en diferents i idiomes: es lamentaven, s'exclamaven, parlaven pel mòbil. Hi havia molts passatgers de l'*Ulysses*, però també voluntaris de la Creu Roja, o habitants de l'illa que havien baixat fins a la Marina Piccola per veure què passava al voltant del creuer accidentat.

A mi, des que vaig reconèixer el seu perfil, nítidament enfocat pel far —el front sens dubte alt i escultòric, el mentó com de Juli Cèsar del llibre de llatí—, m'envaí un desig irrefrenable d'acostar-m'hi, de sacsejar-lo per les espatlles i escridassar-lo. Què hi feia, aquí? Què hi feia, palplantat, com podia estar-se aquí mirant mentre tantes vides perillaven a bord? M'imaginava el papà, el Pol i l'Edwin lluitant per trobar algun bot on encabir la cadira de rodes del senyor Miquel i la seva dona, la

María al peu dels ascensors, espantada, donant consells sense saber-ne als passatgers desorientats mentre l'aigua baixava per les escales, el Brad fotografiant el desastre, la desfeta, l'*officer* Stewart presidint el naufragi de la nau, patint amb la nau, lluitant-hi! Com vaig poder, amb una sabata sí i una no, relliscant damunt de les pedres humides, vaig intentar baixar les dues roques que em separaven del Paolo. La primera va anar bé; a la segona, vaig relliscar i vaig caure damunt de la superfície cantelluda.

—Compte! —exclamà el Paolo, allargant-me un braç per aturar la caiguda, i fou llavors que em mirà i em va reconèixer. Ens vam quedar mirant tots dos, dempeus, aïllats en una campana de vidre dalt d'aquell minúscul espigó.

—Tu? Tu aquí? Andrea!

Vaig fer una passa cap a la seva roca, vaig ensopegar en la semifoscor i el vaig abraçar per no caure, però gairebé fent-lo caure. Vam romandre així uns moments, abraçats per poder cabre en la roca, per aguantar drets sense caure, sense pensar, sense parlar. Després ell féu una passa al costat i es quedà en equilibri damunt la roca veïna, una mica més amunt de la meva.

—Estàs bé? I la teva família? Esteu tots bé? —preguntà el Paolo, inquiet.

—Bé? No! El meu pare i el meu germà s'han quedat a bord. Hi ha gent, encara, allà a bord. Què hi fas, tu, aquí, amagat?

El Paolo sacsejà el cap, com si no entengués el que li deia.

—No estic amagat! No ho sé. No ho sé, què hi faig, aquí. Vaig beure'm aquell *schnapps*, amb tu, al bar...hi hagué aquell xoc...Vaig intentar redreçar la situació, vam traslladar-nos a la coberta 4. Tot va fallar; els motors, els compartiments estancs, tot. No podia pensar amb claredat. Aquell maleït aiguardent...Anàvem mar endins i vaig esforçar-me a fer virar el vaixell, vam llançar les àncores per acostar-nos el màxim a la costa. Vam aconseguir que la tempesta no ens arrossegués mar endins, almenys. Però tota l'estona sentia que no era jo, i em trobava molt malament, a punt de caure rodó. Al final em devia quedar inconscient, em van ficar en un bot i em vaig despertar aquí. Fixa't, l'*Ulysses*, s'ha quedat clavat al davant mateix dels *Faraglioni*. No s'enfonsarà del tot, ja t'ho dic jo.

—No és culpa teva, res del que ha passat —vaig dir, convençuda—. Et van posar una cosa a la beguda, i, pel que fa al *black out*...

El Paolo m'interrompé.

—I tant que és culpa meva. Pobreta, tu no saps que ja em va passar una altra vegada...

—Parles de l'*Alaska*, oi? —vaig avançar-me. Trenta anys després, la mateixa història el perseguia.

—Tu també coneixes aquella història? Esclar, la Susan... He tingut mala sort. Ja t'ho vaig dir, la meva infantesa fou arriscada i solitària, vaig aprendre a sortir-me'n de totes, però jo sol, sense comptar amb ningú ni per a ningú. Encara ho faig, suposo. El pare era el faroner d'una illa solitària, d'un illot terrible, una presó per a tots nosaltres. Una presó d'on mai no hem pogut escapar.La mare es va morir de pena, i, el pare, si es descuida hi deixa la pell. Només podia salvar-me fugint, però el mar em retornava una i altra vegada a l'illa. Ho segueix fent. Ja et vaig parlar de la *Madonna del Naufrago,* oi?

Vaig assentir, però ell va seguir endavant, com si tant li fes.

—A la meva illa de la infantesa, l'illa *dei Cavoli*, a Sardenya, un escultor hi va enfonsar una estàtua. Vaig assistir al llançament. Cada juliol hi fan una processó...La vaig veure, vaig bussejar-hi aprop: em cridava. Després de l'*Alaska*, sentia que la mort em cridava. Hauria hagut d'aprofitar-ho, quedar-me al mar i no sortir-ne mai més, no tornar a fer mal a ningú, no decepcionar a ningú. Però en vaig ser incapaç. Estimo massa la vida! Suposo que ja he fet tard per a tot.

Va quedar-se mirant els *Faraglioni* com si veiés aquella escultura aprop de la qual havia pensat d'ofegar-se. Però jo només veia el creuer embarrancat al davant nostre; veia el papà, el Pol, l'Hèctor, la María, l'Edwin, tots lluitant per sortir-ne, i nosaltres allà parlant.

—No, no has fet tard! Ets un bon capità. T'estimo. Tu mateix ho has dit: l'Ulysses és allà al davant, l'has salvat, no s'enfonsarà del tot. No tens la culpa del que ha passat, Paolo; hi va haver un complot, i s'hi va unir la tempesta i tot això —vaig dir, sense pensar que els estava traint a tots.

—Com vols dir, un complot? —féu el Paolo, sobtadament interessat.

—Es va provocar el *black out*, per protestar contra les condicions laborals. I, a part, estic segura que algú et va posar alguna cosa en l'*schnapps*. No saps qui és, la Susan?

El Paolo féu que no amb el cap.

—És la filla d'un dels maquinistes de l'Alaska, un dels que va morir atrapat.

—Com és que saps tantes coses? Com és que no m'havies dit res?

No vaig saber respondre. Tenia fred, i por, i ganes de plorar. Havia esperat tant de tornar a trobar-me amb el Paolo, havia desitjat tant veure'l aparèixer, quan corríem sense rumb per dintre del creuer, i ara que em mirava amb duresa era com si fos un altre home, gairebé un desconegut.

—Vine, estàs tremolant —va dir llavors, i m'abraçà. Ens vam besar. No, no m'havia equivocat: m'estimava.

—Ja sé què he de fer —digué, molt decidit, gairebé alegre, quan ens vam separar—. No saps el bé que m'has fet, Andrea. No veia cap sortida, cap, només veia la Madonna del Naufrago que m'atreia entre les ones. Em pensava que havia estat culpa meva, el destí, aquesta maledicció que em persegueix. Què és un capità que abandona la seva nau?

Vaig mirar-lo als ulls, admirada d'aquell canvi, d'aquella resolució.

—Però m'has fet veure que ni tan sols ha estat el destí, sinó, com sempre, l'estupidesa humana. No, no em miris així, no dic res. Jo sóc el primer estúpid. Ara que, com enxampi els que han provocat un *black out* en plena tempesta...Bé, preciosa, ara t'he de deixar. L'*Ulysses* m'espera.

—Com vols dir, que t'espera? —vaig preguntar, esglaiada.

—He de tornar-hi. Puc fer-ho. He de fer-ho. *Ciao, bellissima* —va dir al final, gairebé alegre, despreocupat. El vaig veure pujar a grans gambades per entre les roques. Vaig sentir com cridava i renegava, a dalt, com repetia a crits que ell era el capità de l'*Ulysses* i que necessitava una barca. Després, silenci. Al cap d'una estona, vaig veure els llumets d'una llanxa dels *Carabinieri* que sortia del port. Una figura alta s'entreveia a proa: la seva.

—*Ciao* —vaig mormolar. La llanxa va creuar-se amb un dels bots salvavides que tornava de l'*Ulysses* i va allunyar-se rumb al creuer. Vaig mirar fins que ja no vaig veure res més.

2. *Trucada al mòbil*

El fred em va treure d'aquell racó d'espigó. Vaig pujar per les roques, vaig caure de genolls en el formigó mal escampat que hi havia a dalt de tot i m'hi vaig quedar, doblegada sobre mi mateixa, sanglotant, fins que se'm van acabar les llàgrimes i vaig poder tornar a caminar. Ara sí que semblava una nàufraga de veritat. Vaig baixar de l'espigonet i vaig anar cap a una tenda improvisada de la Creu Roja, al costat d'una ambulància, on una senyora grassa i amable em va oferir una manta i un got de plàstic amb cafè amb llet. "*Poverella*", anava dient, amb un accent estrany, i ho repetia mentre m'abraçava contra el pit enorme, maternal. Vaig seure en una cadira, i un noi morè, de cabell arrissat, em donà una manta.

—Andrea! On t'havies ficat? —preguntà l'Hortènsia, irrompent tot d'una a la tenda, amb el mòbil amb la mà.

—Saps res del papà i del Pol?

—No! No, merda! No hi ha manera de restablir el contacte, i se m'està acabant la bateria. Has provat de trucar amb el teu?

Vaig treure el mòbil de la butxaca; ni m'hi havia fixat que el tenia apagat. Vaig encendre'l, i tot d'una, com per art de màgia, es va posar a sonar.

—Andrea? Pots sentir-me? —preguntà el Pol, a l'altra banda del mòbil, i aquella veu coneguda, estimada, la veu del meu germà petit, m'obligà a parpellejar amb força per allunyar les llàgrimes.

—Sí, Pol! On ets? I el papà? Esteu bé? Pol, on sou?-vaig preguntar, esverada, i em vaig posar dreta d'un bot. La manta de la Creu Roja va caure a terra i el noi morè de cabell arrisssat va apagar la ràdio i em va mirar una mica sorprès, aixecant les celles.

—Andrea! Som a l'*Ulysses*. Estem avançant per la cara de babord del vaixell, som un grup d'unes cinquanta persones, seguim l'Edwin.

—Pol, estàs bé? I el papà?

Vaig sentir la respiració entretallada del Pol, i uns crits d'alerta de fons.

—Andrea, encara hi ets? Estic amb el papà. Estem intentant arribar als bots salvavides, però el vaixell està massa inclinat, no sé si... Tot està molt mullat i relliscós, i hem d'anar passant per damunt de les finestres dels cambrots...Eh...no... no...què fan? Estan bojos! No!

Vaig sentir crits, algú cridava en francès, i un soroll com d'algú que es llancés a l'aigua. Amb el mòbil enganxat a l'orella, sentia discussions del grup de supervivents: uns volien llançar-se a l'aigua abans que el vaixell s'escorés del tot, d'altres, em va semblar reconèixer l'Edwin, insistien a esperar els bots de rescat.

—Què passa, Pol? Pol, què passa?

Sens dubte el Pol tenia altres feines que parlar amb mi per telèfon. Tot d'una, però, vaig sentir la veu del papà, greu i calmosa.

—Andrea...filla...on ets?

Les llàgrimes se'm van tornar a disparar, però aquest cop

vaig aturar-les pinçant-me el nas amb tots dos dits, com si volgués frenar un estornut.

—Estic bé, sóc a terra, papà, amb l'Hortènsia. I tu, estàs bé?

—Sí,filla...has de dir als equips de rescat que busquin el senyor Miquel i l'àvia, els vam haver de deixar a dalt d'unes escales...La néta ve amb nosaltres. Jo...

Vaig sentir uns crits i uns sorolls estranys. L'Hortènsia em va mirar amb aprensió.

—Què passa? —exclamà, agafant el mòbil. Totes dues vam acostar-hi l'orella. Se sentiren tot de sorolls estranys, i l'Hortènsia m'agafà fort del braç. Pensàvem que tots havien caigut i s'havien ofegat. Però al final vaig tornar a sentir la veu del Pol.

—Andrea!

—Pol! Què ha passat? —vaig preguntar, morta d'angoixa.

—El papà ha relliscat, em sembla que s'ha torçat el turmell. Uns francesos s'han llançat a l'aigua, amb les armilles. Mai no arribarem als bots.

Vaig perdre la connexió. El noi de la Creu Roja va acostar-se'm i em va preguntar si tot anava bé.

—El meu germà! —vaig dir, assenyalant el mòbil—. El meu pare i el meu germà, intenten arribar a la coberta, amb cinquanta persones...Estan desesperats.

No vaig poder dir res més, perquè les llàgrimes que m'havia estat aguantant amenaçaven de sortir totes plegades. El noi em va passar un braç per l'espatlla, protector, i vaig plorar, arrecerada damunt d'aquell pit desconegut, vestit amb els colors de la *Croce Rossa*.

—Els rescataran, tranquil·la. El vaixell no s'ha enfonsat del tot, és una sort. A l'alba vindran helicòpters. Mirin de descansar una mica...

Al cap d'una estona llarguíssima, un altre voluntari, un senyor gran i calbet, va venir a la tenda per avisar que dos vaixells de salvament havien recollit un grup important de passatgers i membres de la tripulació, que eren a coberta, i que els durien directament a Nàpols perquè estaven malferits i allà a Capri ja no hi cabia ni una agulla.

—*Excusi* —va dir el noi de cabells arrissats, i va sortir a fora amb el senyor calbet.

—Segueix-los, a veure què diuen —m'apressà l'Hortènsia. Vaig eixugar-me els ulls i el nas i vaig sortir. Parlaven de pressa, en dialecte, no hi havia manera d'entendre'n ni un borrall.

—Se sap res del capità? —vaig preguntar, al final. Els dos voluntaris, el jove morè i el gran i calb, es van mirar com si s'aguantessin les ganes de posar-se a riure.

—El capità de l'*Ulysses*, vol dir? —demanà el jove morè, amb un somriure sarcàstic, però quan va veure que jo no reia, va canviar d'expressió.

—Aquest covard ni és capità ni és res —observà l'home gran.

—Potser la *signorina* no sap que ell és de les primeres persones que ha desembarcat en aquest port. El nostre col·lega metge del servei d'urgències no sabia pas què donar-li, estava bé! Una contusió al cap, sense importància...I el seu propi vaixell que s'anava enfonsant.

—Es va negar que li féssim l'anàlisi toxicològica. Semblava que anés borratxo, com hi ha món! Havia de coordinar el rescat, va dir, però jo mateix vaig veure com se n'anava cap a l'espigó —digué el senyor calbet, arronsant-se d'espatlles.

—Al final se'n va tornar al creuer, m'han dit, amb una llanxa dels *Carabinier* —vaig explicar.

—Ah, doncs, en tal cas... —va frenar el noi morè, mirant-me amb una expressió curiosa, com si intentés endevinar per què caram jo defensava aquell impresentable.

—En tal cas, els *Carabinieri* potser en sabran alguna cosa. Per què no els ho pregunta a ells? —proposà el senyor gran, assenyalant-me un 4x4 de la policia local estacionat a uns metres de la tenda de la Creu Roja. Però no vaig tenir esma d'anar-hi a parlar.

—Capri és molt bonica. T'agradarà —va dir el noi de

cabells arrissats, mirant d'animar-me. Semblava que mai no sortiria el sol, que mai no s'acabaria aquella nit llarguíssima. Al voltant de la tenda de la Creu Roja seguia havent-hi moviment de voluntaris i tràfec de passatgers de l'*Ulysses* que anaven i venien, buscant-se, preguntant pels familiars, pels autocars, pels hospitals. L'Hortènsia dormia, estirada en una llitera, gràcies als tranquil·litzants que li havien donat. Em vaig dedicar a mirar els grups de passatgers que anaven i venien, a veure si coneixia algú. Però els altres passatgers m'observaven amb ulls fatigats i indiferents, igual com jo els observava a ells. Si haguessin pogut donar-me notícies del papà i el Pol! El mòbil havia emmudit després de l'últim contacte, les trucades m'eren retornades una vegada i una altra. Buscant de tenir cobertura, vaig caminar vers l'espigó, il·luminat a batzegades per la resplendor del far.

3. El Brad

Quan era molt a prop, un petit llum intermitent em va cridar l'atenció. Semblava un flaix Qui podia estar fent fotografies, en la foscor de la nit, des d'aquell punt lleugerament elevat? El cor em va fer un salt. Només coneixia una persona capaç de viure la fotografia amb tanta passió.

—Brad? —vaig cridar, enfilant-me com vaig poder per les roques del petit espigó. El flaix m'enlluernà.

—Andrea! —exclamà el Brad, i ens vam abraçar al mig de la petita esplanada de ciment. També duia una manta de la Creu Roja. Anava xop i escabellat, i tenia una gran esgarrapada que li sagnava al mig de la galta, però no es veia trist ni espantat.

—Brad, què hi fas aquí? Quan has arribat? Com has vingut? Has vist el meu pare? I el Pol?

El Brad va negar amb el cap.

—No els he vist, reina. Allò era un garbuix horrorós. Jo acabo d'arribar amb una llanxa dels *Carabinieri*, però rere meu venien dues barques de salvament per acabar de treure un grup de gent que arribava per la coberta. M'han dit que els guiava l'Edwin.

—Eren ells! —vaig xisclar—. I tu, on eres?

—Prop del pont, fent fotos —somrigué el Brad, amb un aire tímid—. Però allò cada cop estava pitjor, per això me n'he anat amb els policies. Fixa't, m'han explicat que acabaven de deixar a bord el capità Zanetti! L'home ja era a Capri, però tot d'una va decidir tornar i els va exigir que el duguessin al creuer. Increïble, oi? Què passa? Sembla que no et sorprèn gaire!

Vaig fer un somriure ambigu.

—Tothom té dret a equivocar-se, no?

—Segurament. Però ningú té dret a jugar així amb les vides dels altres. Com és que es va apropar tant a la costa, i encara menys quan començava una tempesta? Capri ni tan sols era a la ruta! Què hi farem, guapa, ningú no sap ben bé què va passar, ni tan sols nosaltres, oi?

Va estranyar-me, aquella sortida. Nosaltres sí que ho sabíem, el que havia passat.

—Home, Brad, no em diguis que tu i la Susan no vau fer que el capità es begués mitja ampolla de *schnapps*..

—Eh, alto, noia. Nosaltres no li vam fer beure res. Tota la tripulació confirmarà que en Zanetti bevia com una esponja!

—I llavors, si tan acostumat estava a beure, per què es va marejar com un nen?

El Brad s'arronsà d'espatlles, i es posà a fer fotos de l'*Ulysses*, el punt més lluminós en la nit del mar Tirrè. Des de l'espigó es veia la coberta, pretensiosament il·luminada, envoltada de barquetes que l'encerclaven com si fos Gulliver al país de Liliput.

—Tot el que tu vulguis, però ara tothom ja sap que el capità Zanetti és un inútil i un covard, que va marxar en el primer bot que va trobar —va dir el Brad, amb fredor.

—No va marxar, es va quedar inconscient per culpa vostra —vaig replicar, amb calma. La Susan m'havia advertit que ella mateixa s'ocuparia que el capità pagués pels seus errors de joventut, que mai no li perdonaria d'haver deixat el seu pare abandonat, condemnat a una mort terrible a la sala de màquines del petrolier. No li permetria que visqués tan tranquil, reincorporat a la marineria, presentant-se al món com un orgullós capità de creuer.

—No estava inconscient, preciosa. Estava cagat, mort de por pel que havia passat, pel que estava passant. Per mi que encara no s'ho creu del tot. Jo, si fos d'ell, me n'hauria anat terra endins i ningú no m'hauria tornat a veure mai més, almenys en els pròxims deu anys.

—Doncs torna a ser-hi —vaig dir, assenyalant el punt lluminós. En Brad sacsejà el cap.

—I potser serà millor que s'hi quedi, perquè per aquí hi ha molta gent que l'està esperant —-assegurà, amb aire greu. Però jo estava segura que tornaria, havent complert el seu deure. El Brad i jo ens vam quedar uns instants en silenci, dempeus damunt d'aquell espigó perdut, il·luminats pel llum intermitent del far. Una trucada del mòbil ens va treure de l'encanteri.

—Andrea! Sóc el Pol! Ens han rescatat i estem en un hospital de Nàpols. El papà s'ha trencat el turmell, li posaran guix.

—Pol! Esteu bé?

—Sí, estem bé, sí. I tu, i l'Hortènsia?

—De seguida ens posarem en marxa. Pol, vindrem de seguida que puguem, aquí tot està molt saturat. On és l'hospital?

El Pol em donà l'adreça: Ospedale Centrale, Via Cavour, 2, Napoli. Trucava des de l'habitació: havien perdut el mòbil durant el rescat. També havien perdut els diners, i tota la documentació, em va explicar, sense donar-hi massa importància.

—Tot, tot? —vaig preguntar. Tants diners que havien guanyat en el Casino, i al final no servirien de res.

—Tot excepte el més important, Andrea. Estem vius! Però no sabem res del senyor Miquel i de la seva àvia. L'Aina els va perdre de vista, i està aquí, amb nosaltres. Pateix tant! Espero que el capità els hagi pogut salvar.

—Hi va anar ell, a buscar-los? El capità?

—El vam trobar quan anàvem cap al vaixell de rescat. Ell venia en sentit contrari, tot sol, relliscant, tu no saps com relliscava, allò. L'*officer* Stewart va intentar convèncer-lo que no tornés a entrar al vaixell, però en Zanetti no va voler ni sentir-ne parlar. El papà, en veure'l tan decidit, li va demanar que anés a ajudar el senyor Miquel i la seva dona.

—Ah, sí? —vaig preguntar, entre esglaiada i meravellada. El cor em tornava a glatir d'emoció. D'acord, el Paolo no havia actuat prou bé, però no era pas un covard, com tothom es pensava, fins i tot ell mateix. Havia tornat a la nau, i salvaria els avis mallorquins.

—Fins aviat, Andrea. Recorda, Ospedale Centrale...

—Via Cavour, 2. Ho tinc gravat a foc. Gràcies, Pol. Pol...

—Sí?

—T'estimo.

—I jo també.

Vaig tancar el mòbil, pensarosa. Tant que ens estimàvem, amb el Pol, i em sembla que no ens ho havíem dit mai.

—Bones notícies? —preguntà el Brad.

—Sí, el papà s'ha trencat un turmell.

—Boníssimes notícies!

—Vols callar, home? Ja m'entens. Estan bé, en un hospital de Nàpols. Ens esperen.

—I el teu capità?

—Ja t'ho he dit, Brad. Va tornar a bord i es va portar com un valent.

El Brad sacsejà el cap, però no va dir res.

—Anem cap al port? Necessito trobar algú que ens acompanyi a Nàpols, a l'Hortènsia i a mi —vaig dir, començant a caminar vers l'extrem oposat d'aquell espigó que ens servia de talaia. Vam baixar i ens vam dirigir a la tenda de la Creu Roja. El noi del cabell arrissat em va assegurar que, amb el que havia pres, l'Hortènsia no es despertaria fins l'endemà al matí.

— Fem una cosa. La Susan m'espera aquí a prop, al Marina Spa Resort, on s'han anat allotjant els passatgers de *Le Village*. També hi ha periodistes. Allà podrem trobar un transport perquè demà al matí aneu a Nàpols amb l'Hortènsia, i de passada descansarem una mica. Què et sembla?

Vaig mirar l'Hortènsia, que dormia com una bella dorment.

—Si es desperta, li direu on sóc? Al Marina Spa Resort. Pots trucar-me al mòbil. Em dic Andrea —vaig dir-li al noi de la Creu Roja.

—Jo em dic Maurizio —es presentà el noi, i em va fer dos petons—. No et preocupis, ja li ho diré.

Vam sortir de la tenda. El Brad m'assegurà que l'hotel era a prop, i vaig seguir-lo fora del port, pel fosc veral de la carretera, on només de tant en tant ens il·luminaven els fars d'un cotxe de la policia, una ambulància o algun vehicle privat escadusser.

—Estàs segur que trobarem una manera d'anar demà a Nàpols?

—Seguríssim.

—Nàpols! I pensar que aquesta tarda hi érem...Si hagués fet cas del papà, aquesta nit hauríem anat a l'òpera.

—Tranquil·la, princesa. Tot anirà bé.

Vaig mirar el Brad amb curiositat. S'esforçava en el seu paper d'home protector, però no li acabava d'encaixar. Era més aviat un amic despreocupat, un d'aquests homes que ara t'acompanyen però, més endavant, et deixaran a la primera cruïlla per anar-se'n a pescar una bona foto. També el Paolo era així, també tenia aquell aire d'anar a la seva que m'agradava tant. Però el Brad era el Brad.

4. Marina Spa Resort

—*Et voilà*!

Havíem arribat al Marina Spa Resort, un complex hoteler on s'accedia per una entrada amb barreres. Un guàrdia malcarat ens mirà des d'una caseta.

—*Buona notte* —saludà el Brad, acostant-s'hi. El guardià ens observà atentament, malfiant-se de les nostres mantes de nàufrags. El Brad li mostrà la seva extraordinària càmera, i em passà la mà per l'espatlla.

—Venim del creuer accidentat, l'*Ulysses*. Sóc periodista del *Cruising Today*. Sóc amic de *miss* Susan Ellis. Podem passar?

El guardià parlà per telèfon, i després ens tornà a mirar.

—Passin. *Miss* Ellis els espera en el segon dels bungalous a la dreta —explicà el vigilant, anotant el nom d'en Brad i el meu, i fent-nos un gest perquè passéssim pel costat de la barrera de ratlles vermelles i blanques.

Vam anar-hi, travessant a la llum dels fanals tot un jardí ben il·luminat, fet de terrasses amb àmplies zones de gespa, parterres, palmeres i piscines de diferents mides que duien fins a la zona dels bungalous. La Susan obrí la porta al primer truc, com si ens hagués estat esperant al darrera. Em mirà com si no em conegués, esperà que en Brad tanqués la porta i aleshores, posant-se de puntetes, li clavà una sonora bufetada a la galta. En Brad es quedà quiet, però quan la Susan, irada, anava a pegar-lo un altre cop, li agafà la mà, i amb delicadesa, l'obligà a abaixar-la i l'acondui fins al sofà. La Susan s'assegué dòcilment, amb la mirada fixa al finestral que devia donar al mar, però on només es veia el nostre reflex sobre un fons negre.

—Havies de venir acompanyat? —preguntà, mirant-me—. I per què has trigat tant?

—Tant? No ho sabies? M'he quedat al creuer, jugant-me la vida per un puto reportatge. Per què te n'has anat, tu? —replicà el Brad. Es va treure les vambes amb un cop de peu i les llençà al mig de l'habitació.

—Ja ho saps que tinc pànic a l'aigua. Però jo també he fet

la meva part, no me n'he anat pas sola. El Zanetti m'ha seguit com un xaiet. No crec que torni mai més a pilotar un creuer! —féu la Susan, amb un somriure irònic.

—Vigila, Susan. No sé què t'has pres, però no controles, i tenim visita —l'avisà el Brad. La Susan tenia les pupil·les molt dilatades i alternava eufòria i agressivitat, segur que havia esnifat alguna cosa.

—Oh, sí! No me'n recordava! —exclamà girant-se cap a mi—. Si és la nostra Andrea, la noia del creuer! Ho sento, guapa. Ja et vaig avisar que res no era el que semblava...

De cop i volta, s'aixecà i s'enfrontà a mi, dreta, furiosa, com una gran actriu a qui li falla la veu en el moment culminant.

—Què hi fem, aquí? Com s'ho va fer l'idiota aquest de capità per fer embarrancar el creuer? Li havíem posat prou ketamina a l'aiguardent com per adormir un dinosaure...

—Va, Susan. Para. No espantis la nostra convidada...Ja n'hi ha prou per avui, no creus?

—Ketamina? —vaig preguntar. Era un anestèsic veterinari, però també havia estat de moda per col·locar-se. La Susan em mirà amb un somriure sarcàstic.

—Sí, nena, sí. Ens havíem d'assegurar que...

—Calla, Susan. Vols fer el favor de callar? Andrea, seria millor que marxessis. Vés-te'n, si us plau— féu el Brad, assenyalant-me la porta de l'habitació. Però la Susan m'agafà de les mans i m'obligà a seure al seu costat, en el sofà.

—No marxis, Andrea. Tens dret a sentir-ho tot. Posa't còmoda, no vols una ratlla?

—Vols parar, Susan? —demanà el Brad, incòmode.

—Quina merda, Brad. Ho havíem planejat tan bé! El capità s'adormiria després del *schnapps*, hi hauria un tall de llum i el vaixell seguiria mar endins. Mentre reparaven l'avaria, tindríem material de sobres per a un bon reportatge i baixaríem a Palma de Mallorca.

—Ja n'hi ha prou, no, Susan? Vés-te'n, Andrea. Em vaig a dutxar —digué el Brad, tancant-se al lavabo. Però vaig ser incapaç d'anar-me'n, hipnotitzada per aquells ulls de serp. Encara em faltava saber una cosa.

—Susan, si tant odiaves el Paolo, per què t'hi vas ficar al llit?

La Susan deixà anar una rialleta.

—Et penses que ho saps tot, oi? Doncs no, maca.

—Tu mateixa em vas explicar la història de l'Alaska i del teu pare.

—Sí, jo t'ho vaig explicar, i tu t'ho vas creure.

—El teu pare no es va morir a l'*Alaska*?

—No. El meu pare es va morir d'un atac de cor, a casa nostra.

—I en canvi, el Paolo em va dir que la història era certa.

—La història sí, només vaig afegir-hi aquest petit detall familiar. Bah, no et preocupis tant pel Paolo. Fa anys que ens coneixem. Què et penses, que no esnifa res? Tenim uns tractes més aviat comercials.

—No m'enganyis, sé que vau passar la nit junts. Tinc les teves arracades —vaig dir, assenyalant la motxilleta.

—Les arracades? Dóna-me-les ara mateix! Dóna-me-les! —xisclà la Susan. Vaig obrir la bossa i les hi vaig donar. La Susan les agafà amb mà tremolosa, com si fossin un gran tresor.

—Em pensava que no les veuria mai més. Ara et demostraré per què serveixen! Són buides per dintre, veus? —féu, animada, i me'n posà una al palmell de la mà. Després es posà l'altra a sota del nas, l'apropà a la ratlla de cocaïna que hi havia al damunt de la taula i n'ensumà gairebé la meitat. S'arrepapà en el sofà, molt més tranquil·la—. Té, acaba-te-la, si vols- afegí, assenyalant la mitja ratlla.

—No, gràcies, ja n'hi ha prou —vaig dir, nerviosa, i em vaig aixecar. El Brad va sortir del bany, vestit només amb uns bòxers vermells i una tovallola al coll, i es va quedar dret, observant-me. Tenia una mirada abstreta, diferent; segur que també s'havia pres alguna cosa.

—Així, doncs, res no era veritat? No volíeu que allunyés el

Paolo del pont durant una estona; el que volíeu era deixar-lo inconscient, totalment fora de joc. Ni tan sols li havia fet res al teu pare; ho fèieu per poder ampliar el vostre reportatge.

—Bé, diguem que nosaltres volíem ajudar la tripulació, però també necessitàvem un bon reportatge —va dir el Brad, acostant-se a la tauleta de davant del sofà. Agafà una de les arracades, s'ajupí i esnifà la mitja ratlla de coca que s'havia deixat la Susan. Després s'assegué al sofà, al seu costat, i li acaricià la cuixa d'una manera molt heterosexual. No, si al final encara tindria raó l'Hortènsia i li agradaven les dones.

—Heu arruïnat la reputació d'un home, hi ha morts i ferits.

El Brad va abaixar els ulls, però la Susan em va fitar amb els seus, tan freds com els d'una serp de cascavell.

—T'equivoques. La reputació d'aquest home en concret ja no existia.

—Nosaltres no l'hem enfonsat, el vaixell —adduí en Brad.

—Penso dir-ho tot —vaig explotar, empipada—. Diré que em vau manipular, que em vau obligar a trair el capità, que li vau donar ketamina perquè s'adormís.

—Digues el que vulguis. Ningú et creurà, maca —reptà la Susan, mentre el Brad s'aixecava del sofà i se n'anava cap al moble bar.

—Això ja ho veurem! —vaig dir, aixecant-me jo també. No m'hi volia estar ni un minut més, amb aquell parell. Tota decidida, vaig anar cap a la porta de l'entrada, però la Susan s'hi posà al davant, impedint-me de sortir. Llavors el Brad se m'apropà, amb l'ampolla de whisky a les mans, embolicada amb la tovallola que duia al coll pocs moments abans.

—Andrea, ho sento, però així serà millor —digué, i abans que jo pogués reaccionar, aixecà l'ampolla i em clavà un cop sec al cap. Vaig cridar, i un dolor lacerant em va fer caure de genolls al davant de la Susan. El regust de la sang, a la boca, se'm barrejà amb el del whisky que em baixava per la cara, m'irritava els ulls i em xopava els llavis. Després, la foscor total.

CAPÍTOL 8
L'ENDEMÀ DE MAI

1. Matí a Capri

Em vaig despertar en sentir el soroll dels helicòpters. Estava estirada de panxa enlaire, i al damunt tot era cel, un cel clar, límpid, encara amb ditades de rosa de l'aurora. Vaig estar-me una estona intentant entendre d'on sortia aquell cel tan clar, i una estona més mirant de descobrir on era, jo, què hi feia, damunt d'aquell terra que es movia com un bressol, a petites batzegades, d'esquerra a dreta, de dreta a esquerra. Em feia molt mal el cap, tant per fora com per dintre. El dolor més fort venia del darrera, a l'altura de la coroneta. Per dintre, la sensació era la de l'endemà d'una festa on haguessis pres de tot, però res no havia fet l'efecte que calia. Vaig aixecar un braç per fregar-me la coroneta i vaig alegrar-me de poder-ho fer: podia moure els braços, podia moure les cames, podia pensar i recordar.

Vaig aixecar el cap i vaig descobrir que estava envoltada de mar. La mar, de nit tan hostil, tan amenaçadora, tornava a mostrar aquella pell blava i setinada que venia de gust d'acaronar; la remor de les ones era amistosa, juganera. Vaig intentar seure, però la barca trontollà violentament i aviat vaig veure que no seria tan fàcil. Vaig tornar a estirar-me, i cruixida com estava, marejada pel cop i per tot el que havia passat, vaig rumiar sobre el que calia fer. El Brad i la Susan m'havien enganyat, m'havien colpejat i ferit i m'havien deixat a la deriva. Que innocent havia estat de creure que els podia desemmascarar, que idiota. Mai no podria sortir d'allà tota sola. No tornaria a veure mai el Paolo, ni el papà, ni la mamà, ni el Pol, ni l'Hortènsia, ni el Robert...Vaig fer un segon intent per incorporar-me, i aleshores vaig veure que, a pocs metres, hi havia l'espigó on m'havia enfilat la nit passada. La barca no es movia gaire, amb l'espigó de cara, i al final vaig descobrir que s'havia enganxat en un rengle de boies grogues. Segur que Brad i la Susan, amb les presses per desfer-se de mi, havien pensat que el corrent se m'enduria a la deriva. Ni tan sols havien tret els rems que hi havia a la proa. Vaig amagar la cara entre les mans, plorant i rient, i després em vaig agenollar damunt la barqueta, intentant avançar a poc a poc cap a la proa per agafar els rems. Agenollada, vaig veure'm tot d'una el vestit vermell tacat de sang i les cames plenes d'esgarrinxades. La meva ombra projectava un cap enorme, coronat de cabells esborrifats, i vaig tirar-me'ls enrere amb una mà, mentre amb l'altra intentava agafar-me al banquet de proa per poder seure i agafar els rems abans que la barca trontollés encara més i acabés fent-la bolcar entre les ones.

Quan vaig aconseguir agafar els rems, només feia que xocar contra les boies. Vaig estar una llarguíssima estona mirant d'atrapar el corrent, girant en cercles, sense aconseguir avançar ni un metre, fins que tot d'una les onades van posar-se al meu favor i em van anar empenyent cap a la costa. Però no aconseguia controlar la barca, i em feia por de xocar contra l'espigó. No sé quanta estona vaig estar així, mirant d'allunyar la barca de l'espigó per no xocar-hi. Al final, esgotada, decebuda, em vaig tornar a estirar sobre el terra de fusta de la barca. Tenia molta set i em voltava el cap; l'aigua, al meu voltant, no m'aconsolava gaire més que les dunes d'un desert. Vaig veure un helicòpter que marxava i un altre que venia. Bé, doncs em quedaria allà fins que em vinguessin a rescatar. Pel cap em rondaven imatges inconnexes de la nit, el pavor del xoc, el sacseig del bot salvavides, les hores nocturnes entre la tenda de la Creu Roja i aquell espigó del port, l'alegria de retrobar el Brad i la descoberta que tant ell com la Susan jugaven a provocar els seus propis reportatges, aprofitant-se de tothom que se'ls posés al davant.

Jo els havia servit com una peça útil fins que tot se'ls havia escapat de les mans i m'havien deixat allí, en una barca de rems, aïllada i feble com una nina trencada. Vaig tornar-me a endormiscar, amb l'única protecció de les mans davant dels ulls contra aquell sol que començava a ensenyorir-se del matí.

No sé quanta estona vaig dormir, però quan vaig obrir els ulls el primer que vaig veure va ser el rostre de l'Hortènsia, que em cridava des d'una llanxa dels *Carabinieri*, al meu costat:

—Andrea! Andrea! Estàs bé, Andrea?

—Hortènsia!-vaig exclamar, i aleshores, en saber-me rescatada, sota aquell sol de foc, em vaig desmaiar. Més tard, ja al port de Capri, quan vaig recuperar el coneixement, l'Hortènsia m'explicà que els helicòpters que es dirigien cap a l'*Ulysses* havien advertit que hi havia una barqueta de rems, molt pròxima a l'espigó del port de la Marina Piccola, amb una única passatgera solitària a bord, que remava en cercles. L'avís havia arribat a la guàrdia costanera, i els *carabinieri* havien tornat a sortir amb la llanxa, que aquella nit no feia sinó anar amunt i avall. Com que l'Hortènsia estava parlant amb ells en aquell moment, per si la podien ajudar a localitzar-me —al Marina Spa Resort ningú va saber explicar-li on era jo, i tampoc no hi havia rastre del Brad ni de la Susan— la van convidar a pujar a bord de la llanxa, i l'Hortènsia no s'ho pensà dues vegades.

—I ho vas fer, tant que et mareges! —vaig dir-li, amb agraïment, mentre sèiem en la terrasseta d'un cafè del port. El meu vestit estava tacat de sang, jo duia el cap mig embenat i l'Hortènsia encara anava vestida amb el vestit escotat que li havia aconseguit posar per sobre del pijama quan vam fugir del creuer, escapant-nos del naufragi. Però ningú no ens feia ni cas; el nostre estat no era ni millor ni pitjor que el de molts nàufrags de l'*Ulysses* que rondaven pel port de la Marina Piccola de Capri, a l'espera d'un vaixell que els permetés tornar a terra ferma. Hi havia embarcacions gratuïtes per als passatgers de l'*Ulysses*, però passaven molt de tant en tant i l'Hortènsia s'havia estimat més comprar dos bitllets per a un hidrofoil privat, que era més ràpid i sortia cada hora. A nosaltres ens tocava el de les deu.

—Quins malparits, el Brad i la Susan! Bé, Andrea, almenys ara podem estar tranquil·les: els *Carabinieri* t'han pres declaració i hem presentat una denúncia per agressió. Ara hi ha molt enrenou, però quan tot torni a la calma segur que els trobaran. Hem fet el que podíem fer! Et fa mal, el cap? Un cop a Nàpols hem de demanar que t'ho revisin —va dir l'Hortènsia, mentre jo em palpava el cap embenat a l'altura del nyanyo—. Tinc unes ganes de veure el teu pare, i el Pol! Llàstima que ens hàgim de tornar a embarcar. Diu que això de l'hidrofoil no es belluga gaire. Ara que hi penso, em prendré una altra Biodramina.

Vaig observar-la mentre s'empassava la pastilla amb el que li quedava de cafè amb llet. Me l'havia acabat estimant, aquella dona. Era com l'altra cara de la mamà, però sabia anar pel món, sens dubte. Vaig pensar un cop més en el que havia explicat als *carabinieri*. M'havien agafat declaració així que vaig tenir el cap embenat, allà mateix, a la tenda de la Creu Roja. Els havia explicat tot el que calia, em semblava a mi, sense entrar en detalls molestos: els vaig dir que el Brad, a qui havia conegut durant el creuer, m'havia convidat a anar al seu hotel, i que, un cop a l'habitació, ell i la seva companya s'havien molestat perquè no els havia volgut acompanyar mentre esnifaven cocaïna. S'havien posat molt agressius, i el Brad havia acabat colpejant-me amb una ampolla de whisky. No, no en tenia ni idea de per què. No, tampoc no sabia res de si col·laboraven amb l'organització *Save the sea*. No, no sabia si el capità Zanetti hi tenia cap relació, encara que els havia vist parlant amb ell, alguna vegada, en el creuer.

La policia m'havia fet signar la declaració, i després tant l'Hortènsia com jo havíem firmat una denúncia per agressió contra la Susan Ellis i el Brad Hawthorne. Més tard ens havíem assegut en aquell cafetó de la Marina Piccola, com dues turistes, a refer-nos una mica i a esperar l'hora de marxar amb l'hidrofoil.

2. L'Edwin

Tot d'una vam veure l'Edwin, que s'acostava acompanyat del Maurizio, el noi de la Creu Roja. L'Edwin coixejava una mica.

—Andrea! —cridà l'Edwin, emocionat. Em vaig aixecar per abraçar-lo, i l'Hortènsia féu el mateix. El Maurizio preguntà si l'Edwin podia quedar-se amb nosaltres; s'acabava el seu torn i no havia dormit en tota la nit.

—No et preocupis, Maurizio; aquest xicot és com de la família. Vindràs amb nosaltres a l'hidrofoil, Edwin? Mirarem que t'hi deixin pujar, després de tot, ets un membre de la tripulació de l'*Ulysses*. Alguna compensació haureu de tenir —féu l'Hortènsia, que havia comprat a preu d'or els nostres bitllets.

—Així doncs, els deixo. Espero que tornin a visitar-nos un altre dia, i que malgrat tot tinguin un bon record de Capri —féu el Maurizio, molt cortès, i nosaltres el vam convidar a venir a Sitges sempre que volgués.

—I tu, Edwin? Com has arribat aquí? —li vaig preguntar, mentre vèiem marxar el Maurizio.

—Ja ho saps, anava en un creuer que va naufragar! I a tu? Què t'ha passat al cap?

—No té importància. Gràcies, Edwin, per ajudar el meu pare i el Pol. Ja ho saps que són a Nàpols, oi? A l'Hospital del carrer... —anava a dir l'adreça, però em vaig adonar que me n'havia oblidat completament. Merda. El cop al cap potser tindria més efectes dels previstos...

—Via Cavour, 22. Tots els ferits són al mateix hospital de Nàpols —va dir l'Hortènsia, eficient, com sempre-. Escolta, Andrea, vaig un moment al lavabo. L'hidrofoil surt d'aquí mitja hora; no podem perdre ni un minut!

L'Hortènsia se n'anà cap a dintre, i l'Edwin ho va aprofitar per asseure's més a prop meu.

—Andrea, hi ha una cosa que volia dir-te.

—Digues.

—Tu creus que vam tenir la culpa del que va passar, vull dir, pel tall de llum i tot això?

—No. El meu germà va veure com en el moment del tall de llum, el creuer xocava i s'inundaven els aparells.

—Però per què va xocar? Si hi hagués hagut llum en aquell moment, també hauria xocat?

—No ho sé. També és veritat que estàvem massa aprop de la costa, i que el xoc va coincidir amb la tempesta. Tot se'ns va ajuntar, oi, Edwin?

L'Edwin amagà el cap entre les mans.

—Ens la carregarem.

—No estàveu pas sols! També hi havia el Brad i la Susan.

—El Brad i la Susan són periodistes, coneixen gent, tenen mil coartades. Però el pitjor no és el que passi a partir d'ara, sinó el que pot haver passat. Els meus companys, l'Hèctor, la Maria...Encara els veig, atrapats al maleït punt d'emergència, intentant ajudar el senyor de la cadira de rodes. Jo em vaig endur tots els altres, el teu pare, el Pol, fins i tot l'Aina.El vaixell s'inundava. Tinc por que s'hagin ofegat...

—Espera't, encara hi ha esperança. El capità els va anar a ajudar, i ell coneix el vaixell pam a pam.

—Havia d'haver fet que em seguissin; o quedar-me amb ells, o fer-los venir.

—Es van quedar perquè ho havien de fer, i tu vas marxar per guiar els altres, per ajudar-los. Ets un heroi!

—Els herois no són els qui se salven, són els qui s'ofeguen. Però jo m'he salvat, i és qüestió d'hores que em facin declarar. Què diré? I si em descobreixen?

—Marxa. Aprofita tot l'embolic per anar-te'n a casa —vaig proposar, en un rampell. Hi havia molta confusió. No li costaria gaire d'esmunyir-se entre la gent i deixar Itàlia.

En aquells moments va tornar l'Hortènsia, excitada per les notícies que havia sentit a l'interior del cafè.

—Han trobat el capità! Segons els *Carabinieri,* els equips de rescat l'han localitzat entre les runes del pont, atrapat en un lloc d'accés difícil. El trauran amb l'helicòpter. També han trobat alguns cadàvers a prop del lloc de punt de trobada d'emergències. Un anava lligat amb una cadira de rodes! Pot ser l'avi de l'Aina. Diu que els porten cap aquí.

L'Edwin abaixà el cap, compungit.

—Anem a veure-ho? —vaig dir, impulsiva. El cor em bategava a tota velocitat amb l'esperança de veure el Paolo. L'Edwin i jo ens vam aixecar i tots tres vam tornar al petit moll on, feia una eternitat, havíem arribat amb els bots salvavides. El cel blau ja no tenia les traces rosades de l'alba, però l'aire estava tenyit d'humitat salabrosa. Vaig respirar profundament, omplint-me'n els pulmons. El pitjor havia passat, seguíem vius. Tornaria a veure el Paolo.

El moll del port estava ple de gent: *carabinieri*, membres dels equips de rescat, expassatgers de l'*Ulysses* que rondaven pel port tot esperant notícies dels seus i residents de la zona que hi acudien, encuriosits pel tràfec i les notícies sobre el naufragi nocturn. A la llum del dia, el gran vaixell turístic, l'orgullosa ciutat flotant, ara caiguda, s'havia convertit en un esquer per a la curiositat de tothom.

Vaig contemplar la blava estesa marina i em va amarar un núvol d'agraïment d'estar viva, de sobtada comprensió de tots els perills que havíem passat. Vaig estrènyer la mà de l'Hortènsia. Llavors l'Edwin assenyalà el cel, al meu costat.

—L'helicòpter!

Tots vam quedar-nos mirant l'aparell, que sobrevolà l'*Ulysses* com si fos una libèl·lula batent les ales al damunt d'un gegant. Va apropar-s'hi tan com va poder, algú de l'equip de rescat va baixar per una escala suspesa de la porta, i després vam veure com pujaven un ferit en una mena de cistella. Des del petit moll, tots ens vam posar a aplaudir.

—Sembla que han rescatat el capità —vaig sentir que deia algú del públic.

—El capità no, el primer oficial. El capità va abandonar la nau! —digué algú altre.

—Jo he sentit dir que era el capità —insistí el primer.

—El capità? Que no se n'havia anat, el poca vergonya? —va preguntar una senyora.

—Va marxar, però va tornar, pel que sembla.

—Doncs ja el podrien haver deixat allà —féu la senyora, i tothom va començar a dir-hi la seva. Vaig concentrar-me en el paisatge; el sol seguia enfilant-se i el mar s'anava tornant més i més clar, d'un turquesa esplèndid, com els anuncis de les platges del Carib. L'Edwin anava i venia, recollint comentaris, i ens va venir a informar que el darrer vaixell de salvament, que també duia alguns cadàvers, no s'aturaria a Capri, sinó que se n'anava directament a Nàpols.

—Se sap qui eren? —vaig preguntar, amb el cor encongit.

—L'equip de rescat m'ha dit, confidencialment, que hi ha el de l'home lligat a una cadira de rodes, el d'una senyora gran, dos cambrers i un oficial d'alta graduació amb el rostre destrossat, irrecognoscible.

—De quina graduació? —vaig exclamar, notant un fred que m'amarava el cor.

—Podria ser un oficial o fins i tot el propi capità.

—El capità no pot ser, l'acaben de rescatar amb l'helicòpter! —vaig protestar, tan vehement com si jo mateixa l'hi hagués acompanyat.

—Bé, de fet encara no se sap segur —féu l'Edwin, movent el cap.

—Ja podríem anar fent la cua de l'hidrofoil —comentà l'Hortènsia—. Edwin, vine amb nosaltres, explicaré que tu hauries de ser el primer de tots, de tan bé que t'has portat.

L'Edwin es posà vermell i em mirà amb un gest culpable; sens dubte, seguia creient que la culpa de tot havia estat seva.

—No, senyora, jo... —començà a dir, incapaç de seguir callant.

—Ara no, Edwin! Després ja en parlarem —vaig dir, empenyent-lo cap a la cua de l'hidrofoil. Mentre l'Hortènsia parlava amb els responsables del port, que intentaven organitzar la cua, vaig mirar un cop més el mar turquesa de Capri, l'horitzó serè, els alts esculls, l'*Ulysses*. El vaixell caigut es veia força més gran que els *Faraglioni*, però també molt més fràgil, ara que estava tombat, un munt de xatarra blanca, alt com un edifici, que algú s'hauria d'ocupar de treure d'allí si és que el corrent no l'acabava desplaçant i s'enfonsava del tot.

Els responsables de l'embarcament de l'hidrofoil es van negar a deixar passar l'Edwin sense bitllet, encara que fos un tripulant del creuer.

—Si aquest noi treballava a bord i no està ferit, ha de presentar-se als *Carabinieri* i prestar declaració. Després podrà marxar a Nàpols o on vulgui —vaig sentir que li deien a l'Hortènsia. Ella començà a protestar, assegurant que l'Edwin era un heroi, estava ferit i coixejava, i que si no el deixaven passar denunciaria els responsables d'aquell hidrofoil i de tots els hidrofoils de Capri. Però l'Edwin la va fer callar.

—Gràcies per tot, senyora, però aquests senyors tenen raó. He d'explicar el que va passar; és el meu deure. A reveure —va dir, i li vam fer dos petons, primer l'Hortènsia i després jo.

—No et culpis massa, tu no has fet res dolent —vaig xiuxiuejar-li a l'orella, però l'Edwin va fer un somriure de compromís.

—Bona sort, Edwin! —féu l'Hortènsia, encara, i vam pujar a bord. Una altra embarcació. El malson de la nit s'havia acabat, però encara no havíem vist el papà ni el Pol, ni el Paolo. Sense voler, vaig imaginar-me'l estirat, amb el rostre desfet, com l'escultura de Miquel Àngel que representava el Dia als sepulcres florentins dels Mèdici.

3. Rumb a Nàpols

Ningú parlava en l'hidrofoil, ple de gom a gom, que ens duia des de Capri fins a Nàpols. Però també resultava difícil de dormir o restar tranquil; la ràdio no parava d'emetre notícies sobre l'*Ulysses*, la nostra "*nave de crociera*": així vam descobrir que ens havíem tornat la notícia del dia. En unes quantes hores, l'accident del creuer havia fet la volta al món.

Al cap d'una estona, el cansament va començar a fer efecte, i l'Hortènsia, adormida, es tombà cap a la meva espatlla fins que va acabar fent-me servir de coixí. Em vaig intentar separar una mica, recolzant-me en la finestreta, però la maniobra només va servir perquè l'Hortènsia guanyés més espai. Al final vaig recolzar la cara contra el vidre fred de la finestreta, que trontollava d'allò més, i vaig aclucar els ulls. Però llavors van tornar les imatges que més em burxaven, les que més em costarien d'oblidar: la Susan al bungalou, fitant-me amb aquells ulls de serp, el Brad acostant-se'm amb una ampolla de whisky per clavar-me un bon cop al cap i fer-me passar les ganes d'explicar a tothom que eren ells, i no el Paolo, els autèntics responsables de l'accident.

Passat l'ensurt, més que el nyanyo al cap, em turmentava el per què. Una gent tan refinada, tan culta. El Brad, tan sensible, que havia arribat a considerar quasi com el meu amic, l'anhelat germà bessó de l'ànima. Tant els havia molestat? Tanta por tenien que me n'anés corrent a la policia? O no era pas por, sinó menyspreu? No, no podia dormir. Vaig obrir els ulls; creuàvem l'esplèndida mar de l'illa. També jo era una illa de mar blava, travessada per una llarga franja de mal de cap. Vaig aclucar els ulls un altre cop; ara revivia la por del principi de la nit, quan havíem sentit aquell xoc i havien caigut totes les ampolles del *Cocktail's Lounge*, una rere l'altra. El Paolo vomitant a fora, al costat de la piscina; el Pol mostrant-me l'esquerda, il·luminada per un llamp, de la finestra del pont de comandament. I l'aigua de mar mullant-nos els peus mentre esperàvem, fent cua, a les escales que duien als bots.

Vaig obrir els ulls. El cap de l'Hortènsia em pesava a l'espatlla, i, amb un petit copet, vaig aconseguir que s'aguantés dreta per uns instants, fins que després s'inclinà en sentit contrari, cap al passadís. Per fi! Però un revolt del camí me la tornà a fer caure al damunt. Vaig sospirar, contrariada, una mica marejada. La ràdio no parava: "*il capitano*", "*il successo*", víctimes, morts, desapareguts. Fins a vuit desapareguts, de moment, repetia la locutora amb una certa decepció, conscient que no eren gaires. Però podia haver-n'hi més, era molt possible que n'hi hagués força més, afegia, animada per aquella excitació de poder donar una notícia molt greu, molt important. Tot seguit, però, s'informava que el gruix dels 4000 passatgers érem a recer i ens estàvem desplaçant a Nàpols, a l'espera d'una pròxima repatriació aèria, en el cas dels nombrosos estrangers.

Quan em vaig adormir ja faltava poc perquè arribéssim, però encara vaig tenir temps de somniar en ell. Se m'apareixia rere d'unes roques d'aquell petit espigó de la Marina Piccola de Capri, tot vestit d'uniforme, amb la gorra de plat, segur i somrient. Jo l'esbroncava de mala manera, però no aconseguia fer-lo reaccionar. Un helicòpter venia a recollir-lo i se n'anava volant. El veia de lluny; tenia el rostre desfet, esborrat. Jo plorava, plorava, no parava de plorar.

—Andrea! Desperta't, estàs plorant!

L'Hortènsia, al meu costat, em sacsejava, enèrgica. Havia plorat mentre dormia. Em vaig eixugar els ulls, avergonyida.

—Ja hi som! —exclamà, donant-me un mocador. Havíem arribat al port de Nàpols, que era mil vegades més gran que la Marina Piccola, i molt més atabalador. Però, almenys, allà ja ens esperava una gran quantitat d'autocars. Dos rengles d'autocars separaven els passatgers entre els que anaven a l'aeroport i els que es dirigien a l'Ospedale Centrale, com l'Hortènsia i jo.

4. L'Ospedale.

No vam trigar gaire a arribar a l'Hospital. Feia molt sol i la gent ens mirava amb curiositat a mida que baixàvem de l'autocar i entràvem al vestíbul, on un altre cop ens van distribuir en dos grups: els que necessitaven atenció mèdica i els que no. L'Hortènsia de seguida va dir que no necessitava res, però jo, per culpa del meu cop al cap, vaig anar a parar automàticament a la fila dels malalts. Contra el que em temia, no em van demanar cap explicació, només em van preguntar com em trobava i em van treure les benes del cap. La infermera, amb molta delicadesa, va tocar-me una orella, va descordar alguna cosa i me la va donar: era una de les meves arracades en forma de dofí. Vaig esperar que em donés l'altra; ella ho va entendre, però féu que no amb el cap. L'havia perduda. Era una ximpleria, però em van venir ganes de plorar. Per aconsolar-me, vaig acaronar l'únic dofinet supervivent, al palmell de la mà. Amb tot el que m'havia passat, no podia plorar perquè se m'havia perdut una arracada! Per dissimular, vaig fregar-me el nas i vaig veure que la infermera apartava els ulls. Vaig posar l'arracada a la motxilleta, era una supervivent, com jo.

Després em van netejar la ferida del cap i em van dir que en lloc de punts m'hi aplicarien una goma líquida, el *glue*, que picava de valent. També em van donar una capseta amb analgèsics i em van preguntar si tenia algú a l'Hospital. No van trigar gaire a localitzar l'habitació del papà: la 405. El mateix número que el nostre cambrot del creuer! Ja devia ser mig matí quan vaig obrir la porta de l'habitació, blanca i verda, com tot l'hospital. Com tots els hospitals. El papà estava sol i roncava. L'habitació era doble, però només el seu llit estava ocupat, al costat de la finestra, protegida amb una cortina de lona grisa. El papà tenia una cama enguixada, aixecada amb un suport que penjava del sostre. Duia una camisola d'hospital, blanca amb piquets verds, i el llençol, rebregat, tot just li tapava les cuixes. Vaig pensar que es veia més jove, així mig despullat, encara que no estigués afaitat i que sota els ulls se li marquessin unes fondes ulleres. Vaig acostar-me per posar-li la mà al braç, molt pelut i musculós, i just quan m'hi atansava, s'obrí la porta que hi havia al fons i el Pol sortí del lavabo. Ell anava vestit normal, com la nit abans, tan ple de taques i esgarrinxades com si l'hagués tret d'algun abocador. Però estava bé, feia bona cara, era el meu estimat germà, que havia aconseguit salvar-se del naufragi de l'*Ulysses*, ajudar el papà i qui sap quanta gent.

—Andrea! —exclamà el Pol, corrent a abraçar-me, i el papà es despertà. Vam acabar tots tres enllaçats damunt del llit, rient i plorant. Per uns moments, va ser màgic.

—I l'Hortènsia? Ja l'heu vista?

—I tant que sí! Està refeta del tot. Ha anat a fer un cafè amb l'Aina, pobreta —va dir el papà, abaixant els ulls—. Ja ha parlat amb els seus pares, que estan venint cap a Itàlia. Mentrestant, l'ajudarem tot el que puguem...

—Els seus avis no es van poder salvar, oi? —vaig preguntar, amb la veu tremolosa. Darrera de les preguntes sobre els avis de l'Aina, hi havia la gran incògnita sobre el capità. El papà em posà la mà damunt l'espatlla.

—No. Aquest matí han dut els cossos a l'Hospital, ens han dit.

—He acompanyat l'Aina a veure'ls, per a la identificació. Pobres...Li han donat un informe dels equips de rescat on consta que els van trobar, ofegats, molt a prop de la porta de sortida d'emergència. El senyor Miquel encara anava lligat a la cadira de rodes, al costat de la seva dona. Tots dos duien les armilles salvavides, però no els van servir de res.

—Però i a tu, com t'ha anat, bonica? Estàs preciosa com sempre, però no és que facis gaire bona cara. Què et va passar al cap?

—Res, un nyanyo. I vosaltres?

—Ui, nosaltres rai. Però hi va haver uns pobres francesos...

—I la cantant del Casino? —recordà el papà, passant-se la mà pels ulls.

—Quina cantant? Què us va passar? El Pol va anar a buscar-te, oi, papà?

—Buf. Va ser una odissea. I mira com va acabar.

—I encara sort! —rigué el Pol—. Si ho arribo a saber, no vaig a buscar-te al Casino.

—Eres al Casino, papà? —vaig preguntar. Vet aquí perquè el Brad l'havia vist que marxava en la direcció contrària al punt de trobada, quan ens havíem separat a prop del cambrot.

—Havia d'anar a buscar els diners de la ruleta. Eren molts diners, Andrea. Estava segur que tindria temps d'anar a cobrar-los, de tornar a buscar el Pol i de pujar-vos a buscar al cambrot. Ara, si ho arribo a saber, juro per la meva santa mare que ens hauríem embarcat tots quatre en el primer bot, amb el capità! No, pobre, no vull criticar-lo.

—Però hauries pogut reclamar-los després! —vaig protestar.

—Potser sí, potser no. Els vaig anar a buscar, i me'ls van donar. Feien el que podien, aquells del Casino. Amb l'aigua als turmells, i ells repartint monedes, bitllets, intentant que ningú s'espantés massa, ni tan sols aquella senyora de veu extraordinària, la cantant, pobra senyora!

—Ho vas perdre tot per ella —recordà el Pol.

—No podia pas contemplar com s'ofegava, la pobra, i jo sense fer res.

—Què va passar? Quina cantant? —vaig intentar esbrinar. No m'explicaven res, aquell parell; ara que, ben mirat, jo tampoc no els havia dit gran cosa. Mentre mirava el papà, estirat, vaig tenir la certesa que ens costaria molt, d'acabar d'explicar el que havia passat aquella nit. Però allí érem, plegats, i tot el que ens havia passat a bord de l'*Ulysses* ho aniríem paint i ho aniríem canviant fins que formés part de la matèria pastosa dels somnis.

—Al Casino hi actuava una senyora enorme, una cantant que semblava l'Aretha Franklin. Actuava al Casino i l'havíem saludada un parell de nits. Va venir amb nosaltres al Bar de

Gel, estava morta de por. El vaixell es va anar tombant, l'aigua ens arribava als turmells, però estàvem convençuts que algú ens vindria a rescatar. Això és el que deia l'*officer* Stewart, que estava amb nosaltres. Però com que passava el temps i no venia ningú, l'Stewart li demanà a l'Edwin que formés una cadena amb tots els que ens podíem desplaçar, mentre ell intentava arribar al pont de la coberta 4, per demanar ajut. Els avis de l'Aina la van obligar a venir amb nosaltres, i ells es van quedar al Bar de Gel, amb l'Hèctor, la María, i els altres passatgers amb problemes.

—Què vols dir, una cadena?

—Havíem d'avançar per la coberta inclinada, esquivant els marcs de les finestres i les baranes dels balcons. Relliscava molt. Anàvem agafats de les mans, però els nens xisclaven, d'altres relliscàvem i quèiem. Uns francesos van començar a cridar que el millor era llançar-se a l'aigua —contà el papà.

—Em sembla que no els han trobat, els francesos —digué el Pol, movent el cap.

—La senyora grassa, la cantant, tot d'una es va quedar clavada del pànic, de genolls, sense anar ni endavant ni endarrera. Li vaig cridar que seguís, que es mogués —va dir el papà.

—Si no es movia, aniria relliscant avall fins a caure.

—Però no es va moure, no podia. Al final es deixà caure. Arran de l'aigua li va tornar el pànic. Cridava, la pobra, deia una cosa com ara "*Chisas*".

—"*Jisas*", papà, era anglès. *Jesus*. "*Jisas*".

—No duia armilla salvavides? —vaig interrompre, finalment.

—Sí, però com que era tan grassa se li va obrir, i boquejava, s'enfonsava. Com que el vaixell al final s'havia il·luminat del tot, allò semblava una revetlla, la vèiem perfectament. Era horrorós. L'Edwin cridà si algú li podia llançar alguna bossa, alguna cosa perquè s'aguantés. Ningú no duia res a les mans, excepte jo. Duia la bossa amb els diners, i la hi vaig llançar.

—Una bossa? Era gran? La va agafar?

—Sí —digué el Pol, amb els ulls baixos.

—Sí, la va agafar. Mai no oblidaré aquella mirada d'agraïment quan la va veure.

—Sabia el que hi havia?

—Sí, perquè havíem compartit cua, al Casino.

—Es va salvar? —vaig seguir preguntant, encara que ja m'imaginava la resposta.

—Per uns moments va semblar que sí. Va semblar que flotava. Havíem de seguir avançant. Tot d'una, ens vam girar i ja no la vam veure. Ni a ella, ni a la bossa, ni res. El mar l'havia engolida. La bossa era massa petita. El mar... —digué el papà, amb la veu trencada.

Em vaig posar dreta per abraçar-lo.

—Vas fer el que havies de fer, papà. No et preocupis pels diners.

—Andrea, filla —el papà em va acaronar els cabells, i se'm va escapar un gest de dolor, perquè m'havia fregat la nafra. Potser m'hi haurien hagut de posar punts, havien dit durant la revisió, però havia passat tanta estona que ho van substituir per aquella mena de goma líquida, el "*glue*".

—Com t'ho vas fer, això?

—És tota una història-vaig dir, evasiva. L'Hortènsia li explicaria, tard o d'hora, el que m'havia passat amb el Brad i la Susan. No em veia amb forces de reviure-ho tot, i el papà estava massa cansat per insistir—. Encara no m'has dit com et vas trencar la cama, papà.

—Millor que t'ho expliqui el Pol —va fer el papà, amb un mig somriure. Ell tampoc tenia ganes de recordar la seva història.

—Anàvem bé. Una mica tocats, després de perdre els francesos i la senyora, però anàvem bé. Seguíem avançant de genollons per la coberta, agafats de les mans, rumb a la proa on pensàvem que ens esperarien els vaixells de salvament. Llavors el creuer es va tornar a moure, i jo, que m'havia avançat, vaig quedar suspès dels sortints d'un balcó. El papà es va desviar per ajudar-me, amb tan mala sort que va xocar contra els sortints.

—I el vaig fer caure! Gairebé es mata! —exclamà el papà—. Vaig veure com queia...

—No hi pensis més, papà.

—Vaig calcular malament, i em vaig clavar un pinyac al menisc, justament el que tinc operat —completà el papà—. Però el pitjor va ser que em pensava que t'havia llançat a l'aigua, a fer companyia als peixos.

—I llavors vas veure com sortia del replà de baix, he, he!

—Ha, ha, ha!— rigué el papà. També el Pol esclatà en rialladas. Tots dos reien com si aquella història esgarrifosa fos el millor acudit, el més divertit que els havia passat mai. Així estaven, tots dos petant-se de riure, histèrics a rebentar, i jo mirant-me'ls sense poder esbossar ni un somriure, quan tot d'una van picar a la porta i van entrar l'Hortènsia i l'Aina. L'Aina estava desconeguda: pàl·lida, esmorteïda. Quan em va veure, es tapà la cara amb les mans i començà a plorar sense fer soroll.

—Aina, bonica —féu l'Hortènsia. El Pol i jo ens vam acostar a reconfortar-la.

—Per què els ha hagut de passar això als meus avis? Per què? —preguntà l'Aina, mirant-nos amb retret. Nosaltres ens havíem salvat, però ells no. Sense esperar resposta, sortí de l'habitació, amb un cop fort de porta. El Pol la va seguir.

5. El capità

—I del capità, se'n sap res? —vaig preguntar, al final, amb un to indiferent, però la veu em tremolà una mica. El papà i l'Hortènsia es van mirar entre ells.

—No saps el que li va passar? —preguntà el papà.

—No —vaig dir, amb un fil de veu.

—El capità va perdre la vida intentant salvar els avis de l'Aina. No sabem per què va abandonar l'*Ulysses* tan aviat, després de l'accident, ni per què hi va tornar, però al final va morir com un heroi —resumí el papà.

—Es veu que es va quedar atrapat a sota de la cadira de rodes del senyor Miquel —afegí l'Hortènsia.

—A sota? —vaig preguntar, encara incrèdula.

—Al seu voltant hi havia els cossos de l'Hèctor, la María i l'àvia. Però ell era a sota. Devien intentar aixecar a pes el senyor Miquel i la cadira de rodes fins a fora, a la coberta, amb la inclinació del vaixell. Si ho haguéssim sabut, entre tots l'hauríem pogut treure quan vam formar la cadena, però, de totes maneres, segur que hauria acabat caient al mar. El capità va intentar-ho a la desesperada, però li devien fallar les forces i li va acabar caient al damunt, això ja no ho sabrem mai.

—Es veu que el capità tenia el cap destrossat. Pesen, aquestes cadires, i amb un home a sobre, imagina't —va dir l'Hortènsia, sense saber quin mal em feien aquells detalls escabrosos. En sentir-ho, se'm va fer un nus tan gros a l'estómac que vaig haver de córrer al lavabo, a refrescar-me la cara, i el coll, i les mans, com si la mateixa aigua que havia llevat tantes vides les pogués, al mateix temps, fer-les tornar.

—Oh, Déu meu, pobrissona! Tenim sort de ser vius, Enric —exclamà l'Hortènsia—. Quants desapareguts hi deu haver hagut, al final?

Vaig sortir del lavabo, però, en lloc de tornar a l'habitació, vaig sortir a fora, al passadís, i em vaig posar en la primera saleta que vaig trobar, amb tan mala sort que hi havia l'Aina. Mirava una televisió petita, penjada a la paret, on tota l'estona sortien imatges de l'*Ulysses*, enfonsat i abans d'enfonsar. També en va sortir una del Paolo, al pont de comandament, tan somrient i distès com si estigués en una sala de festa. L'Aina s'aixecà i intentà tancar l'aparell, sense aconseguir-ho. Es girà d'esquenes, plorosa.

—No el puc veure, aquest malparit!

Vaig sortir de la saleta i vaig anar a buscar un ascensor. Necessitava comprovar que tothom estava equivocat, que ell vivia i tenia una explicació per a tot i per a tots. No hauria hagut de fer-ho, esclar. Hauria estat molt millor quedar-me a la nostra segona habitació 405, amb la família, no voler saber més coses. Però vaig agafar l'ascensor i vaig anar a la recepció, assegurant que era una amiga de la família Zanetti i que m'havien demanat de comprovar que ell era mort. Tant ho vaig demanar, entre exigent i desesperada, amb la veu ennuegada per les llàgrimes, que al final em van acompanyar a una sala de visites.

Era una habitació petita i silenciosa. Vaig asseure'm en una cadira, i al cap d'una estona es va presentar una infermera gran, de bata blanca, que em mirava amb desconfiança.

—És vostè amiga, diu, de la família del capità Zanetti?

—Sí...no...jo...

—Si us plau, esperi's un moment.

Va sortir i va tornar de seguida, acompanyada d'una dona morena, alta, d'uns quaranta anys, amb una retirada a la Sofia Loren de les pel·lícules antigues. M'observà amb una barreja de menyspreu i curiositat.

—*Signora* Zanetti, aquesta noia assegura que és una amiga de la família. Vol veure el cadàver del seu marit. Hi està d'acord? Li dóna permís? —digué la infermera, mirant-nos atentament a totes dues.

La *signora* Zanetti va aixecar les celles i em mirà com hauria pogut mirar una papallona punxada amb una agulla. Després s'arronsà d'espatlles.

—No recordo haver-la vist mai de la vida. Però que hi vagi, si vol. De totes maneres, ja no hi ha massa per veure, pobre Paolo —afegí, amb un somriure amarg.

La infermera va escriure alguna cosa en un quadern, s'aixecà i em mirà una altra vegada.

—Molt bé. Doncs si em dónes alguna cosa, algun carnet, algun document, pots baixar al tanatori.

—No tinc res! Tot es va quedar allà, al vaixell —vaig mentir. M'havia deixat la motxilla a dalt, a l'habitació, però no podia anar a buscar-la sense donar cap explicació.

—Sense identificació no et puc deixar baixar sola.

—Que vingui amb mi. Ara mateix hi són les meves filles, per cert que la gran deu tenir la teva edat —va dir la *signora*. Les vaig mirar sense saber què dir, primer a la infermera, després a la vídua del capità. Ja no volia baixar al tanatori a veure el Paolo: acabava de descobrir que m'havia enganyat, també a mi. No vivia tot sol i dissortat, marcat per una infantesa terrible en una illa solitària com una presó: estava casat amb una dona molt guapa i tenia dues filles. Una de la meva edat, per si fos poc.

—Jo...no...ho sento, estic una mica marejada —vaig dir, i vaig sortir corrents. Necessitava aire. No volia veure el que quedava del Paolo, ni tenia ganes de conèixer les seves filles. Només tenia ganes de tornar amb el papà, el Pol i l'Hortènsia, de tornar a l'habitació que era com la nostra casa.

6. Tornada a casa

Em vaig perdre, però al cap d'una estona de baixar i pujar escales, sense saber gaire on anar ni què fer, vaig arribar per fi a la 405 i vaig tornar al món al qual pertanyia.

—Andrea! On eres? Au, que marxem! —exclamà l'Hortènsia, molt contenta.

—Marxem? Què dius, ara? —vaig preguntar, incrèdula. Llavors em vaig adonar que el papà, tot i que s'havia tornat a estirar al llit, ja no duia la camisa verda de l'hospital, sinó una camisa i uns pantalons nous. També el Pol anava ben vestit, i l'Hortènsia s'havia canviat de roba. L'única que encara anava amb el vestit vermell tacat era jo.

—He anat de compres! Et vols canviar, Andrea? —preguntà l'Hortènsia, allargant-me una bossa del Zara.

—Sí, gràcies. M'he perdut alguna cosa?

—Arribes a temps! Andrea, mira, la bona notícia és que marxem. Ens han donat l'alta. D'aquí a una estona sortirà un autocar cap a l'aeroport i d'allà ens aniran repartint cap a casa. Oi que bé?

—I tant! —vaig fer, corrent a abraçar-la—. I l'Aina?

—Fa una estona han arribat els seus pares. Són al tanatori. Després hi anirem per acomiadar-nos —va dir el Pol, que seia al llit del papà.

—També ha trucat la mamà. Ella i el Diego vindran a buscar-nos a l'aeroport del Prat, quan hi arribem —va dir el papà. Casualitat o no, quan va sentir parlar de la mamà, l'Hortènsia se'n va anar al lavabo.

—I no paren d'arribar missatges al mòbil de l'Hortènsia, l'únic que ens queda sencer! Han escrit la Lorena, i el Robert...

—El Robert? —vaig preguntar, com qui no vol la cosa. Amb el Robert havíem començat d'amics, després havíem sortit, després ens havíem deixat, però sempre acabàvem retrobant-nos.

—Jo li trucaria —va dir el Pol, a la seva manera senzilla. El papà feia veure que estudiava els plecs dels llençols, però se li veia d'una hora lluny que ens estava escoltant.

—Escolteu, i com és que truca tanta gent? Com ho saben, el que ha passat? —-vaig voler saber.

El papà féu una rialleta i m'allargà el comandament del televisor, que estava penjat al damunt de la porta de l'entrada. Vaig engegar-lo i vaig començar a passar canals. A totes les pantalles sortien imatges del naufragi: el vaixell tombat arran de l'illa, el vaixell sencer, sortint del port, imatges de l'*Ulysses* buit, de l'*Ulysses* ple, dels passatgers sortint, dels passatgers entrant...Tot d'una, també van començar a sortir imatges de la nit passada, els bots salvavides entrant al port de Capri, fotografies dels supervivents i dels desapareguts. En un altre canal hi havia una tertúlia sobre l'actuació del capità, amb el fons d'una fotografia enorme del Paolo força més jove de com jo l'havia conegut. En un altre programa hi sortia la foto del Brad i de la Susan amb un gran interrogant al damunt.

—Què és tot això? —vaig preguntar, espantada, deixant caure el comandament al llit del papà. El Pol el va recollir i va tancar la tele, fastiguejat.

—És una passada. És...el show mediàtic!

—Ens hem fet famosos? —vaig preguntar, encara tremolosa de la impressió.

—L'*Ulysses*, se n'ha fet; l'*Ulysses* i el capità. Nosaltres quedem en un segon pla, més que res perquè no ens hem mort, gràcies a Déu —replicà el papà, tornant a engegar la tele.

—I què diuen de la Susan i el Brad? —vaig voler saber, fent veure que tant se me'n donava.

—Surten de tant en tant, com els únics periodistes a bord. Però es veu que van mentir; no anaven de part de cap revista, i, pel que sembla, van deixar factures per pagar per tot arreu. L'última al Marina Spa Resort, de Capri.

—Ah, sí? I on són?

—Buf! Ni idea. No els troben enlloc.

—La saben llarga, aquell parell —vaig deixar anar. L'Hortènsia va sortir del lavabo.

—Et trobes bé, xata? —li preguntà el papà, tot afectuós.

—Sí, per sort-féu l'Hortènsia. Llavors va venir una infermera per convidar-nos a suc i entrepans, i informar-nos que l'autocar de l'aeroport sortiria a les dues del migdia, que estiguéssim preparats al vestíbul.

—Estarem preparats en un moment! No tenim maletes — va dir el papà. La infermera va somriure cortesament, mentre nosaltres ens aguantàvem les ganes de riure, però vam explotar abans que tanqués la porta.

—Avantatges de ser nàufrags! —féu l'Hortènsia, entre rialles. Estàvem histèrics.

—Aniràs en cadira de rodes, papà? —preguntà el Pol.

—Amb les crosses n'hi haurà prou. Així, si cau l'avió tindré on agafar-me!

—Calla, Enric! Sempre estàs igual —el renyà l'Hortènsia, un cop més, però vam seguir rient fins que ens van caure les llàgrimes, immersos en aquell atac de riure que traïa totes els nervis que havíem viscut. Una bona estona abans de l'hora que ens havia dit la infermera, ja érem a baix, al vestíbul de l'hospital, envoltats d'un safareig monumental. Els passatgers, ja refets, començaven a organitzar-se per demanar explicacions i responsabilitats. L'Hortènsia de seguida va començar a parlar amb tothom i a oferir ajuda jurídica. Es movia com un peix a l'aigua, mentre el papà, el Pol i jo, asseguts al costat d'una kèntia que semblava de plàstic, però no ho era, ens dedicàvem a observar-ho tot amb ulls fatigats.

A les dues en punt va arribar l'autocar per dur-nos a l'aeroport. Abans de pujar-hi vaig mirar un cop més la façana de l'Hospital, pensant que me'n recordaria sempre, que allà hi quedava una part important de mi mateixa. Però la façana era massa lletja i impersonal per lligar-hi cap record. Tornàvem a casa, i ja estava bé.

Era fosc quan vam arribar a la terminal B de l'aeroport del Prat. Vam sortir del finger i vam entrar en l'ambient majestuós, sostres altíssims i columnes enormes, de l'aeroport barceloní. Rere les portes de sortida de passatgers ens esperaven una barreja de familiars, amics, gent amb cartells i tot un núvol de periodistes amb càmeres, micròfons i flaixos. L'accident de l'*Ulysses* havia estat la notícia del dia.

Quan ens va veure, la mamà va córrer cap a nosaltres i ens va ajudar a marxar, com una fada madrina embolcalladora. Feia molt bona olor, de fruita i de flors. No parava d'abraçar-nos, de besar-nos a tots, i al mateix temps ens anava insistint perquè sortíssim aviat de l'aeroport. El Diego ens esperava a fora, aparcat al rengle dels taxis; no el podíem fer esperar gaire més.

—Aquí hi ha algú que coneixes! —em va dir la mamà, mentre agafava de bracet tant el papà com l'Hortènsia, i va fer un gest cap al Robert, que s'esperava tot sol, una mica enretirat, contemplant amb un mig somriure les nostres efusions familiars. Vaig veure que el Pol abraçava la Lorena. El Robert s'acostà cap a mi i també m'abraçà, però va veure que jo no li responia amb tanta força i de seguida em deixà anar.

—Estàs bé? —va dir, mirant-me als ulls. Estava molt morè,

vestit de texà, duia el cabell més curt i em mirava amb una intensitat especial. Una altra penetrant mirada fosca damunt la meva; però molt diferent de la del Paolo, no tan misteriosa, més oberta, jove i vital. Els anys encara no havien desgastat la il·lusió d'aquells ulls, ni l'esperança, ni la impaciència. El Robert va somriure, i me li vaig llançar al coll.

—Hem naufragat, Robert! —vaig dir-li, intentant fer broma, però se'm van escapar les llàgrimes. El Robert m'abraçà.

—Apa, joves! Va, que tenim el cotxe mal aparcat! —cridà la mamà, i en deu minuts tots vam estar instal·lats a tots a bord del monovolum. El Robert em mirà amb un somriure de nen murri.

—M'has d'explicar moltes coses, eh, Andrea?

Vaig fer que sí, amb el meu somriure d'angelet, però no pensava explicar-li-ho pas tot. El Robert em posà la mà a la cuixa. Potser a ell sí que li podria parlar del que m'havia passat amb el Brad i la Susan, però ni que em matessin no li diria res del Paolo.

—Jo també t'explicaré les meves coses —va fer, insistint amb dolcesa. Vaig riure. Tornàvem a ser amics, i vaig tenir la sensació que aquell cop ens en sortiríem, que aconseguiríem de vèncer junts totes les incomprensions i les mesquineses.

—Bé, família, per un cop que us embarqueu, i feu naufragar el vaixell, eh? —es posà a escridassar-nos el Robert, fent el pallasso.

—Ja cal que et preparis, Sitges! —completà el Robert, eufòric. El Diego, per acabar-ho d'adobar, buscà alguna música per la ràdio i de l'emissora de clàssica en van començar a sortir uns acords triomfals.

—Què és, això? —vaig preguntar —. Em sona molt.

—És la Marxa dels Pelegrins de *Tannhäuser*, nena. A la iaia li agradava molt.

—La teva iaia era una *crack* —va dir el Robert.

—No podríem posar una altra cosa més alegre? —insistí el Pol.

—Espera! —exclamà la mamà. Però l'emissora començà a perdre's en els túnels del Garraf, i vam acabar entrant a Sitges a ritme de hip-hop.

EPÍLEG
UN ANY DESPRÉS

1. Cap a Sardenya.

Feia un any de l'accident, tornava a ser l'estiu i érem pels volts del meu aniversari. Al final havia hagut de repetir primer de Batxillerat, encara que la Pastora Caterina m'havia posat un excel·lent pel meu treball de *Lord Jim.* Però a finals de juny ja m'havia pogut matricular de segon de Batxillerat i estava disposada a ser la millor estudiant de l'IES de Sitges, o una de normaleta, almenys.

—Digues, Andrea, què t'agradaria fer aquest estiu? —preguntà el Robert. Tot caminant havíem arribat a dalt de les escales que duen fins a l'església de la Punta, la famosa postal de Sitges. Un petit trencaones, obert al mar, esquitxava els passejants.

—Seiem una mica?—vaig proposar, i tots dos ens vam asseure en un dels bancs de roca, situats d'esquena al mar. Era ja ben fosc, i m'agradava seure allí amb el Robert mentre notava el sord rugit de les ones al meu darrera.

—Vaaaa, digues—insistí el Robert, que ja coneixia els meus silencis—. De creuer no hi voldràs anar pas!

—No! Però tinc una idea boja.

—Digues.

—M'agradaria anar a Sardenya.

—A Sardenya? Per què?

Vaig abaixar els ulls. De fet, el que volia era anar a veure l'illa on havia nascut el Paolo: l'Illa de les Cols, la *Isola dei Cavoli.* Visitar aquella terra aspra, veure el far, fer l'excursió fins al lloc on hi havia submergida la *Madonna del Naufrago,* l'escultura gegantina que, segons m'havia explicat ell, li havia donat forces per seguir vivint quan la seva vida perdut tot el rumb, després de l'accident de l'*Alaska*.

—Perquè ara hi ha molt bones ofertes! Podríem agafar un vol de *low cost*, i escapar-nos un cap de setmana.

—Humm…Hi haurà molta feina, per aquí. Però la *jefa* m'estima molt, ja ho saps —féu el Robert, rient, perquè la mestressa del bar era la seva mare—. I d'on traurem els calers?

L'endemà vaig anar a veure el papà a Vilanova i la Geltrú, amb la intenció oficial de veure com estaven, ell i l'Hortènsia, però, en el fons, per veure què li semblava la meva idea d'anar a visitar la *Madonna del Naufrago*, com a regal i celebració del meu aniversari. Sense això no fèiem res, perquè jo no tenia ni un duro, i el Robert ja tindria prou feina per pagar-se la seva part, el pobre.

—M'agradaria anar a Sardenya, pel meu aniversari, papà.

—Ah! Sí? —féu ell, sorprès. Em mirà als ulls, com per comprovar que no ho deia de broma—. Per què, a Sardenya? No voldràs tornar a anar de creuer, no?

—No! Però el capità Zanetti m'explicà que hi havia una escultura d'una verge submergida a l'aigua, en un illot a l'extrem de Sardenya, l'illa de les Cols. A finals de juliol hi fan una processó per saludar-la, es diu la *Madonna del Naufrago*. No ho sé, com que vam patir l'accident, i ens vam salvar, seria com una manera de donar gràcies! Podríem anar-hi tots junts, i convidar el Robert.

—Sí, dona, el Robert. Ja porteu temps sortint, oi? Us enteneu bé?

—Sí, la veritat.

—Mira, Andrea, jo tot el que vull, tot el que faig, és perquè sigueu feliços, tu i el Pol. I també l'Hortènsia. I la mamà… Però de vegades les coses no surten com un voldria.

—No, ja ho sé—vaig dir, amb un nus a la gola.

—I de vegades sí —va acabar el papà, que ja havia dit molt, per ser ell—. Mira què val, tot això de Sardenya, i m'ho dius;

però ja hi pots comptar. Bé hem de celebrar que ens en vam sortir d'una de grossa!

—Gràcies, papà.

Una setmana més tard, a les set trenta-cinc del matí, embarcàvem en un vol de Ryanair, a Girona, rumb a Cagliari: el papà, l'Hortènsia, el Pol, la Lorena, el Robert i jo.

2. Ti penso sempre.

L'avió va aterrar a la pista amb el cop sec habitual, l'avís que deixàvem el cel i tornàvem a la terra.

—Ja hi som, gràcies a Déu!-exclamà el Robert, molt blanc. Vaig donar-li la mà: ell la tenia tota freda i suada.

—Ja hi som, Robert, ja no has de patir més —vaig dir-li, amb un somriure inquiet. Començava a notar que se'm menjaven els nervis. La festa del meu aniversari era un motiu important, però el que jo volia trobar a la *Isola dei Cavoli* era el record de la infantesa del Paolo, dels seus orígens. El que hi havia en el fons d'aquells ulls foscos i misteriosos que ja mai més no em podrien tornar a mirar: *Ti penso sempre*.

A l'aeroport de Cagliari vam recollir el monovolum de sis places que havíem reservat des de casa, per Internet, i com que no funcionava el GPS ens vam perdre unes quantes vegades fins que vam aconseguir enfilar la carretera cap a Villasimius. Havíem trobat una oferta increïble de cap de setmana en un bungalou del Marina Grande. Els bungalous, en principi, eren per a quatre persones, però l'oferta era ampliable a sis. La Lorena i jo, que ens ho miràvem pel Google, vam decidir aviat que el papà i l'Hortènsia tindrien una habitació, nosaltres dues, una altra, i els nois s'haurien d'acontentar amb el sofà llit del menjador. El Pol va assegurar que ell era capaç de dormir sobre de les pedres, i el Robert només va dir que si el Pol roncava se n'aniria a dormir a la platja, a sota de les estrelles. El preu era boníssim i la Lorena de seguida es va enamorar de les imatges extraordinàries a la pàgina web: l'edifici de recepció, els bungalous amb els seus jardinets, davant de la platja de sorra blanca i aigües de color blau i verd turquesa; els xiringuitos amb sostre de palla, imitant el Carib; les piscines, les pistes de tennis, de pàddel, de bàsquet, el minigolf.

Ens vam instal·lar al Marina Grande com si fóssim uns turistes més. De platja ja en teníem a Sitges i fins i tot n'estàvem saturats. Però el primer que vam fer, els joves, va ser posar-nos els banyadors, deixar que el papà i l'Hortènsia es prenguessin un refresc al porxo del bungalou i anar corrents cap al mar que ens esperava ajaçat rere les palmeres. Teníem tot el dissabte, i l'endemà ja era diumenge, el meu aniversari, el dia que aniríem d'excursió a l'illa *dei Cavoli*.

Venint de la platja, abans d'anar a dinar al restaurant de l'hotel, vam passar per recepció. La senyora ens va inscriure per fer l'excursió en la barca turística que sortia de Villasimius a les 10 del matí. Ens va explicar que aquell any hi havia més demanda de l'habitual per anar a veure aquella escultura submergida; la gent, poc o molt, es recordava del naufragi de l'*Ulysses,* i s'havia dit molt que el capità era de Sardenya.. Quan va saber que hi havíem anat de passatgers, ens va estar fent tot de preguntes sobre l'accident.

—I pensar que aquell gos de capità havia nascut tan a prop d'aquí! —llançà la dona, amb la veu plena de rancúnia—. La vídua i les filles van dormir a l'hotel quan van venir per escampar les seves cendres al voltant de la *Madonna*. Ho van fer gairebé en secret, sense cerimònia, no volien que les descobrissin els periodistes ni les televisions. Un gendre meu que té una llanxa les hi va acompanyar, li van pagar molt bé, això sí. El meu gendre em va explicar que la mare havia llançat les cendres des d'una urna, i cada filla una rosa blanca, i prou. Ni una oració, ni res; la mare ni tan sols no va plorar! Les filles sí, una mica, només. És clar, la dona ja en devia estar fins al capdamunt, però per a les filles, un parc sempre és un pare.

—Sí, sí —tallà l'Hortènsia, cansada de tanta xerrameca—. Així què, vol que li paguem alguna cosa, per fer la reserva?

Va demanar-nos els noms i la targeta del papà, i després

vam anar a dinar al restaurant de l'hotel, que estava mig buit i no era res de l'altre món. Vam seguir parlant del naufragi, incapaços de frenar el doll de records de l'estiu passat.

—Ja em sembla com si hagués naufragat, jo, també! —va exclamar el Robert, a les postres.

—Tens raó, xicot. Bé, doncs, què us sembla, anem al bungalou? —preguntà el papà, posant-se dret. Tots ens vam aixecar. Per anar als bungalous havíem de sortir de l'edifici central, travessar un senderol de grava que duia a la piscina i a les pistes esportives, i encaminar-nos a la zona dels allotjaments. En passar per la pista de bàsquet vaig veure que hi havia un jugador solitari. El cor em va fer un salt: era un home morè, d'aire fort i atlètic, que s'assemblava molt al Paolo, tal com l'havia vist la primera nit. Intentava, una vegada i una altra, d'encistellar una pilota, però no hi havia manera que l'encertés, i jugava amb una mena de fúria continguda, s'esbatussava amb el món mentre llançava aquella pilota que no volia entrar.

—Ens esperem aquí, una mica? —vaig proposar, assenyalant un banc a l'ombra, vora la pista de bàsquet. El papà i l'Hortènsia seguien endavant, agafats de la cintura, i el Pol i la Lorena s'havien quedat endarrerits.

—I tant. Seiem on tu vulguis, xata —va dir, molt en el seu estil. Vam seure, i el Robert em posà la mà damunt de l'espatlla. Jo duia una samarreta fúcsia sense tirants, d'escot banyera, i la mà del Robert començà a fer-me cercolets a l'espatlla. Sempre li agradava, fer aquell dibuix de cercolets, era la seva carícia particular.

—No sé ni com poden jugar, la gent, a aquestes hores. Els guiris són capaços de tot —sentencià el Robert, oblidant que nosaltres també érem guiris, allà. La seva mà va traçar uns quants cercolets més avall de l'espatlla, i el vaig deixar fer, sense apartar els ulls d'aquell jugador que s'assemblava tant al Paolo. Fins i tot el perfil, el front, el nas, el mentó. I si tothom s'havia equivocat? I si ho era? Tothom havia dit que que el Paolo era mort, fins i tot n'havien llançat les cendres al mar, però com que el rostre havia quedat desfigurat, bé podia haver-hi hagut un error, una confusió enmig de tot aquell caos. Altres vegades havia passat, enmig d'algun gran desastre s'havia enterrat un mort en lloc d'un altre, i el que representava mort reapareixia viu.

Li havia de veure la cara. Però l'home es mantenia tota l'estona a l'altre extrem de la pista, vora la cistella de la zona d'ombra. El Robert deixà la fase dels cercolets per passar a la dels petonets al coll, però en aquells moments jo era incapaç de respondre-li, seguia garratibada al meu seient amb la creixent certesa que aquell home era el Paolo. Tot d'una es giraria, veuria que jo era allà i em vindria a saludar.

—Què et passa, Andrea? —preguntà el Robert, aixecant el cap.

—No res. És que fa molta calor —vaig intentar dissimular.

—Tens raó. Anem a un lloc més fresquet? —suggerí el Robert—. Mira, fins i tot el jugador ja s'ha cansat.

L'home es girà cap a nosaltres. El cor em féu un sotrac: s'assemblava increïblement al Paolo, però no ho era. Semblà dubtar entre saludar-nos o no, però finalment no ho va fer i se'n va anar per la porta oposada a on sèiem. Vaig respirar fondo, encara impressionada.

—Què, ja l'has mirat prou? —va preguntar el Robert, que m'observava amb una certa estranyesa—. Qui era? Un expassatger de l'*Ulysses*?

—M'ho semblava, però ha resultat que no.

—Andrea, t'has de fer el càrrec que tot allò ja ha passat. Fa un any! Te n'has d'oblidar, del naufragi.

—No, si no és pel naufragi —vaig dir-li, aixecant-me. Ell també es va aixecar, i vam tornar a agafar la ruta del senderol de grava, cap als bungalous. Pel camí vam trobar uns gronxadors una mica rovellats, plantats a la gespa. Em vaig asseure en un, pensarosa, i vaig començar a gronxar-me. El Robert s'enfilà a l'altre, dret, com un equilibrista, i es posà una mà al front com si fos una visera.

—Terra a la vista! Terra! Ui, em sembla que la terra s'inclina. Oh, no, m'he equivocat! Uix! El vaixell s'enfonsa, la cosa es posa lletja. Sabeu què us dic, nois? Jo toco el dos! Què, ja saps qui sóc? —preguntà el Robert, saltant del gronxador i venint al meu costat—. Ep! Bona tarda! No saps a qui he imitat? Tan mal imitador sóc?

—No, és clar. Imitaves el capità de l'*Ulysses* —vaig admetre, sense ganes—. Però les coses no van anar així.

—No, oi? No. No van anar així? En fi, deixem-ho. Mala sort, noia! T'hauràs d'acontentar amb el que queda per aquí! —va esclatar, assenyalant-se a si mateix. Vaig saltar del gronxador i em vaig posar a córrer sense rumb, per la gespa resseca. Dels gronxadors es passava al minigolf. Em vaig aturar al davant d'un bassalet que imitava un estany, coronat per una escultura en forma de sirena, amb un forat a la boca. M'hauria agradat plorar, però no em sortia. Estava massa enfadada amb el Robert, que ho endevinava tot, i amb mi mateixa, que pensava en qui no havia de pensar.

El Robert de seguida arribà fins on era jo.

—Perdona, no t'ho havia d'haver dit. El que va passar, va passar, però l'hauries d'oblidar, el comsedigui d'imbècil aquell del capità. Va cagar-la, i després va rectificar i es va morir. Caput! —va exclamar, empipat, clavant una puntada de peu a les pedres del terra, que van respondre amb un nuvolet de pols. Vaig tornar a mirar la sirena del minigolf, amb el seu forat a la boca per entomar les pilotes, mentre el Robert, girat d'esquena, feia veure que contemplava el mar. O potser el contemplava de debò. Tenia raó. Havia d'oblidar-me de tot i seguir endavant. Vaig caminar de puntetes fins al seu darrera i, de cop i volta, vaig tapar-li els ulls amb les mans.

—Eh! —cridà bruscament. De seguida, però, m'agafà les mans i em va fer girar cap a ell.

—Estima'm, Andrea. *Amami, Andrea.* A mi i a ningú més —va dir, recolzant el front contra el meu.

—*Amami, Alfredo*. És de *La Bohême*...*Amami, Alfredo* —vaig cantussejar.

—Tant me fa, de qui sigui.

—Vull dir *Amami, Roberto*.

—Això ja està més bé —va dir el Robert, i em va posar un dit als llavis, perquè callés. Quan em posava nerviosa no parava de dir ximpleries. Em va fer un petó suau, i li vaig tornar. A poc a poc, les imatges del passat es van anar desdibuixant, substituïdes per un intens i càlid present.

Aquella nit, abans d'adormir-me, vaig buscar la música de l'*Adagietto* de Mahler a l'MP3. Les llàgrimes van brollar de seguida, càlides, gairebé dolces. Vaig deixar que sortís tota la tristesa, el nus que tenia per dintre des que havíem arribat a l'illa, des que el creuer va naufragar, i potser des d'abans, des de sempre. Vaig amarar-me d'aquella nostàlgia infinita, i després em vaig adormir.

3. *Excursió a l'isola dei Cavoli*

Hi havia un oreig viu, l'endemà al matí, quan vam arribar al port de Villasimius per pujar en el vaixell turístic que feia el trajecte cap a l'Illa de les Cols i la Madonna del Naufrago. El cel era d'un blau molt pur i les espurnes del sol es reflectien en la dansa trencada de les ones. Al final el papà i l'Hortènsia s'havien estimat més quedar-se a l'hotel; l'Hortènsia tenia molta por de marejar-se, i potser de tornar al mar. El papà de seguida accedí a canviar l'expedició marinera per una bona mariscada en algun restaurant dels voltants. Abans de marxar de l'hotel, tots dos m'havien regalat una capseta de joieria. A dins hi havia unes arracades en forma de dofí, molt semblants a les que havia perdut en el naufragi. Ni eren ben iguals ni tampoc tan bones, però vaig fer veure que no ho notava, me les vaig posar de seguida, i els vaig abraçar a tots dos.

El Pol semblava molt il·lusionat amb la idea de tornar a anar amb vaixell. A la Lorena també li feia peça, i el Robert i jo havíem fet jurament de besar-nos a l'altura de la *Madonna del Naufrago* i prometre que ens estimaríem sempre, però aquella vegada de veritat. De primer, l'excursió es dirigia a l'escultura submergida, al nord de l'illa, ran del far situat a uns 40 metres d'alçada. Un cop allà podríem fer una apnea fins a l'escultura, banyar-nos o quedar-nos a bord. Després arribaríem a l'illa, visitaríem el far, menjaríem uns entrepans i ens prepararíem per a la tornada.

Encara que feia el cor fort, em va costar de no fer-me enrere just en el moment de pujar a la barca. Em vaig quedar encallada a l'extrem de la passarel·la, mentre el Pol saltava cap a dintre amb decisió. El Robert i la Lorena ja eren a dintre, buscant seient.

—Dóna'm la mà, Andrea —va dir el Pol, tornant a buscar-me. No s'havia de fer res, només era un passet des de la punta de la passarel·la fins a l'interior de la barca, però tot d'una no me'n sentia capaç.

—Ostres, Pol, això és més difícil del que semblava —vaig dir, sense gosar fer la gambada. M'agafaven unes ganes terribles d'arrencar a córrer terra endins. I si trobàvem mala mar? I si aquella excursió no era gens bona idea, no era sinó una provocació als déus del mar, i si ens passava com a l'*Ulysses*?

—Calma't, Andrea, no passarà res —va dir el Pol. M'agafà de la mà i m'arrossegà cap a dintre. Vam seure tots junts, una mica comprimits, en el banc que hi havia al centre, rere el timó. Jo em vaig posar entre el Robert i la Lorena, mentre el Pol ocupava el seient del costat del mar. Una mica després sortíem del port de Villasimius, amb el vent fregant-nos la cara. El Robert m'agafà la mà.

—Tot va bé, bonica?

—Sí, sí. Mentre no plogui, tot va bé.

—Ploure? Si fa un temps fantàstic! —protestà el Pol.

—Al teu germà li encanta el mar, oi, Andrea?-preguntà la Lorena, en veu baixa

—Sí, i tant! No para de dir que vol ser mariner.

—A mi m'agrada navegar —va assegurar la Lorena, seriosa—, encara que no he navegat mai. Només un cop, amb aquelles barques del llac de Banyoles.

—Unes que hi va haver un accident?

—Sí, però quan hi vam anar nosaltres ja les havien arreglat.

Vam restar en silenci, mentre la llanxa sortia del port. De mica en mica, em vaig anar tranquil·litzant. La mar no estava gaire moguda. Vaig agafar el mòbil i vaig mirar si hi havia algun missatge, dels amics o de la mamà. Però no n'hi havia cap, i això que era el dia del meu aniversari. Els amics encara, però la mamà…Mamà, mamà. Ara mateix devia estar viatjant rumb al Canó del Colorado. Tot d'una, mentre solcàvem aquella mar viva i astuta a la recerca d'una verge submergida, d'un record, d'un motiu, vaig enyorar la molt la mamà. Era un enyor quasi físic, com una mà que m'oprimís el pit i no em deixés respirar. Vaig agafar el mòbil i li vaig escriure un missatget: "Mamà, som a Sardenya, a veure la *Madonna del Naufrago*. Petonets, Andrea i Pol".

—Pol, li envio un SMS a la mamà, eh? —vaig dir, cridant per sobre del soroll del motor, i li vaig allargar el mòbil per si volia afegir alguna cosa.

—Molt bé! N'has rebut un i el tens per obrir, ho has vist? —va respondre'm el Pol, mentre me'l tornava.

Vaig obrir-lo sense saber d'on venia, i em vaig quedar clavada tot llegint el missatge. "*Ti penso sempre*", havia escrit algú sense nom, sense firma: trucada oculta.Era el vell missatge del Paolo, que, per algun motiu, s'havia tornat a activar. Vaig mirar la Lorena, segura que m'havia posat vermella, però per sort estava distreta mirant el paisatge des del mar. Vaig guardar el mòbil a la butxaca, resant perquè se'm calmessin els batecs del cor.

—No et fa cosa, de tornar a ser enmig del mar?-em va preguntar el Robert.

—Sí, però també m'agrada…És com si hi hagués alguna cosa meva, aquí dins —vaig dir. El Robert em féu uns copets al braç abans de tornar a mirar endavant, mentre el Pol feia fotos de tot, com si li paguessin per fer un reportatge. Vaig esbossar un somriure nerviós dedicat a la Lorena, i vaig procurar fer veure que no passava res. Sí que passava: fer aquella excursió, recordar l'Ulysses, era, també, reviure tot el que ens havia passat aquella nit desastrosa, sentir un cop més el vertigen del naufragi gravitant sobre la columna vertebral, notar l'ombra negra del no-res que ens esperava ajaçat al fons de les aigües. Tot d'una el Pol em va fer una fotografia, i després li demanà al Robert que ens en fes una a tots dos.

—Per recordar-ho sempre —va dir, amb un somriure tens, com si calgués cap foto per recordar-ho. El vaig mirar als ulls i vaig saber que ell també estava patint, però feia el cor fort, com jo. Així com l'Hortènsia no s'havia atrevit ni a tornar a embarcar, i al papà no li havia fet massa gràcia, el Pol i jo sabíem que si no tornàvem algun dia al mar potser ja no hi podríem tornar mai. I el mar era molt mar per renunciar-hi!

L'excursió seguia el seu curs, i el vaixell tombà cap al nord.

—"Ara ens aproparem a la Madonna del Naufrago" —vam sentir pels altaveus d'informació turística, i una cinta gravada començar la història d'aquella escultura—: "Realitzada per un artista sard, Pinuccio Sciola, és l'escultura més gran de les que poden trobar-se submergides en el Mediterrani: tres metres i mig d'alçària, més de cinc tones de pes. S'ha convertit en la fita de molts turistes locals i estrangers que practiquen el submarinisme i decideixen submergir-se 10 metres per poder veure l'escultura, que representa una mare en l'acte suprem d'amor de salvar un nadó de l'ofec definitiu entre les aigües".

Als vídeos del YouTube, que havíem vist a l'hotel, l'escultura feia una mica de mal efecte perquè el granit estava recobert per una capa d'algues i microorganismes marins. L'Sciola no era Miquel Àngel, ves, però la *madonna* tenia un què, tan adusta, tan trista, elevant aquell pobre nadó entre els braços. El vaixell s'aturà en una zona marcada amb unes boies, des d'on es veia clarament l'orografia costeruda de l'illa, i uns quants passatgers van posar-se vestits de neoprè i bombones d'oxigen per fer la immersió fins a l'escultura. També n'hi havia alguns que hi baixaven sense bombones, fent apnea. Nosaltres quatre ens vam limitar a treure'ns les samarretes i els pantalons que portàvem per damunt dels vestits de bany; amb una nedada refrescant ja en tindríem ben bé prou.

—Jo, si hi hagués equip, potser m'animaria a baixar fins a l'escultura —digué llavors el Robert, que era un pou de sorpreses.

—Però tu saps bussejar, Robert? Això és a 10 metres, eh? —vaig dir, esgarrifada.

—Deu metres no és res! —presumí el Robert—. Vaig a veure si ha sobrat algun equip, potser me'l podrien llogar....

—Doncs si tu hi vas, jo també m'animo —féu el Pol, que havia fet cursets d'immersió a la Inter. Jo també n'havia fet, però havia patit moltíssim i no pensava repetir-ho mai més.

—Vigileu, eh, nois? —recomanà la Lorena, quan va veure que la cosa anava de debò. El lloguer dels equips valia força calerons, però el monitor del grup va assegurar que en duien de sobres i que, tractant-se de nosaltres, expassatgers de l'*Ulysses* , ens faria un bon descompte. La Lorena i jo vam decidir esperar els nois des de l'aigua, i vam acostar-nos al mar per una escaleta del vaixell. A mi em feia una mica de respecte, banyar-nos en mar obert, però feia molta calor i la frescor de l'aigua era una temptació irresistible. La Lorena va baixar primer, i llavors jo vaig comptar fins a tres i m'hi vaig submegir d'un salt. Les ones verdes i blaves em van embolicar com un mantell poderós. Vaig mullar-me els cabells, els ulls, vaig deixar que l'aigua m'entrés per les orelles i refresqués tots els meus porus, i tot d'una m'assetjà la idea que en aquella mar salvatge i profunda hi havia encara alguna cosa del Paolo, de les seves cendres, de l'amor que m'havia transmès per aquell illot feréstec, per la verge submergida, pels plaers i les belleses de la vida. Vaig recordar un vers que ens havia ensenyat la de català: Cavalca la plena vida vers la mar sense fi. A l'hora de la veritat, a l'hora de l'amor i de la mort, llavors sortia, la poesia?

—Ep! Noies! Que saltem!

El Pol i el Robert cridaven perquè els féssim cas: vestits de neoprè, amb les bombones, esperaven les indicacions del noi que feia de guia per a la immersió.

—Compte, Robert! —vaig cridar, a l'últim moment. M'havia agafat por, un temor supersticiós que alguna cosa passaria. Les immersions eren perilloses, el Robert i el Pol no estaven entrenats i els podia passar qualsevol cosa, una rampa, un desmai.

—Sí, mama! —se'n rigué el Robert. Ell i el Pol van saltar pulcrament i es van submergir sense problemes. La immersió no va durar gaire, però no vaig estar tranquil·la fins que vaig veure sortir el Robert i el Pol, contents i esverats, comentant la impressió que feia l'escultura, de lluny, perquè ells no havien arribat a poder acostar-s'hi. Vam tornar al vaixell per seguir l'excursió cap a l'illa, i mentre ens allunyàvem de l'escultura, vaig tancar els ulls i vaig pensar en els nàufrags de l'*Ulysses*, els pobres que, com l'Hèctor, la María, els avis de l'Aina o el Paolo, no havien tingut cap marededéu que els allargués una mà salvadora.

—Pare nostre que esteu en el cel… —vaig començar a resar, en veu baixa, tímidament, i, per sorpresa meva, el Robert, la Lorena i el Pol també es van afegir al meu parenostre.

La visita al far va estar bé. Era molt gran, però no s'hi podia entrar, i les anècdotes que explicava el guia sonaven una mica forçades, apreses de memòria. Sense el Paolo, allò semblava una excursió de les de l'Institut. Així que vam poder, vam campar per les nostres, i vam buscar un lloc per menjar-nos l'entrepà. Tots aquells verals estaven ocupats per la mateixa col endèmica de l'illa, la que li donava nom, la que ens havia fet riure amb el Paolo. Però ell, com la iaia, ja no hi era ni hi seria mai més.

Força abans de l'hora d'embarcar ja rondàvem pel davant

del vaixell, amb ganes de tornar a algun lloc on almenys poguéssim comprar-nos una postal o menjar un gelat.

—Aquesta nit podríem anar de marxa, eh?-féu el Robert, quan vam tornar a ser a bord del vaixell turístic-. Hem de celebrar l'aniversari de l'Andrea, i…i…

—I hem de celebrar que encara estem vius-completà el Pol, tot seriós.

—Bé hi deu haver alguna discoteca, no, al poble aquest de Villasimius? —demanà la Lorena.

—És clar que sí —vaig dir, encara que en aquells moments no tenia gens de ganes d'anar-hi. L'excursió m'havia deixat una mica de mal de cap i un fons intens de malenconia, de ganes de plorar tota sola, de deixar anar la tensió i els nervis. Vaig tornar a mirar el mòbil per poder llegir l'antic missatge del Paolo.

—Qui t'ha escrit? —va preguntar la Lorena, amb curiositat.

—Oh, ningú. Era un missatge vell —vaig fer, i el vaig apagar. El Robert em mirà, inquiet.

—Tot va bé?

—I tant, però m'ha agafat una mica de mal de cap.

—Oh, pobra…—es compadí el Robert.

—Se'm passarà! És el meu aniversari.

La tornada va ser més ràpida que l'anada, perquè anàvem a favor del corrent, i va ser com si el vent se m'endugués el mal de cap i la melangia. En arribar al port, vam trucar al papà i a l'Hortènsia per dir-los que estàvem bé i que aniríem a fer una pizza i a mirar si trobàvem algun lloc per anar de marxa. Només vam trobar un local molt tronat, on pel preu de l'entrada també et donaven un tall de pizza i una consumició. A Sitges hi hauríem passat de llarg, però allà, animats, vam estar ballant fins que van tancar el local. Vam tornar al Marina Spa Resort de matinada, caminant i cantant pel camí, cansats però feliços.

Un cop al bungalou, mentre els nois es preparaven el sofà

llit, la Lorena i jo vam entrar a la nostra habitació de noies, ens vam posar els pijames i vam parlar una mica d'ells dos, del meu germà i del seu cosí. Però aviat la Lorena també s'adormí com un soc. Llavors vaig sortir al porxo, procurant no despertar els nois que dormien al sofà, i em vaig asseure a fora, en una de les cadires de vímet, de cara a una lluna que començava a ser invisible mentre els dits rosats de l'aurora tenyien de llum el cel nocturn.

Vaig rellegir un cop més el missatge del Paolo al mòbil, "Ti penso sempre". En el meu record hi bategava encara el ressò d'aquella emoció poderosa que ens havia unit, al Paolo i a mi. Vaig saber tot d'una que era per recrear aquell lligam fràgil, amb prou feines real —però tan real en el fons— que valia la pena de de lluitar, d'estudiar, de llegir, de fer música, de pintar, de ballar, de navegar, d'escriure. De viure i de morir. "Anche io", vaig teclejar. No ho havia de fer, no ho podia fer. El Robert m'estimava, i jo també. Li ho havia promès. Vaig esborrar el vell missatge del Paolo i el meu, i després vaig plorar fins que el cor em va dir prou.

4. Cor Rosa.

A finals d'estiu, la tele i els diaris van tornar a parlar de l'*Ulysses* amb motiu del seu enfonsament definitiu . Unes fortes tempestes, que havien assolat el golf de Nàpols, van propiciar el moviment del banc de sorra on s'havia quedat encallat el creuer i els corrents marins l'empenyeren cap al fons, ja que estava mig inundat i, per la posició, no va trigar gens a inundar-se del tot.

Em va impactar més del que em semblava tornar a veure les imatges de l'*Ulysses* per televisió, no tant pel vaixell en si, sinó perquè els periodistes ho van aprofitar per remoure totes les aigües brutes del naufragi. Van tornar a sortir les fotos antigues del capità Zanetti per televisió, i les de la seva família, amb la vídua, "retirada a Lido de Iesolo amb les seves filles"; vam tornar a sentir les històries tràgiques de l'Hèctor, la María i els avis de l'Aina. El Paolo solien deixar-se'l, resultava més com a traïdor que com a víctima. També parlaven de la cantant que semblava l'Aretha Franklin, la que havia rodolat per la coberta, sense saber nedar, i s'havia ofegat malgrat que un passatger li havia llançat una bossa plena de diners, per intentar ajudar-la.

I parlaven de dos periodistes *freelance* que s'havien fet passar per corresponsals de la revista *Cruising Today* i que ara n'eren de debò, després que la revista els contractés per cobrir la zona dels creuers de l'Índic, on hi havia hagut alguns atacs dels moderns pirates somalians. Eren, sens dubte, el Brad i la Susan, però, per sort, no els relacionaven amb mi. La denúncia que havíem fet a Capri no devia haver prosperat, o devia ser insuficient per poder perseguir-los fins a latituds tan allunyades. Però si l'Hortènsia hi veia alguna possibilitat, sens dubte els empaitaria fins a la fi del món.

Més en segon pla, però també atractives per a la gent, van començar a sorgir les històries secundàries: per què s'havien sentit unes veus reivindicatives per la megafonia del vaixell, immediatament abans del tall de llum; quin paper hi havia tingut un tal Edwin Reina, un tripulant molt actiu, retirat a Manila, que havia estat vist en converses amb els periodistes *freelance*; qui era la noia rossa que fonts ben informades relacionaven amb el capità... Veure tot allò, reviure-ho, ens va posar en un estat de tensió inevitable, al Pol com a mi, però sobretot a mi, que cada cop que es parlava de la "noia rossa" m'imaginava algú traient a la llum una fotografia del meu ball amb el capità, o *paparazzi* d'aquells buscant-me per Sitges, per interrogar-me sobre l'estada al *Cocktail's Lounge* i sobre la meva relació amb la Susan i el Brad.

Em feia tanta por que tot saltés a la llum i ens esquitxés, que vaig passar aquells dies de finals d'agost tancada al pis de la iaia, alternant la lectura amb la recerca obsessiva de noves notícies sobre l'*Ulysses* —n'hi havia moltes, i per tot arreu— que m'impliquessin amb un dit acusador i fessin saltar pels aires la comporta de seguretat que havia anat teixint tot aquell temps entre el creuer i jo, entre el record del Paolo i jo.

Només en podia parlar amb el Pol, però no del tot, tampoc. Ell no sabia que al final s'havia produït el sabotatge, i, si ho sospitava, mai no me'n va voler dir res. Jo tampoc no li vaig dir que havia trobat el capità a l'espigó de Capri, en aquell estat lamentable, perdut i desorientat, fins que va decidir tornar al creuer. Allò no ho sabria mai ningú. Li ho devia al Paolo, que havia trobat la mort fent el que havia de fer.

El Pol no tenia aquella obsessió per les notícies i estava més tranquil que jo; sortia amb la Lorena, anava a pedalar amb bici i es va apuntar a un curs de vela lleugera que el feia anar al mar, dia sí i dia també. Després tornava, dinàvem junts amb la María Aurora i vèiem el telenotícies i el programa *Cor Rosa*. Allà va ser on va sortir primer la famosa foto, la del meu ball amb el capità.

—*¡Señorita! ¡Es usted!*-es meravellà la María Aurora, quan em va veure a la tele. Vaig abaixar els ulls, avergonyida. Tots dos sortíem de blanc, el Paolo i jo, la nit del sopar del capità, ballant el vals com si ens haguéssim casat. Els diaris publicaven, dia sí dia també, aquelles fotos de Iesolo on es veia la família Zanetti, les noies amb cara d'estar cansades de tot plegat, la dona més lluitadora, entre fastiguejada i felina.

Vaig contenir l'alè i vaig esperar a veure què en dirien, de mi, en el programa *Cor Rosa*.

—"La noia rossa que es relacionava amb el capità és, segons les nostres fonts, una noia sitgetana, Andrea Planes, que viatjava amb els seus pares i el seu germà. Testimonis pròxims a la tripulació del creuer remarquen que la noia i el seu germà van ser convidats al pont de comandament durant les arriscades maniobres de la "salutació marinera" que va acabar propiciant el naufragi del vaixell."

La María Aurora va escoltar tot allò amb cara d'indignació, arrufant una mica aquell nas graciós. Va aixecar-se, agafà el comandament i apagà el televisor.

—*Póngase a leer, señorita. No vale la pena...*

Em vaig arronsar d'espatlles i vaig agafar el comandament per tornar a engegar la tele.

—*Prefiero saber lo que dicen.*

Cor Rosa havia saltat cap a "dos altres protagonistes del naufragi", la Susan i el Brad. Sortien al davant d'un vaixell tronat, que asseguraven que pertanyia a un dels expirates de més renom de la costa de Somàlia, a qui estaven intentant convèncer perquè els concedís una entrevista. Mentrestant, ells dos s'embarcarien en el *Paradise of the Seas,* un creuer germà de l'*Ulysses*, per comprovar *in situ* la seguretat de les rutes de l'Índic. Vaja, que s'ho havien muntat bé, com sempre. Anaven vestits d'una manera una mica estrafolària, com si imitessin els pirates de les pel·lícules, no pas els dels pirates moderns que ells volien entrevistar, més semblants a terroristes o guerrillers. El Brad duia una camisa blanca, ampla, que voleiava al vent. La Susan portava el cabell tapat amb un mocador verd, nuat al clatell, i una única arracada. En un moment, la càmera va enfocar un primer pla del rostre de la Susan, i vaig veure que l'arracada tenia forma de dofí. Em vaig acostar a la pantalla, amb el cor bategant. Era la meva arracada perduda! Vaig estar a punt de fer un crit, però el Pol em mirava, i vaig aconseguir dissimular.

Tot seguit, *Cor Rosa* va saltar a una altra notícia: el casament d'un futbolista del Barça i una cantant famosa. La María Aurora va posar la telenovel·la, i el Pol i jo ens vam quedar mirant.

—Hosti, Pol. Hem sortit a *Cor Rosa.* Ens farem famosos!

El Pol s'arronsà d'espatlles.

—Tu, has sortit. Bah, vols dir que n'hi ha per tant?

Com si volgués respondre-li, el telèfon començà a sonar. Eren de *Cor Rosa*, i em volien fer una entrevista, a mi i a tota la família. Vaig dir que sí.

Al cap d'una estoneta, vaig sentir uns trucs a la porta: era el Pol. Em vaig aixecar del llit on solia estirar-me una estona abans de posar-me a llegir, i on, darrerament, des que ja ho havia llegit tot, mandrejava fins que passava la tarda.

—Germaneta —començà a dir el Pol, mentre mirava les fotos de la paret, la majoria meves amb el Robert, però també alguna del creuer.

—Tu creus que va arribar a passar, allò del sabotatge? Ho dic perquè, quan hi hagi el judici...

—Si és que n'hi ha!

—N'hi haurà, hi ha hagut morts, i pèrdues; l'Hortènsia ho està organitzant tot per participar-hi i aconseguir que recuperem el que vam perdre.

—Bé, doncs que n'hi hagi!

—Sí, però llavors sortirà tot a la llum, i si no has dit res...

—No he de dir res; ni va passar res ni diré res.

—Però i allò que es va sentir pels altaveus? Andrea, és millor que ho expliquis, si saps res. Ho acabaran descobrint igualment.

Vaig mirar-me les mans entrellaçades, sense saber què dir. Un cop més, el Pol tenia raó.

—En parlem amb l'Hortènsia?-insistí el meu germà—. Vaig a trucar al papà.

Però abans que poguéssim trucar nosaltres, se'ns van avançar ells. Moltíssima gent havia vist la meva foto a *Cor Rosa*, van dir, i els havien avisat de diversos mitjans locals i nacionals demanant entrevistes. Ells havien dit que no i ens trucaven perquè volien que diguéssim a tothom que no. L'Hortènsia, com a advocada, trobava més prudent de no fer declaracions, tenint en compte que havíem presentat una demanda contra la companyia de creuers.

—Només hi ha un problema —vaig dir-li a l'Hortènsia, per telèfon, quan ella acabà el seu discurset.

—Quin?

—És que jo ja els he dit que sí.

—No passa res! Hi truquem i els diem que és impossible, que no ens ho havíem pensat prou bé.

L'endemà, a *Cor Rosa,* van tornar a treure notícies de l'*Ulysses*: unes imatges del Brad i la Susan en el seu creuer per l'Índic; una fotografia del Paolo en el pont de comandament i la nostra foto del vals en el creuer. Després, però, van posar una altra foto meva: la que m'havia fet el Brad després de caure a la piscina, amb el vestit groc arromangat fins a la cintura. La locutora s'hi va entretenir una estoneta:

—"La protagonista d'aquestes fotos ens havia concedit una entrevista, però algú l'ha obligada a restar en silenci. Què s'amaga rere aquest silenci de l'Andrea Planes, la misteriosa noia del creuer?"

Vaig fer un salt en el balancí, mentre el Pol esclafia la riallada.

—Andrea, no te'n surts! De noia del descapotable a noia del creuer...almenys, vas pujant de categoria.

Li vaig llançar al cap un coixí dels de ganxet de la iaia, encara que en el fons li agraïa que s'ho prengués rient, sense dramatismes. L'Hortènsia, en canvi, tot allò ho carregava d'unes tintes massa negres i exagerades.

—Si em deixessin fer l'entrevista, ho tallaríem aviat, tot això —vaig rondinar. A mi em feia gràcia, sortir a la tele, i la María Aurora estava d'acord amb mi. Però el papà i l'Hortènsia s'imaginaven que revelaria qui sap quin gran secret.

Al cap de poc, trucava l'Hortènsia.

—Ho has vist, nena? A *Cor Rosa*... Ha sigut pitjor el remei que la malaltia.

—Ja t'ho vaig dir.

—Doncs direm que sí a l'entrevista. Però ho hauríem de preparar una mica. Venim a sopar aquest vespre?-proposà l'Hortènsia.

—Vinga, veniu! Demanarem pizzes. Hortènsia...

—Què?

—Gràcies.

5. *Sopar de pizza*

El papà, l'Hortènsia, el Pol i jo, més la María Aurora, i la Lorena i el Robert, que també estaven pendents de la tele i volien saber les últimes novetats, vam preferir baixar a la pizzeria del Cap de la Vila que no pas demanar unes pizzes encartronades. Amb tanta gent, però, costava de centrar la conversa, i a mi ja m'anava bé. Què podien voler saber, a *Cor Rosa*? Era evident que jo havia ballat amb el capità, i ja està. També havia conegut el Brad i la Susan, sí. I havia parlat amb l'Edwin Reina, i amb els pobres Hèctor i María, que s'havien ofegat per atendre un minusvàlid i la seva dona. Això és el que diria, vaig exposar, mentre els altres es llançaven sobre les respectives Quatre Formatges, Quatre Estacions, Marinera, Arrabiatta, Carbonara i Calzone.

—I ja està? —féu l'Hortènsia, respirant fondo.

—Oh, i tant —vaig assegurar, mirant cap al Pol perquè no deixés anar la paraula "sabotatge". El Pol va abaixar el cap.

—Et buscaran murga, els de *Cor Rosa* en saben molt. No veus que treuen coses dels reis, dels famosos, de les models i tot això? —va dir el Robert.

—Aleshores parlaré de la Susan i del Brad. Tela, amb la Susan i el Brad —vaig fer, rancuniosa.

—Per què ho dius? —preguntà l'Hortènsia, interesada.

—Ells ho van manegar tot, i després ho van fer petar quan els va interessar.

—El què, van fer petar? No ho entenc —digué el papà. El Pol em mirava amb ulls d'assentiment. Des del principi ell havia volgut que ho expliquéssim, i potser si li hagués fet cas, hauríem pogut evitar tot aquell desastre.

—Buscaven tema per al seu reportatge. Per això van parlar amb membres de la tripulació com l'Edwin, l'Hèctor i la María. Es tractava que denunciessin les seves condicions laborals, que promoguessin una mena de revolta interna.

—Un motí?

—No, no tant. Simplement, volien cridar l'atenció. Tallar

la llum durant uns minuts, i explicar per megafonia el que els estava passant, el tracte injust que estaven rebent.

—Bufa! I tu també hi estaves ficada? —preguntà l'Hortènsia.

—No, bé, sí —vaig confessar, i en fer-ho vaig notar que em treia un gran pes de sobre—. Jo havia d'entretenir el capità.

—Per què? Què farien, mentrestant?

—Provocar el *black out.*

—Òstimes!-engegà el papà.

Tots es van quedar callats, mirant-me.

—Això no ho has de dir —digué l'Hortènsia—. Hi va haver morts. Encara us la carregaríeu.

—No va ser culpa d'això, l'accident! El Pol ho va veure. Hi havia tempesta, es van inutilitzar els aparells, i, a més, érem massa aprop de la costa, per això vam xocar.

—El vaixell va naufragar perquè va xocar contra aquells esculls famosos—va adduir el Robert—, això ho han dit per tot arreu. I no hi havia d'haver anat, fins allà, el senyor capità.

—L'hi van fer anar perquè hi havia el president de la Companyia, i perquè fes publicitat. Ja ho havia fet altres vegades, ho coneixia perfectament— vaig dir.

—Ara sí que no ho entenc. Coneixia tot allò perfectament, ja ho havia fet altres vegades, i després va i xoca? Com va ser, això? —insistí el Robert.

—Ell no pilotava en el moment de sortir del golf de Nàpols, era l'*officer* Stewart, qui es va trobar amb el *black out*, i, amb el vaixell a la deriva, va recular massa i va acabar xocant contra els esculls —va explicar el Pol—. En canvi en Zanetti va redreçar la maniobra i per això el creuer no va anar mar endins. Això ho va fer bé, s'ha de reconèixer.

—En algun lloc també he llegit que potser va ser el xoc, el que va provocar un *black out*— féu el papà.

—Això li interessaria més a la companyia, perquè demostraria que l'error va ser del tot humà, mentre que el vaixell era plenament segur. Deu haver-hi testimonis del contrari, però;

per això devien deixar de donar aquesta versió— reflexionà l'Hortènsia.

—I per què heu dit que el capità no pilotava, en el moment del xoc? On era? —preguntà el papà, tot estranyat.

—Era al *Cocktail's Lounge,* sopant amb mi—vaig fer, avergonyida, i em vaig posar tan vermella com el meu vestit.

—Nena, et prohibeixo que vagis al *Cor Rosa* —digué el papà—. Si saben tot això, no en sortiràs sencera, o bé s'ho inventaran tot!

—S'ho inventaran tot tant si hi vaig com si no hi vaig, papà. No vull que em vegin acovardida, i m'agradaria defensar l'Edwin i la tripulació, els ho dec.

—Ja has sentit com et deien: la noia del creuer. Segur que vols passar per tot això?-demanà el Robert.

—La noia del descapotable, la noia del creuer...Potser ha arribat el moment de ser l'Andrea Planes i Ventosa, què hi dieu?

—En un judici, el punt seria saber què va provocar el *black out,* al final: si els tripulants insurrectes, o bé la tempesta, o fins i tot el xoc.O bé què va provocar el xoc —precisà l'Hortènsia.

—Buf! Sona molt complicat, escatir tot això. Ho mataran abans —opinà el papà.

—I més ara, que el creuer ja s'ha enfonsat del tot. Els tripulants compromesos no parlaran, entre altres coses perquè alguns ja són morts...El Brad i la Susan també s'hi juguen massa, no ho esbombaran.

—Quedarà com que va ser la tempesta que va provocar el *black out,* és més còmode per a tothom.

—I a més, devia ser així, realment —va dir el Pol. Ens vam mirar els uns als altres, sense saber què dir. Les restes de pizza, freda, ja no ens venien de gust, i vam acabar demanant uns gelats i celebrant que seguíem vius. L'*Ulysses* s'havia endut molts secrets al fons del mar, com tots els vaixells que naufraguen, però nosaltres havíem aconseguit sobreviure i no l'oblidaríem mai.

6. *L'entrevista*

L'endemà, quan vaig trucar a *Cor Rosa*, la presentadora em va dir que no calia que anés al plató; ja vindrien ells a Sitges, per gravar sobre el fons de la Punta, que sempre quedava molt bé. Em van citar per l'endemà a la tarda, perquè deien que hi havia una llum més bonica per al rodatge. Tot el matí me'l vaig passar nerviosa, preparant preguntes i respostes amb l'Hortènsia, i després emprovant-me els models més convenients —uns texans curts i una samarreta de ratlles marineres, vam decidir, seria el més adequat— i anant a la perruqueria per allisar-me la cabellera, encara que el vent segur que la tornaria a deixar igual. L'*Eco de Sitges*, el Canal Local i les ràdios havien fet una certa publicitat de la presència de TV3 a Sitges, i quan vam arribar a La Punta hi havia un grupet de gent esperant-me, a part del cotxe de la tele i dels presentadors. Les amigues de l'Institut fins i tot havien fet una pancarta, "T'estimem, Andrea", i hi havia ambient de festa. Havíem quedat amb la presentadora que també parlarien amb el papà, l'Hortènsia i el Pol, com a testimonis directes, encara que la protagonista, per dir-ho així, fos jo.

La presentadora va fer una breu introducció, mentre les càmeres enfocaven cap a la Punta, i després ens va adreçar unes quantes preguntes: Com van viure la nit de l'accident? És cert que la tripulació no va fer res per ajudar-los? Realment el capità va abandonar la nau, encara que després hi tornés? Quan ja havíem anat responent i semblava que s'acabava, la noia es va adreçar a mi, m'apuntà amb el micròfon i em demanà, decidida:

—Explica'ns, Andrea, la teva relació tan particular amb el capità del vaixell.

En aquell moment va ser com si el temps s'aturés. Vaig tenir consciència de la gent que tenia al voltant, del remor de les ones, de l'expectativa que ho embolicava tot com una campana de vidre.

—Què vols dir? —vaig preguntar, per guanyar temps. La presentadora em mirà amb ulls burxadors.

—És cert que us vau fer amics íntims? Hi ha testimonis que us van veure ballant, fins i tot sopant junts, la nit de l'enfonsament.

—Això no té res de particular. Els capitans d'aquests creuers són més uns relacions públiques que no pas uns llops de mar, tothom ho sap —va intervenir el papà, per ajudar-me.

—En Paolo Zanetti tenia fama de donjoan, segons les nostres fonts —insistí la presentadora.

—El capità Zanetti sempre va tenir un comportament correcte amb mi —vaig assegurar.

—La seva vídua s'ha posat en contacte amb tu?

—De cap manera. Estic segura, a més, que ha d'estar patint molt per tot el que ha passat.

—Més pateixen les famílies de les víctimes que ell va provocar —féu la presentadora, amb un gest de menyspreu.

—Això no ho pot saber ningú —vaig replicar.

—D'acord, talleu! —va fer la presentadora, aixecant la mà, sense ni mirar-me. Després s'adreçà al papà, com si jo no hi fos—. Bé, doncs, això és tot, gràcies i bona sort.

—Quan ho emetran?

—Demà o demà passat, estiguin atents. De totes maneres, la gent ja està cansada d'aquest naufragi. Portem un any parlant-ne. Hi ha altres notícies més candents!

L'endemà, a *Cor Rosa,* la meva entrevista només ocupà uns pocs segons, entre els ecos del casament del futbolista i la cantant i el suïcidi d'un dissenyador de moda que havia aparegut en un ambulatori de Sitges, amb un ganivet clavat al cor.

Van aparèixer unes imatges de la Punta de Sitges, del grupet d'amics de l'Insti, amb el rètol "T'estimem, Andrea", i després ja veníem el papà, l'Hortènsia, el Pol i jo, mirant el mar des de l'escalinata. Llavors em van enfocar a mi, amb la samarreta de ratlles i els cabells esvalotats pel vent, mirant al buit amb expressió somniadora, i dient, amb veu pausada:

—El capità Zanetti sempre va tenir un comportament correcte amb mi.

La presentadora hi va afegir un d'aquells comentaris tan característics del *Cor Rosa:*

—Esclar que ens creiem l'Andrea, la noia del creuer...Però tot depèn del que s'entengui per un comportament correcte, oi que sí?-preguntà, picant l'ullet.

Van tornar a posar la foto del vals, amb un cercle vermell que subratllava les nostres cares tan juntes, el Paolo amb el cap inclinat xiuxiuejant-me alguna cosa a l'orella, i després ja van passar a ampliar la notícia del dia; l'estranya mort del conegut dissenyador de moda.

—Em sembla que aviat ja no serem notícia! —vaig exclamar, mentre la María Aurora posava la telenovel·la.

—Fins que arribi el judici —va dir el Pol, arronsant-se d'espatlles.

—Esperem que la justícia italiana sigui tan lenta com la nostra.Aleshores ja hauré acabat segon de Batxillerat.

—Uf, si és com aquí, llavors ja aniràs a la Universitat i tot.

—I tu seràs capità de vaixell...

—Ja m'agradaria, ja —féu el Pol.

—Doncs segur que podràs ser el que tu vulguis.

—I tu també, Andrea.

7. Només nosaltres.

Encara que vàgim sortir poc a *Cor Rosa*, tot plegat va fer molt rebombori entre els nostres coneguts i amics, que eren una bona colla. Després la notícia es va anar esvaint, com una gran bombolla de sabó que hagués esclatat amb dolcesa després d'enlairar-se cel amunt, sense que ningú en parés esment. El final d'agost desplegava per Sitges tota una munió de gent, pròpia i estranya, accelerada per acabar de fruir dels últims dies de platja i d'estiu. Jo sortia poc; tancada a casa, oficialment llegia i només cap al vespre anava a buscar el Robert al Voramar. A la pràctica, però, m'asseia davant del portàtil i devorava totes les notícies que trobava a Internet relacionades, d'una manera o altra, amb l'*Ulysses*. Vaig saber més de l'*Ulysses* en aquells dies que en tot el temps que hi havia passat a bord. Vaig buscar informació al Google sobre la tripulació, sobre el capità Zanetti, sobre l'*officer* Stewart, sobre l'Edwin Reina, sobre la Susan i el Brad. Em vaig subscriure virtualment a *Cruising Today*. Em vaig fer de l'Associació d'Afectats pel Naufragi de l'*Ulysses*, també virtualment i amb un nom simulat, perquè no volia que em tornessin a preguntar sobre la meva relació amb el capità. Vaig entrar en pàgines de la Marina espanyola on s'analitzava fil per randa l'accident que havíem patit —la versió tècnica, cal dir-ho, coincidia plenament amb la del Pol: aturada dels aparells, xoc amb inundació de la sala de màquines i posterior rectificació del rumb per part del capità—; i vaig trobar una web de Filipines dirigida per l'Edwin on, sota un gran SOS, es narraven amb detall les dures circumstàncies viscudes a bord de l'*Ulysses*, amb la mort dels companys Hèctor i María. Enlloc no hi havia cap al·lusió al sabotatge; el mutisme sobre el tema semblava d'un consens gairebé absolut, tret de les al·lusions d'alguns supervivents a l'estrany missatge sentit per megafonia poc abans que el vaixell xoqués.

Tot d'una, un nou tema relacionat amb els creuers tornà a omplir els titulars dels noticiers: el creuer on viatjaven la Susan i el Brad havia estat atacat per uns pirates, que els havien pres a tots dos com a ostatges i reclamaven una forta suma de diners pel seu rescat. Els havien agafat del creuer, els havien obligat a embarcar-se en un vaixell amb rumb desconegut i n'havien enviat fotografies a les agències de notícies.

Vaig observar amb deteniment aquelles fotografies dels diaris, on el Brad i la Susan sortien amb cara de por, els rostres deprimits i els braços lligats a l'esquena. Ja no anaven disfressats de pirates, i més aviat feien llàstima, escortats per tipus de rostre ferotge, ben armats, que semblaven capaços de tot. Vaig intentar veure si la Susan encara portava la meva arracada de dofí, però la imatge era massa borrosa, no es veia bé. Malgrat tot, no m'acabava de creure que estiguessin realment en perill. M'havien enganyat massa, m'havien mostrat fins a quin punt sabien fingir i actuar amb crueltat. Podien haver organitzat tot allò per manipular-ho a favor seu. Fracassat el pla de l'*Ulysses*, havien recorregut a una segona estratègia; fer-se segrestar. Una nova història per a *Cruising Today*!

Al cap d'uns dies, però, mentre esperava que el Robert acabés el seu torn al Voramar, asseguda a la barra amb una Coca-cola i unes patates xip, la televisió va tornar a treure la fotografia del Brad i la Susan, una d'abans, on es veien tots dos molt mudats per a una festa, i va transmetre una notícia que em va deixar glaçada: tots dos havien trobat la mort a les aigües de l'Índic, en intentar escapar-se dels seus segrestadors, que els havien disparat mentre nedaven cap a la costa somaliana. El consolat nord-americà s'encarregaria de repatriar els seus cossos als Estats Units, i la policia de Somàlia ja havia arrestat mitja dotzena de sospitosos.

Encara que fos una ximpleria, em vaig preguntar què devia haver passat amb l'arracada de dofí. Potser la Susan l'havia conservada i la hi haurien de treure en el dipòsit, o potser abans la hi havien arrencada els segrestadors, com ella me l'havia presa a mi. M'estimava més pensar que li havia caigut mentre nedava, i que el dofinet romandria per sempre entre les aigües.

—I a mi em sonava, aquest tio —va dir el Robert, apartant la vista de la televisió per acabar d'eixugar les copes—. Com es deia? Brad què?

—Saps què, Robert? Deixem-ho. Voldria oblidar-me'n, de tot això de l'*Ulysses*.

—Per fi! —celebrà el Robert, amb un ampli somriure, i m'abraçà—. Doncs avui deixarem la marina i ens n'anirem junts al meu lloc preferit, ja saps quin és.

—Al massís del Garraf? De nit? —vaig preguntar, sorpresa.

El Robert assentí.

Aquell vespre, en lloc de passejar per la platja, vam agafar la moto i vam pujar pel poble fins més amunt de l'Institut, cap al Pla dels Caçadors. Hi havia lluna plena i el bosc de pins i alzines era ombrívol, però argentat, ple de xiuxiueigs i de promeses. Vam aturar la moto i vam baixar amb la sensació de qui fa alguna cosa arriscada i prohibida, mentre trepitjàvem la cruixent catifa d'agulles de pi. Després ens vam asseure en unes pedres una mica incòmodes, agafats de la mà, aspirant les olors nocturnes de la pineda, amb els caps junts i aixecats per veure bé les constel·lacions que brillaven en la foscor. Només per a nosaltres.

Maria Rosa Nogué i Almirall
Vilanova i la Geltrú, octubre 2016

LA NOIA DEL CREUER.
PROPOSTES DIDÀCTIQUES

BLOC A / CONTINGUT

L'argument, l'escenari, els personatges, la trama

1) En una novel·la sol haver-hi una trama principal i diverses subtrames secundàries. Quines en destacaries en el cas de "La noia del creuer"? Quina t'ha interessat més? Per què?

2) El creuer de l'Andrea fa un viatge des de Barcelona fins a Itàlia, amb retorn a Palma i un altre cop a Barcelona. Agafa un plànol i marca l'itinerari previst. Marca, després, l'itinerari que s'arriba a realitzar finalment. En el mateix plànol pots indicar també on són les illes de Capri i de Sardenya, que tenen importància argumental, així com la ciutat de Venècia.

Has fet mai algun viatge en creuer? T'agradaria fer-lo? Quin seria el teu itinerari ideal?

En grups de 3 o 4 podeu dissenyar el vostre itinerari ideal i exposar-lo davant dels vostres companys i companyes, contestant les preguntes que us facin. Finalment podeu decidir entre tots quin és el millor itinerari.

3) L'Andrea és la protagonista de la novel·la, però també hi ha molts altres personatges que hi surten. Fes un esquema amb els diferents personatges i digues com es relacionen entre ells.

Podries fer una fitxa amb les característiques del teu personatge preferit? I una altra del que t'hagi resultat més odiós? Si haguessis d'anar a sopar amb algun dels personatges de la novel·la, qui escolliries?

4) En gran part, la novel·la transcorre a l'interior d'un creuer. Amb l'ajut d'imatges d'altres creuers, podries dibuixar-ne un croquis? En quina àrea es mouen els personatges? Quins llocs s'esmenten? Quins tenen més importància durant l'evolució de l'argument?

5) El creuer de l'Andrea pateix un accident que desembocarà en naufragi. Per què creus que naufraga? Quines circumstàncies es produeixen? Quin serà el resultat final de tot plegat?

6) Al final de la novel·la, tots els personatges han sofert algun canvi a causa del que han viscut. Podries assenyalar-ne algun? Què creus que t'hauria passat, com hauries reaccionat, si t'hi haguessis trobat tu?

BLOC B / REALITAT I FICCIÓ

El contrast amb la realitat

1) El naufragi del creuer de l'Andrea està inspirat en un cas real, el del creuer *Costa Concordia.* Busca informació a Internet sobre aquest naufragi, i comenta les semblances i les diferències amb el de la novel·la.

2) Durant el creuer es fan algunes escales en llocs molt famosos d'Itàlia: Florència, Pisa, Roma i Nàpols. Busca informació sobre els principals monuments que visiten els protagonistes. Quins t'han impressionat més? Quins t'agradaria visitar? Descriu la teva ruta artística ideal per Itàlia.

3) L'Andrea ha de llegir alguns llibres per poder aprovar l'assignatura de Literatura Universal. Quina novel·la intenta llegir durant el creuer? Cerca informació sobre *Lord Jim,* de

Joseph Conrad. El protagonista d'aquesta novel·la té alguna relació amb el que li passa al capità Paolo Zanetti?

4) El capità va néixer en un illot de Sardenya, on després viatjarà l'Andrea. Busca informació sobre aquest illot i l'escultura submergida a les aigües. Quina relació té amb la novel·la?

5) Durant el creuer, un grup de gent intenta cridar l'atenció sobre les males condicions de la tripulació. Busca informació sobre la lluita dels ecologistes en relació amb la contaminació produïda pels creuers, i en concret a la circulació per Venècia. Creus que tenen raó? Poden aconseguir alguna cosa?

BLOC C / JOVENTUT, FAMÍLIA I AMICS

L'experiència personal

1) Descriu breument la situació de la família de l'Andrea. Trobes que és una situació realista? Has viscut algunes circumstàncies similars? Escriu una carta a l'Andrea i al Pol, donant-los ànims i algun consell.

2) A la novel·la hi surten dos periodistes, en Brad i la Susan, que es relacionen amb l'Andrea de diferents maneres. Per què et sembla que ho fan? T'has trobat algun cop amb gent que hagi volgut enganyar-te? Creus que l'Andrea hauria hagut de vigilar més?

3) Durant el naufragi es viuen circumstàncies de gran tensió. Com reaccionen els diferents personatges? Què els passa?

BLOC D / LA CONSTRUCCIÓ LITERÀRIA

Llengua i literatura

1) La novel·la comença amb una situació inicial que de seguida ens transporta cap al passat. Com s'anomena aquest recurs literari? Per a què serveix?

2) A l'obra hi trobem diferents llengües que utilitzen els personatges. Quines són? Les entens? Cita'n algun exemple i fes-ne la traducció.

En aquesta obra hi surt molta gent jove. Creus que utilitzen un llenguatge propi de la seva generació? Posa'n exemples.

3) A part de la narració en si, a la novel·la hi ha descripcions i diàlegs. Anomena alguna descripció i algun diàleg que t'hagin agradat.

4) Escriu una descripció i un diàleg que es poguessin situar en algun capítol de la novel·la (digues quin), fent servir les teves pròpies paraules.

5) Escriu un correu electrònic o un whatsapp a l'Andrea, o a algun altre personatge de la novel·la, explicant-li les teves impressions sobre el que li ha passat.

Col·lecció Voliac

1. Els voltors. MIQUEL ADROVER i MASCARÓ
2. La nit als armaris. RAQUEL PICOLO
3. Muntanyes russes. ROSA ROCA RIERA
4. Clips. JAUME TERRADAS SERRA
5. El vol de l'Esparver. FRANCESC MOMPÓ
6. La Falç i la Rosa. JAUME PLANAS i PANADÈS
7. Viatge a l'illa dels pingüins. BERNAT GASULL i ROIG
8. 22 Contes a la vora de la Independència. Diversos autors
9. Tragí de secrets. JORDI CASANOVAS i TENA
10. Tragicomèdia a Secundària. MATEU LLUÍS VIVES
11. Miratge. EVA LLEONART MONTAGUT
12. La columna dels esguerrats. AMADEU ALEMANY
13. El llibre dels misteriosos fets de Montserrat. PERE-MÀRTIR BRASÓ
14. 10 Camins i una foguera. Diversos autors
15. Relacions molt relatives. CARLES CASTELL PUIG
16. Verba, non facta. DAVID VILA i ROS
17. A les fosques. MARIA CATALÀ SERRA
18. El càtar de La Granadella. ESTEVE CANET
19. L'ombra de les formigues. EVA ARNAL
20. Taula rodona. La joia de ser catalans.
    PERE CALDERS i VÍCTOR ALEXANDRE (teatre)
21. Glopades de riu. GEMMA PELLISSA PRADES
22. Carles & Belisa. PERE ANGLAS (teatre)
23. Abans que pugi el teló. VÍCTOR ALEXANDRE (teatre)
24. Cirurgies. ELISENDA SOLSONA
25. Amb molt de gust. JOAN TUDELA
26. Volianes de paper. Diversos autors
27. Eixam. SANDRA COMAS ANGLADA

Col·lecció Brots

1. Maresme dibuixat. MONTSERRAT SANCHIZ BOSC

Col·lecció Voliac. Retorn al Sol

1. Terra Promesa. OLEGUER HOMS
2. L'Eco del Temps. JOAN MARIA ARENAS PRAT
3. El Projecte Dànau. NÚRIA CASADO GUAL (teatre)
4. L'aixeta del temps. PAULA JIMÉNEZ
5. Inquietança. ARCADI VILERT
6. Nit. JOAN MARIA ARENAS
7. Qui vol el panglòs? ANTONI OLIVÉ
8. Planeta mut. JORDI SOLÉ CAMARDONS
9. Quan la tortuga perdé la closca. MARIÀ BOSOM
10. Retorn al sol. JOSEP MARIA FRANCÈS.

Col·lecció Voliac. Poesia

1. Camins de poesia. ESTEVE ALBERT
2. Temp(teig)s. LALI RIBERA
3. V de Bes. NÚRIA MIRAMELSMOTS
4. Amb remor de Vent. NÚRIA QUERALTÓ
5. El mòbil del poema. ORIOL MARFÀ
6. Atlàntic. FRANCESC MOMPÓ
7. Al dinar dels diferents. DANIEL SESÉ
8. Un pont de versos. SALVADOR RIERA, MARIEKE MAEREVOET,
9. Del pretèrit imperfecte al futur simple. MONTSE GORT
10. A punt. NÚRIA PUJOLÀS, LALI RIBERA, JORDI ROIG
11. Paraula de Nargó. RAMON MINOVES

12. Tornar. NOEMÍ MORRAL
13. Els poetes del Maresme. ISIDRE JULIÀ, JOSEP LLADÓ i EMÍLIA ILLAMOLA.
14. Quinze bars. MIQUEL ÀNGEL MAS
15. El majordom d'Eugeni d'Ors. BERNAT HUGUET

Col·lecció Entrevol

1. Poliglotisme passiu i altres escrits. DELFÍ DALMAU i GENER
2. Des del rovellet de l'ou d'Elx. JOAN-CARLES MARTÍ i CASANOVA
3. Independència o mort... de la llengua. JORDI SOLÉ i CAMARDONS
4. Genocidi (in)visible. SICO FONS
5. Sociolingüística per a joves del segle XXI. JORDI SOLÉ i CAMARDONS
6. Ajudeu-me. ELIANA OLIVEIRA de FREITAS
7. El mirall de l'Acròpolis. XAVIER FEBRÉS
8. L'imperi de la llengua comuna. JUAN CARLOS MORENO CABRERA
9. Teoria lul·liana de la comunicació. JOSEP-LLUÍS NAVARRO LLUCH
10. La Terra i els humans d'aquí mig segle. JOSEP ROCA TRESCENTS
11. Basc per a catalanoparlants. BEATRIZ FERNÁNDEZ i ANNA PINEDA
12. Parlants fets i drets. FERRAN SUAY
13. Determinació nacional. Catalunya davant l'ofensiva espanyolista (2009-2018). JUAN CARLOS MORENO CABRERA.
14. Petit diccionari de la felicitat. ESTEVE MACH I BOSCH

Col·lecció Memòria

1. Mur de la Memòria Històrica d'Oliana. SEBASTIÀ SARDINÉ
2. La Memòria de l'Esteve Albert. ESTEVE ALBERT i CORP
3. 10 Mirades 10. Diversos autors
4. Bales de cotó. NEUS OLIVES PARDO
5. Diccionari Essencial Esteve Albert. JORDI SOLÉ i CAMARDONS
6. Quan Argentona era de pagès. LLUÍS SERRA
7. Pedra sobre pedra. ANNA CABOT i BADIA BOUIA
8. Francesc Burniol. El mestre que fou depurat per republicà i catalanista. MARGARIDA COLOMER
9. El bé de Déu. PONÇ ALEGRET
10. 100 caricatures del dibuixant Manuel Cuyàs... FRANCESC MASRIERA
11. La llengua dibuixada. ENRIC LARREULA